met

Manfred Wieninger
Kalte Monde

metro wurde
begründet von
Thomas Wörtche

Zu diesem Buch

Marek Miert ist wieder da. Und er ist ganz der Alte: grantig und stur, cholerisch und melancholisch, aber das Herz auf dem rechten Fleck. In Harland, der tristesten aller Landeshauptstädte, hat sich auch nicht viel verändert. Noch immer hängt eine Dunstglocke über der Stadt, gehen Politiker mit Hassparolen auf Stimmenfang, verpestet der Mief der Vergangenheit die Gegenwart.

Doch dann passiert ein Mord. Und die Jagd auf den Mörder, der seine Opfer übel zurichtet und ganz Harland in Angst und Schrecken versetzt, beginnt. Oberleutnant Gabloner ist nicht zimperlich, wenn es um Schuldzuweisungen geht, und die Medien greifen die Mär von den blutrünstigen Ausländern dankbar auf. Nur Marek Miert glaubt nicht an die offizielle Version der Kriminalpolizei und mischt sich unverfroren in die Ermittlungen ein.

»Krimis aus Österreich haftet der Ruf an, ein wenig anders zu sein. Bei Manfred Wieninger zum Beispiel findet sich dieser typisch schwarze Humor, dieser morbide Charme und eine geballte Ladung Defätismus, eine Kombination, die mir immer wieder Spaß macht ... staubtrocken und einfach gut.«
Stephan Bartels, Brigitte, Hamburg

Der Autor

Manfred Wieninger, geboren 1963 in St. Pölten, lebt ebendort. Studium der Germanistik und Pädagogik. Essays und Reisereportagen für die »FAZ«, »Wiener Zeitung«, »Literatur und Kritik«, »Zwischenwelt« u. a. Bisher sind vier Kriminalromane mit Marek Miert erschienen. Im Unionsverlag ist außerdem lieferbar: »Der Engel der letzten Stunde«

Mehr über Buch und Autor im Anhang
und auf *www.unionsverlag.com*

Manfred Wieninger

Kalte Monde

Unionsverlag

Die Originalausgabe erschien 2006
im Haymon Verlag, Innsbruck-Wien.

Im Internet
Aktuelle Informationen,
Dokumente, Materialien
www.unionsverlag.com

Unionsverlag Taschenbuch 408
Diese Ausgabe erscheint mit freundlicher Genehmigung
des Haymon Verlags, Innsbruck-Wien.

Rieterstrasse 18, CH-8027 Zürich
Telefon 0041-44-283 20 00, Fax 0041-44-283 20 01
mail@unionsverlag.ch

Reihengestaltung: Heinz Unternährer, Zürich
Umschlaggestaltung: Andreas Gähwiler, Zürich
Umschlagfoto: Alistair Scott
Druck und Bindung: CPI – Clausen & Bosse, Leck
ISBN 978-3-293-20408-9

Die äußeren Zahlen geben die aktuelle Auflage
und deren Erscheinungsjahr an:
1 2 3 4 5 - 11 10 09 08

»Für einen Diskont-Detektiv haben Sie ein ganz schön starkes Chakra«, sagte mein erster potentieller Klient seit Monaten etwas undeutlich über den Schreibtisch in meinem Empfangszimmer hinweg und zerbiss genüsslich die vierte Mozartkugel. Die kleine Glasschale mit den restlichen drei Kugeln und den Mannerschnitten hatte er längst von der Schreibtischplatte genommen und balancierte sie auf seinem rechten Knie, übrigens nicht einmal ungeschickt.

Ich erwiderte nichts. Vor allem weil ich mir nicht sicher war, ob das jetzt eine Beleidigung oder doch so etwas wie ein dünnes Lob gewesen war. So von meinem umfangreichen Bauchgefühl her empfand ich die Äußerung als nicht gerade schmeichelhaft, aber andererseits war ich in diesem Empfangszimmer schon seit Monaten so allein wie der Heliozentriker Kopernikus in seiner geozentrischen Zeit. Ich konnte mich nicht einmal mehr an das Gesicht meines letzten Klienten erinnern. Seit Gamper & Gamper ihre Filiale mit dutzenden Mitarbeitern in Harland aufgemacht hatten, war das Brot für das hiesige Sicherheitsgewerbe ganz schön hart geworden. Steinhart für mich. Ich war so gefragt wie die Vogelgrippe.

»Was ist jetzt, Miert? Sie haben gerade noch fünf Minuten, um sich zu entscheiden!«

Der Grund, warum ich mich noch immer nicht für die Sache entschieden hatte, war vielleicht mein potentieller, drängender Klient selbst. Ein falten-, narben- und haarloses Botox-Gesicht, wie aus Vanillepudding modelliert, glatt wie der Tiegel einer Anti-Falten-Creme. Ein seltsam geformter, kleiner Mund, eine unauffällige Nase, beinahe farblose Augen und ebensolche Augenbrauen. Ein dunkelblaues Club-Sakko, ein kühn ausgeschlagener, silberweißer Hemdkragen, graue Flanellhosen und teure Böcke, sicherlich aus so etwas wie handgegerbtem Rehkitz-Leder. Hände so weich und blass, wie wenn er seit seiner Geburt permanent Handschuhe getragen hätte. Ein teurer Herrenduft, dezent wie Hollywood. Schnelle, fließende, aber dann immer wieder auch eckige Bewegungen, wie eine leere Coladose, die der Wind stoßweise durch die Gassen rollt. Seit Stan Getz und Dave Brubeck, fand ich, war es eigentlich niemandem mehr wirklich gelungen, so richtig cool zu sein, diesem Schnösel hier schon gar nicht. Es gab eigentlich keinen vernünftigen Grund dafür, aber irgendwie widerstrebte mir die ganze Erscheinung. Mein Solarplexus oder meine Zirbeldrüse oder was auch immer waren jedenfalls dagegen.

Der Bursche hatte eine protzige Visitenkarte aus Büttenpapier auf den Tisch gelegt, auf der in rotgoldenen, irgendwie altmodischen Lettern geschrieben stand:

Horst Heider

Parlamentarischer Mitarbeiter

Nicht gerade die Klientel, für die ich normalerweise arbeitete. Mein letzter Kunde war Friseur gewesen und Notstandshilfe-Bezieher.

Sonst stand nichts auf der Karte, nur eine Handynummer.

Vielleicht mochte ich auch nur den Namen nicht. Dabei hatte mich Haha aus einem ereignislosen Vormittag gerissen, ebenso leer wie die Vormittage davor, in der meine einzige sinnvolle Tätigkeit jeweils darin bestanden hatte, mir zu überlegen, welches Fertiggericht ich zu Mittag auftauen und in die Mikrowelle schieben sollte.

»Wie sind Sie auf mich gekommen? Telefonbuch? Oder hat mich jemand empfohlen?«

»Der Zusatz ›Diskont-Detektiv‹ in Ihrem Telefonbucheintrag hat mich letztendlich überzeugt. Außerdem glaube ich, Ihr Bild schon einmal in der Lokalzeitung gesehen zu haben. Sie waren ziemlich formatfüllend, in der Breite, aber auch in der Höhe.«

Draußen auf der Gasse, giftete ich mich, hatte der wahrscheinlich ein schneeweißes Porsche-Cabrio mit roten Ziegenledersitzen stehen – aber hier herinnen zuerst heftig um das Honorar feilschen und dann auch noch dauernd auf dem »Diskont-Detektiv« herumreiten.

»Warum beschützen Sie ihn nicht selbst?«

Ich war schon immer ein Meister darin, gegen mein eigenes Geschäft zu reden.

»Ich bin ein Schreibtischtäter.«

»Dabei habe ich Ihren Abgeordneten nicht einmal gewählt.«

»Den hat überhaupt noch niemand gewählt – vor drei Monaten ist er durch den Tod des Listenersten im Bezirk in den Nationalrat gerutscht«, erwiderte Haha.

»Normalerweise überprüfe ich den Hintergrund meiner potentiellen Klienten ein wenig, bevor ich einen Auftrag annehme …«

Na ja, große Worte, viel hatte ich in den letzten Monaten nicht zu überprüfen gehabt.

»Für wen außer Schneewittchen arbeiten Sie derzeit noch?«

»Mein höchstpersönliches Abenteuer der Tugend besteht eben darin, dass ich nicht für jeden arbeite.«

»Sie würden auch nicht für jeden arbeiten, sondern für einen Abgeordneten, Miert!«

»Göring war auch Abgeordneter.«

Irgendwie liebte ich es, Gesprächssituationen auszureizen. Eine meiner verhängnisvollen Eigenheiten, die mir zuverlässig die Kunden verscheuchte. Oder anders gesagt: Ich habe meine große Klappe noch nie halten können.

»Geschenkt.«

Der Bursche, dachte ich, musste zeitlich ganz schön unter Druck stehen, wenn er sich solche Frechheiten gefallen ließ. Noch dazu von einem wie mir.

»Welche Partei übrigens?«

»Im Moment keine, vor drei Tagen hat er sich von seinem Klub abgespalten.«

»Von welchem Klub?«

»Lesen Sie keine Zeitungen, Miert?«

»Nicht, wenn es sich vermeiden lässt. Und der Innenpolitik-Teil lässt sich fast immer vermeiden.«

»Da sind Sie ja prächtig qualifiziert, direkt überqualifiziert«, feixte Haha. Irgendwie hatte ich das leise Gefühl, dass ihm sein Chef ziemlich egal war. Nach übermäßiger Loyalität klang das jedenfalls nicht.

»Von welchem Klub?«, insistierte ich.

»Vom Splitterklub eines Splitterklubs. Nichts, was Sie interessieren müsste, Miert.«

Wenn mir jemand andeutete, dass mich etwas nicht zu interessieren hatte, dann interessierte es mich erst recht. Eine Art Berufskrankheit. Außerdem, dachte ich, wenn es so weitergeht mit diesen dauernden Fraktionierungen bis ins letzte Dorfparlament, haben wir über kurz oder lang einen neuen Bürgerkrieg.

»Wie sind übrigens Sie zu ihm gekommen?«

»Irgendwer muss ja meine Stromrechnung bezahlen, Miert, und die Extravaganzen meiner Frauen.«

Außerdem ist der Knabe, dachte ich, wahrscheinlich der Großneffe irgendeines Bezirksparteivorsitzenden oder so, sonst wäre er kaum zu diesem Job gekommen.

»Wovor fürchtet er sich?«

»Das weiß nicht einmal ich, aber er hat mich etwa vor einer Stunde in Panik aus dem Parlament angerufen und angewiesen, ihm einen Leibwächter zu besorgen, so einen ab hundert Kilo und größer als die meisten Zaunlatten.«

»Bingo.«

»Dann hat er mich noch einmal von der Autobahn aus angerufen, noch immer echauffiert, und gesagt, dass er jetzt auf dem Weg zum Harlander Messegelände sei.«

»Was tut er dort?«

»Das Übliche – eine Eröffnung. Ich habe übrigens zufällig eine Kopie der Rede mit dabei, die ich für ihn geschrieben habe. Wollen Sie die etwa auch noch studieren, bevor Sie sich endlich entscheiden?«

»Ich bin ja Gott sei Dank kein PR-Berater.«

»Also, was ist jetzt? Die fünf Minuten sind vorbei!«

Vor allem, bemerkte ich, waren auch die Mannerschnitten aufgefuttert.

Wie schaffte es der Typ, ärgerte ich mich, bei dem Appetit bloß, so schlank zu bleiben? Die Welt war ungerecht; ich dagegen nahm schon zu, wenn ich die Neapolitaner nur von weitem ansah.

»Ich werde Ihnen jetzt einmal eine Geschichte erzählen…«, sagte ich.

Mein Gegenüber verzog keine Miene. Wahrscheinlich hatte er so viel Botox unter der Haut, dass er das auch gar nicht konnte.

»Also, meine Geschichte handelt von einem Volksschuldirektor aus der Südstadt, ein harmloser Kerl um die fünfzig, Junggeselle mit zwei Goldfischen, politisch und gesellschaftlich nicht gerade aktiv, Durchschnitt halt. Und der fragt bei der Schulanmeldung der Erstklassler die Eltern von so einem kleinen, dunklen Murl nicht nach einem Meldezettel, nicht nach einem Pass, nicht nach einer Aufenthaltsgenehmigung. Im nächsten Jahr fragt er wieder zwei Elternpaare, die kaum Deutsch können, nach keinem amtlichen Wisch, sondern notiert einfach die Namen der Kinder, die Geburtsdaten und so weiter und lässt sie in seine Schule gehen. Damit es nicht so auffällt, fragt er im Jahr darauf überhaupt niemanden mehr nach irgendwelchen Dokumenten, sondern füllt seine Schule bis zum Dach mit kleinen Menschen, die etwas lernen sollen. Aber irgendwann fällt es doch auf. Die Staatsanwaltschaft beginnt Vorerhebungen wegen Amtsmissbrauch, der Bezirksschulinspektor leitet ein Disziplinarverfahren gegen ihn ein, weil er die Illegalen der Meldebehörde anzeigen hätte müssen. Die Sache zieht sich zunächst, aber nach etwas mehr als zwei Jahren steht der gut Fünfzigjährige ohne Job und mit einer bedingten Vorstrafe da. Eine ganze Kinderschar landet mit ihren jeweiligen Eltern in der Schubhaft, manche schaffen es durch Hungerstreik, Selbstverstümmelung oder Rechtsanwälte, da wieder herauszukommen, aber die Spuren der meisten verlieren sich schließlich in irgendwelchen schmutzigen Kriegen in Afghanistan, Ecuador, Usbekistan und so weiter und so fort. Der ehemalige Direktor schließlich zertrümmert eines Tages in einem Milchtopf eine Bierflasche, zerkleinert die Splitter noch ein wenig mit einem Mörserstößel und beginnt das Ganze aufzuessen. Er spült mit Rohrreiniger nach. Zwei Tage später stirbt er in der Intensivstation.«

»Was wollen Sie mir damit sagen?«, fragte Horst Heider ein wenig leiser als zuvor. Ein bisschen wenigstens hatte es seine Blasiertheit verblasen.

»Vielleicht, dass ich die Sorgen eines Abgeordneten nicht ernster nehme als die anderer Leute«, erwiderte ich.

***

Der Abgeordnete, so hieß es, würde sich erheblich verspäten. Und damit würde sich auch die offizielle Eröffnung verspäten. So wanderte ich zwischen den Messeständen umher. Umsonst war hier nur der Tod, nicht jedoch die Nusstruhe »Letzte Adresse«, die Astro-Urne, der klassische Eichensarg »Abendrot«, die biologisch abbaubare Bestattungshülle aus Polyvinylalkohol und der Designersarg »Magritte« aus toskanischem Edelpappelholz mit ewigem Daunenschlafsack. Ich ließ mich zudem aus purer Langeweile eingehend über Seebestattung an der dalmatinischen Küste, über mit Beton auffüllbare Plastikgrabsteine, über die Internetplattform www.schoeneleich.at und über Münz-Friedhofsgießkannen nach dem praktischen Einkaufswagerl-Prinzip informieren. Das Ewige Licht neuester Bauart, so wurde mir überdies erklärt, sei absolut UV- und wetterbeständig und die Batterie müsse nur mehr höchstens einmal im Jahr, zu Allerheiligen, gewechselt werden. Außerdem nahm ich an einer praktischen Vorführung eines Grablicht-Automaten und zur Gestaltung von Kranzschleifen mit PowerPoint teil. Auf das Probeliegen verzichtete ich allerdings, weil mir die angebotenen Särge für meine Leibesfülle doch etwas zu beengt erschienen. Ich werde mich, dachte ich, aus Platzgründen dereinst wohl verbrennen lassen müssen, obwohl der Tod ja schlank macht, wenn auch nicht sofort. Ein Steirer wollte mir zudem einen ausrangierten Chrysler-Grand-Voyager-Leichenwagen »zum

Schwarzfahren«, wie er sagte, verscherbeln und dann auch noch einen antiken ägyptischen Sarkophag um zwanzigtausend Euro, weil er mich mit einem Prokuristen der Wiener Städtischen Bestattung verwechselte.

Der Sensenmann stand unsichtbar in einer Ecke der Harlander Messehalle und freute sich über das Zusammentreffen mit seiner großen Familie auf der »Devota«. Die meisten Bestatter waren von ganz normalen Leuten nur durch ihre sehr dezente Berufskleidung zu unterscheiden. Unter den Budeln ihrer Verkaufsstände entdeckte ich Biergläser, Schokolade-Müsliriegel, Geschicklichkeitsspiele und Softporno-Illustrierte. Einen Attentäter konnte ich allerdings nirgends entdecken.

Horst Heider hatte mir eine Liste mit den nächsten Terminen des Abgeordneten übergeben und einen Vorschuss in der Höhe von drei Tagessätzen. Einen Überstundenzuschlag hatte ich ihm nicht herausreißen können. Wahrscheinlich strich er den selber ein, denn es war sehr fraglich, ob ein österreichischer Parlamentarier zu so etwas Konstruktivem wie dem Lesen und Verstehen einer Rechnung überhaupt fähig war.

Gegen die Mittagszeit wurde ein mittelgroßer, glatzköpfiger, solariumgebräunter Mann in einem dunkelblauen Firmungsanzug mit weißem Hemd und schwarzer Krawatte vom niederösterreichischen Gremialvorsteher des Bestattergewerbes als der Herr Abgeordnete Helmar Topf, der gleich die offizielle Eröffnung vornehmen werde, angekündigt und wie eine frische Leiche begrüßt. Die beiden, denen außer den vier Stellvertretern des Gremialvorstehers und dem Messedirektor niemand die geringste Aufmerksamkeit schenkte, standen für einen Moment Schulter an Schulter hinter dem kleinen Rednerpult aus Aluminium, vor dem zwei rachitische Palmen in schwarzen Plastiktöpfen den dekorativen Part zu übernehmen hatten. Die Rede des Abgeordneten könnte man unter dem Satz »Umsonst ist nicht einmal der Tod« subsummieren. Ich stand bald am Rande eines hysterischen Lachanfalles und verzog mich, um unter all den ernsten Männern in dunklen Anzügen nicht unangenehm aufzufallen, an das Buffet in eine Nebenhalle, wo man bereits mit dem Aufbau der Dekoration für die nächste Fachmesse, eine »Erotica«, begonnen hatte. Ein paar türkische Hilfsarbeiter schraubten Aluminium-Kojen zusammen oder schleppten lebensgroße Puppen hin und her, die mit schwarzem Latex und Leder sowie allerlei Metallketten behängt waren.

Auf der Budel, auf der ich von einer herzhaft gähnenden Standlerin im graublauen Arbeitskittel eine Käswurst-Semmel auf einer leicht dubiosen Serviette serviert bekam, lag die gestrige Ausgabe der *Harlander Nachrichten.* »Massenansturm von Asylanten? Tschetschenische Kommandos nach Harland?«, lautete die aufgeregte Schlagzeile, und wenn man auf Seite zwei weiterlas, konnte man den Eindruck gewinnen, als stünde uns eine dritte Türkenbelagerung inklusive Osama bin Laden bevor. Auf Seite drei wurde der Abgeordnete Topf mit ein paar wilden Sagern gegen »diese Wilden« zitiert. Er war angeblich drauf und dran, hier in Harland eine Bürgerinitiative gegen »diese tschetschenischen Terroristen, mit denen die Republik viel zu streichelweich umgeht«, zu gründen. Erst am Schluss des Artikels wurde klar, dass lediglich ein paar tschetschenische Flüchtlingsfrauen und Kinder aus dem überfüllten Horror-Lager Traiskirchen in eine Harlander Pension einquartiert werden sollten.

»Alles auf unsere Kosten! Nur wir lassen uns immer auf den Kopf scheißen!«, kommentierte die resche Standlerin meine Lektüre.

»Glauben Sie immer alles, was in der Zeitung steht?«, antwortete ich kauend. Eine frische Serviette wäre mir lieber gewesen als der Kommentar der Buffetkraft. Ich glaube ja, dachte ich, ein ganz leidlicher Demokrat zu sein, aber bei manchen Leuten wäre es besser, sie hielten ihr Leben lang den Mund, ein Haufen Berufspolitiker mit eingeschlossen. Im Übrigen war ich etwas besorgt, dass sich ausgerechnet mein einziger Kunde als eine Mischung aus George Armstrong Custer und Abraham a Sancta Clara entpuppen könnte. Wundern würde es mich aber nicht, dachte ich, in diesem Land hat der Hass immer Saison.

»Wenn S' eh nicht daran glauben, warum nehmen S' das Blattl dann mit?«, rief mir die Standlerin nach.

Es wäre ein bisserl genant gewesen zuzugeben, dass ich ein paar Lagen Zeitungspapier unter meinem Podex ganz gut gebrauchen konnte, weil die Heizung meines Ford Granada ausgefallen war. Besonders der Politikteil des Blattes wurde damit, so fand ich jedenfalls, einer durchaus adäquaten Verwendung zugeführt.

* * *

Ich hatte den Abgeordneten natürlich ansprechen wollen, als ich – man muss Prioritäten setzen im Leben – die Käswurst-Semmel verzehrt hatte und wieder in die Haupthalle zurückgekehrt war. Aber er steuerte bereits eilenden Schrittes auf den Haupteingang zu, war schon durch und ließ sich sofort in seinen schweren, dunkelblauen BMW fallen, der praktischerweise auf einem Behindertenparkplatz direkt vor dem Eingangsbereich stand. Ich dagegen musste zu meinem Ford Granada, zu meinem Klassiker, dem mittlerweile das Pickerl von Jahr zu Jahr nur mehr gnadenhalber verlängert wurde, erst einige Meter über den dünnen, grauen, schmierigen Schnee laufen, bevor ich daran denken konnte, ihm zu folgen. Im Winter war es überhaupt jedes Mal ein Vabanquespiel, die Zündung noch einmal in Gang zu bringen. Selbst im Sommer sprang der Motor nur mehr an, wenn man das Gaspedal und die Kupplung gleichzeitig durchdrückte und nach vier, fünf Sekunden den Zündschlüssel mit einem Stoßgebet umdrehte. Vorzugsweise die Jungfrau Maria oder Judas Thaddäus halfen hier. Der Winter biss in den Motor, aber der kleine Starter brachte das Werkel wieder einmal zum Laufen. Wie ein Traktor begann sich der schwere Granada beharrlich über die vom Schnee verschmierte Fahrbahn zu schieben. Aus immer größer werdender Entfernung sah ich, dass der Abgeordnete offenbar schon auf der Messestraße das Gaspedal seines großen, schweren Wagens voll ausreizte. Kunststück, der Bursche war immun. In die Porschestraße bog er über den Streusplitt schlitternd ein und spätestens in der Obergrafendorfer Straße hätte er mich sowieso längst abgehängt gehabt.

Irgendwie war das für diesen Fall symptomatisch, in dem mir bisher alles zu schnell gegangen war, angefangen von Horst Heiders Stippvisite bis zu einem rasenden Parlamentarier, der sich vor lauter Angst für einen der beiden Schuhmachers hielt oder gleich für alle beide. Im Übrigen hatte ich aber schon weit Schlimmeres erlebt als eine Zielperson zu verpassen und von einem Sechzehn-Zylinder-Boliden abgehängt zu werden. Zum Beispiel ein Dreivierteljahr nach meinem Ausscheiden aus dem Polizeikorps, als mir die Gattin von Amtsrat Törna mit fettigem Stolz mitgeteilt hatte, dass ihr Göttergatte mit dem Ehrenzeichen zweiter Klasse für Verdienste um die Republik dekoriert worden war. »Die längst fällige Anerkennung«, hatte ich etwas gequält gemurmelt. Mein linker Arm hatte nämlich gerade bis zur Achsel im Ansaugrohr der Teppich-Tuba gesteckt und meine Finger hatten in einem nassen Filz aus Haaren, Schmutz und Textilresten gewühlt. Die Teppich-Tuba war überhaupt mein größtes Problem gewesen, seit sie in das Verkaufsprogramm von Reinex aufgenommen worden war. »High-Tech auch für die Hausfrau«, lautete der dazugehörige Slogan. Die Teppich-Tuba hatte nur einen einzigen, klitzekleinen Nachteil gehabt: Sie funktionierte nicht. Daher hatte ich mich damals bereits wochenlang geweigert, weitere Tubas an die Hausfrau zu bringen. Die Zentrale war natürlich etwas sauer gewesen. Ein großer Teil meines Fixums war gestrichen worden. Auch meine Chancen, es jemals zum Reinex-Bezirksverkaufsleiter zu bringen, waren rapide dahingeschwunden. Ich wollte damals auch nicht länger darauf warten, bis die dreiundzwanzig von mir bereits verkauften Teppich-Tubas in rund zehn Jahren endgültig durchgerostet sein würden und es dann mit den vermaledeiten Reparaturen ein Ende haben würde, und hatte daher beschlossen, Privatdetektiv zu werden.

Aber andererseits war ich diesmal klar im Vorteil, dank Heiders Terminliste wusste ich nämlich immer, wohin der Abgeordnete unterwegs war. Diese Liste, schoss es mir mit einem Mal durch den Kopf, wäre auch für einen Attentäter eine feine Sache.

Die kalte, schwefelige Luft in der Südstadt roch süßlich. Ein weißlichgrauer Himmel hing tief wie die Körperhöhle eines ausgeweideten Tieres herab. Das Vorgebirge ein paar Kilometer vor mir im Süden war ein schmutziggrauer Gedankenstrich, der leicht schräg aufwärts zog. Das Zementwerk bei Ganzendorf verheizte gerade wieder einmal alte Autoreifen und sonstige Reste unseres Wohlstandes. Bevor der böhmische Gefreite mit seinen Schäferhunden in die Hölle abgefahren war, hatte es Zwangsarbeiter verheizt und die eine oder andere Waggonladung zu Matsch geschlagener Juden aus St. Aegyd. Aus dünnen Lagen mittelalten, schmutzigen Schnees wuchsen Tankstellen wie Paläste aus Tausendundeiner Nacht, daneben und dazwischen Drive-in-Frittenbuden und Grillrestaurants, Fernfahrerpuffs, die rund um die Uhr im wahrsten Sinne des Wortes offen hatten, Baumärkte für die Profi-Pfuscher, die unvermeidlichen Schuhdiskonter, Reifenhändler, Lagerhallen, Autofriedhöfe und wilde Schuttabladeplätze – an der Ausfallstraße Richtung Süden wurde richtig Geld gemacht. Seit die Fernfahrer der Maut wegen die Autobahnen mieden, war hier noch mehr los, die Straße war die einzig brauchbare Verbindung vom Großraum Harland in die Steiermark, nach Kärnten, Slowenien und den Balkan hinunter. Ich bemühte mich, den Granada sauber im dichten, nervösen Verkehr zu halten und nach Möglichkeit auch noch die hirnrissigsten Überholmanöver vor und hinter mir zu überleben. Auf dieser Straße war ich immer froh, einen schweren, soliden Wagen zu fahren, in dem noch kein Gramm Aluminium eingebaut war, einen Wagen, der auch bei einem gröberen Unfall nicht zusammenknicken würde wie eine leere Coladose unter einem Fußtritt.

Nach St. Georgen bog ich rechts in eine alte Landstraße ein, eigentlich nicht mehr als ein asphaltierter Feldweg. Über einen Sattel zwischen zwei bewaldeten Höhenrücken ging es ins Pielachtal. Es wurde kälter, so kalt, dass ich es in den Nasenlöchern spüren konnte. Denn die Heizung des Granada war wieder einmal komplett ausgefallen.

Krampusse hatte ich auf der ganzen Fahrt noch keine entdecken können, dafür war es wohl zu früh am Tage, aber heute war ihre Nacht. Im Prinzip, so dachte ich, war es idiotisch, unbekannten jungen Mädchen und Frauen mit Weidenruten auf Beine und Hinterteile zu schlagen, um einem jahrtausendealten Fruchtbarkeitsbrauch Genüge zu tun. Vor allem war es idiotisch, weil sich am Abend des 5. Dezember, der Krampusnacht, sowieso niemand – und schon gar kein Harlander Mädchen, das Wert auf die Unversehrtheit seiner Strumpfhosen legte – auf den Straßen blicken ließ und die Sache für gewöhnlich damit endete, dass sich die frustrierten Krampusse gegenseitig verbläuten. Das Christentum, fand ich jedenfalls, hatte mit so manchen heidnischen Spinnereien nicht konsequent genug Schluss gemacht. Man hatte die alten Götter zwar vom Olymp vertrieben, aber von da aus waren sie in die Diaspora, das heißt überallhin gegangen.

***

Den Loizenbacher See, mein Fahrtziel, kannte hier in der Gegend jeder. Kurz vor dem Zusammenbruch hatte eine halbe SS-Panzerdivision ihre Waffen und ihr Gerät und ein paar Dutzend ihrer Gefangenen in seinen dunkelschlammigen Fluten versenkt und war dann stiften gegangen. Schon bald waren Gerüchte aufgekommen, dass die getürmten SS-ler noch etwas ungleich Wertvolleres im See gelassen hatten als Stahlhelme, Karabiner und russische Sergeanten. Die ersten illegalen Schatzsucher waren Anfang der Fünfzigerjahre auf- beziehungsweise, besser gesagt, untergetaucht im See. Und bald fielen von Jahr zu Jahr mehr gutgläubige Hobby-Abenteurer und schneidige Glücksritter auf die lokale Folklore herein. Bis heute lebten in Loizenbach einige Familien von dieser Schatzsuche. Einerseits indem sie Touristen und Badegäste auf geführten Tauchgängen ein paar verrostete Schrauben und Bolzen im Faulschlamm finden ließen, andererseits indem sie dem Vernehmen nach in nächtlichen Taucheinsätzen die Geschütze und Panzer im See auseinanderschweißten und die Einzelteile dann an Sammler verkauften, neuerdings auch über das Internet. So manche Schatzsucher, die auf die guten Dienste der Loizenbacher verzichten zu können glaubten, sollen allerdings schon schlimmen Tauchunfällen zum Opfer gefallen sein. Besonders die Barsche und Welse im Loizenbacher See, hörte man, waren größer und fetter als anderswo.

Eine von tausend Unwettern ausgewaschene, schlechte Schotterstraße führte gewunden hinunter zum See durch gefrorenes Marsch- und Sumpfland, durch ausgedehnte, weißbraune Flächen, aus denen die Stämme und Stauden des Auholzes und die Rispen der Schilfgräser ragten. Den weißen Toyota der Harlander Staatspolizei, der hinter einer weißgrauen Buschgruppe abgestellt war, bemerkte ich erst, als ich fast schon an ihm vorbeigefahren war. Praktischerweise gab es keine andere Zufahrt zum See. Auf jeden Fall keine, die außer den Loizenbachern noch jemandem bekannt gewesen wäre. Der Stapowagen wendete sofort und fuhr mir nach. Nicht gerade mit Vollgas und Blaulicht, aber doch.

***

»In der Sprache der Eskimos finden sich jede Menge Ausdrücke für die verschiedenen Kältegrade. Das Deutsche kennt nur zwei: Kühlschrank und Gefrierfach«, dozierte der ältere der beiden Staatspolizisten auf Höhe meiner Autotür, während er noch immer intensiv meinen Handelskammerausweis studierte. Ich hatte das Fenster heruntergekurbelt, lächelte monoton und blickte auf seinen dicken, grünen Lodenmantel, den mächtigen, schwarzweißkarierten Wollschal und das schwarze Stirnband mit Ohrenschützern.

»Trösten Sie sich, bei mir im Wagen ist es auch nicht unbedingt wärmer, die Heizung ist ausgefallen«, versuchte ich mich ebenfalls in Smalltalk.

Sie hatten mich am neuen, geteerten und gefegten Parkplatz vor dem westlichen Seeufer abgefangen, und jetzt wusste ich auch, warum ausgerechnet die Stapo eine solche Veranstaltung irgendwo am Ende des Landkreises zu schützen hatte. Denn auf den Stellplätzen standen nicht nur mehr als ein Dutzend schwere Mercedes, Volvos und BMWs und drei Kamerawagen mit den Logos der Sendeanstalten, sondern auch zwei Fußballmannschaften an Chauffeuren und Sekretären herum. Entweder war das hier die kleinere Ausgabe des Davoser Weltwirtschaftsgipfels oder ein autochthoner politischer Almauftrieb.

Neben dem Parkplatz konnte ich ein neues, sehr groß dimensioniertes Blockhaus ausmachen, vielleicht eine Art Lounge für die erwarteten Touristenströme oder der Sitz der Parkverwaltung. Das rotbraune Holz glänzte frisch lackiert, die Bauhütte und das Mobil-WC aus grünem Plastik für die Bauleute seitlich davon waren noch nicht abgetragen worden.

»Viele Ehen scheitern für gewöhnlich an der Frage, wer als Nächster den Kühlschrank abzutauen hat. Daher lehnen es die Eskimos vermutlich auch standhaft ab, sich Kühlschränke zuzulegen«, murmelte der Staatspolizist mit dem Eskimo-Tick weiter, während er noch immer in meinen Ausweis starrte, den er jetzt wahrscheinlich schon sechs- oder siebenmal gelesen hatte. Seine Gedanken kreisten aber offenbar nicht um meine Daten, sondern um die Kälte hier am See. Seinen Fahrer, einen jüngeren Beamten in einer neonorangen Daunenjacke und Lammfellstiefeln, hatte er schon vor geraumer Zeit in das offenbar neu erbaute Gästehaus geschickt, wahrscheinlich um den Abgeordneten Topf zu fragen, ob der einen Leibwächter namens Marek Miert hatte.

»Wie lange arbeiten Sie schon für den Abgeordneten?«

Offenbar waren ihm die Eskimo-Schmähs ausgegangen.

»Sie werden lachen: seit vier Stunden und dreiundzwanzig Minuten, um genau zu sein.«

Der Beamte lachte nicht. Im Gegenteil. Ich sah zu, wie er seine linke Hand langsam und unauffällig in seinen Lodenmantel schob. Wahrscheinlich, um nach der Glock zu tasten.

»Irgendwelche verbotenen Waffen, die Sie bei Ihrem Job benützen und jetzt gerade dabeihaben?«

Eigentlich hatte ich antworten wollen: »Eine Bazooka im Kofferraum und einen zerlegten Granatwerfer unter dem Beifahrersitz«, aber dann fiel mir mit Schrecken ein, dass die Handgranate aus Opa Mierts Beständen tatsächlich irgendwo im Handschuhfach herumkugelte. Wenn sie mich damit erwischten, konnten sie mich für einige Zeit aus dem Verkehr ziehen.

»Nein«, antwortete ich schmallippig.

***

Der Abgeordnete hatte sich offenbar im Auto umgezogen. Er trug jetzt zu meiner Verblüffung Military-Gummistiefel, eine Art langärmelige, wattierte Anglerjacke und so etwas wie einen Tropenhut in Khaki. Außerdem schleppte er eine Kamera mit einem gewaltigen Teleobjektiv von fast einem halben Meter Länge mit sich herum. Den jüngeren Stapobeamten im Schlepptau, war er zielsicher auf den Granada zugestiefelt und hatte sofort mit mir zu reden begonnen. Offenbar hatte ihm Heider telefonisch eine ganz gute Beschreibung meiner Person durchgegeben. Der ältere Beamte hatte die Situation schnell erkannt und sich dezent verzogen. Der Jüngere blieb dagegen wie angewurzelt stehen, bis ihn Topf mit einer Art unwirschem Grunzer und der Bemerkung: »Haben Sie nichts zu tun, Herr Kollege?« verscheuchte. Immerhin, meine Granate war dadurch zunächst einmal vor amtlicher Entdeckung gefeit. Ich hätte Opa Mierts Krempel schon längst wegwerfen sollen, aber kann man eine scharfe Eierhandgranate, eine russische Leuchtpistole und eine Schrotflinte, die weiland dem Harlander Volkssturm gehört hatte, einfach im nächstbesten Müllcontainer entsorgen?

»Das Gelände ist ein wenig unübersichtlich – wo ist Ihr zweiter Mann, Miert?«

Ich dürfte etwas zu langsam geschaut haben, denn der Abgeordnete fragte eindringlich weiter: »Sie haben doch sicherlich einen zweiten Mann mitgebracht? Wo ist er?«

Welcher zweite Mann, dachte ich? Was hat dem bloß dieser Heider mit e sonst noch erzählt? Sackt der die Honorare für ein ganzes Team ein oder was?

»Äh, ja, dort drüben im Gebüsch, unter den Weiden.«

»Gut getarnt, das kann man wohl sagen!«

»Wir schicken unsere Leute auf eigene Lehrgänge dafür.«

»Das sieht man.«

Bevor ich noch weitere imaginäre Mitarbeiter erfinden musste, öffnete sich das Tor des Gästehauses und ein ganzer Strom an Politikern, Journalisten, Pressesprechern und Adabeis ergoss sich auf den Parkplatz. Wahrscheinlich hatten sie desinteressiert irgendeinen Einführungsvortrag über das neue Naturschutzgebiet absolviert. Die Umweltministerin sprach im Abgehen noch ein kurzes Statement in die Mikrofone und rauschte dann gemeinsam mit ihren beiden Pressereferenten oder Sekretären in einer schwarzen Limousine ab, dicht gefolgt vom Stapowagen. Topf hatte sich sofort nach dem Erscheinen des ganzen Trosses brüsk von mir abgewendet und war um die Kameras herumgeschlichen, aber verglichen mit der Ministerin war er hier für die Medien wohl nur der vierte Zwerg von links.

Etwas war mir aufgefallen: Der Abgeordnete schien weder zittrige Hände noch tiefe Ringe unter den Augen zu haben, weder übermäßig zu schwitzen noch nervös oder blass oder fahrig zu sein, ganz im Gegenteil, der Typ war eigentlich ganz schön forsch und hatte wahrscheinlich vor niemandem Angst, kein bisschen, vor nichts und niemandem, schon gar nicht vor irgendwelchen tschetschenischen Terrorzellen. Seltsam, dachte ich, dass so jemand einen Leibwächter engagierte, noch dazu einen wie mich.

***

Nach der endgültigen Abfahrt der Ministerin und ihrer Eskorte war der Tross aus den Landtagsabgeordneten, den Bürgermeistern und Lokalpolitikern der umliegenden Gemeinden, den Redakteuren, Kameraleuten, Tonassistenten und drei Parkangestellten in langen, wattierten Jacken mit Tarnmuster langsam in das Gelände vorgedrungen. Schwemmland mit verwehtem Schnee, Eisschotter, unförmiges Gesträuch, ocker- und sandfarbener, gefrorener Auwald, der in der Wintersonne wie Hundekot bräunte. Nach rund dreiminütigem Marsch, bei dem eine Menge Halbschuhe an dem harten, firnigen Schnee zuschanden gingen, erreichten wir einen Schottersee in der Größe von vielleicht acht, neun Fußballfeldern. Seltsamerweise gab es keinerlei Eis auf der Oberfläche und Schwaden von Dampf schwebten über den Wassern. Man hatte fast den Eindruck, als schleppte die Wolfssonne ihren blonden Seim einzig und allein in dieses Gewässer. Am Ufer des Sees waren ein paar Schilfhütten aufgestellt. Diese Beobachtungsplätze sollten wohl den Tagestourismus in der gottverlassenen Gegend ankurbeln. Als erstes monierten die anwesenden Journalisten, dass es an diesem Strand keine Bar gab.

Topf mied die Hütten, weil er sich unbedingt in den Kameralinsen der drei Fernsehteams und der Zeitungsfotografen spiegeln wollte, und tat am Schotterteich mindestens so interessiert wie Charles Darwin auf Galapagos. Dabei war er sichtlich gelangweilt gewesen, als der Parkleiter, ein leibhaftiger Hofrat in wattiertem Khaki, auf dem langen Marsch von Feenkrebsen und Rückenschalern, von Schafstelzen und Grauammern, Laubfröschen und Gelbbauchunken geschwärmt hatte. Die lokalen Fernsehjournalisten ignorierten jedenfalls sowohl den dozierenden Parkbeamten wie auch den zünftigen Abgeordneten geflissentlich, denn sie hatten schon die Umweltministerin im Kasten und brauchten jetzt eigentlich nur noch die Viecher aufzunehmen, die hier angeblich zu sehen waren.

Der Khaki-Hofrat erklärte derweil etwas von warmen Quellen und artesischen Brunnen und Mergelschichten, während seine beiden Mitarbeiter Slibowitz im Flachmann und Ferngläser an die Truppe ausgaben. Die Fotografen und Kameraleute und Bürgermeister und Landtagsabgeordneten hockten sich in die Hütten, während Topf vor den Kameraausnehmungen und Sehschlitzen in den Schilfwänden auf und ab lief oder mit seinem Teleobjektiv allerlei interessante Posen einnahm. Früher hatte man alles getan, um in den Himmel zu kommen. Heute tat man alles, um ins Fernsehen zu kommen. Habemus Papam: Andy Warhol.

Dann tat sich zunächst einmal fast eine Stunde lang nichts, aber auch gar nichts. Zwei Redakteure und ein Kamerateam zogen ab und stolperten eskortiert von einem Parkwächter durch den Auwald zurück.

Danach tat sich wieder eine halbe Stunde nichts. Eine gereizt-gelangweilte Stimmung kam auf, wie wenn man beim zwanzig- oder dreißigjährigen Klassentreffen eine Menge Leute viel zu lange auszuhalten hatte, die man schon als Fünfzehnjähriger nicht hatte ausstehen können.

»Achtung! Da sind sie!«, wisperte der Hofrat plötzlich emphatisch.

Daraufhin war laut und deutlich die schallende Frage des Abgeordneten Topf zu hören: »Wer denn?«

Dicke, schwarze Scheiben von der Größe eines kleineren Brotlaibes tauchten aus den warmen Wassern, gepanzert, dunkel und angeblich älter als die Dinosaurier – zwei, drei, fünf Exemplare der Europäischen Sumpfschildkröte hievten sich unspektakulär auf den Schotterstrand, vielleicht fünfzig, sechzig Schritte rechts von uns. Die Kameras surrten und klickten und der Abgeordnete Topf versuchte, in die Bilder zu springen, wurde aber verscheucht. Seine Kamera gab kein Geräusch von sich, wahrscheinlich hatte er sich das teure Stück nur ausgeborgt und nicht einmal einen Film eingelegt.

»Emys orbicularis sieht ganz gut und hört nicht schlecht – Sie sollten alle in die Hütten gehen!«, wisperte der Outdoor-Hofrat aufgeregt.

Da waren die Schildkröten auch schon wieder ins Wasser abgetaucht und die Pirsch zu Ende.

***

Auf dem Rückmarsch gelang es mir, den Abgeordneten für einen Moment von einer Gruppe von Redakteuren, bei denen er sich wichtig machen wollte, und deren geistigen Stärkungsmitteln abzudrängen.

»Ich würde gerne eine Sicherheitsüberprüfung Ihres Hauses oder Ihrer Wohnung vornehmen.«

»An sich eine gute Idee, über die wir diskutieren sollten. Aber ich muss anschließend noch zu einer Sitzung des Landesparteivorstandes. Da bin ich unabkömmlich und brauche keinen Schutz, alles Parteifreunde!«, der Abgeordnete ging in den für ihn zu großen Gummistiefeln wie ein hochschwangerer Maulesel. »Wo ist übrigens der zweite Mann?«

»Hat das Gelände auf einer anderen Route, auf einer Abkürzung bereits verlassen, um unsere Abfahrt zu decken.«

Ich sah es seinen Augen an, dass er gleich den Hofrat nach dieser Abkürzung fragen würde, und musste ihn irgendwie ablenken: »Soll ich Ihre Kamera tragen? Scheint ja ziemlich schwer zu sein.«

»Sie sollten Ihre Hände immer frei haben für Ihre Waffe! Und was für eine benützen sie?«

»Eine Walther PPK. Mit adaptiertem Verschluss für eine schnellere Schussfolge.«

Ich verschwieg ihm natürlich, dass ein ehemaliger Polizist, der im Unfrieden von der Truppe geschieden war, niemals einen Waffenschein oder eine Waffenbesitzkarte erhalten würde. Dafür sorgten die Ex-Kollegen schon.

Als wir den Parkplatz wieder erreicht hatten, brannte das Gästehaus lichterloh. Die Loizenbacher wollten offenbar keinen nicht von ihnen kontrollierten Tourismus. Im gelbmilchigen Widerschein des Brandes sprintete der Abgeordnete zu seinem BMW und legte einen filmreifen Kavaliersstart hin. In der ersten Aufregung kümmerte sich niemand um ihn und sein Verhalten, auch ich nicht. Nach wenigen Sekunden war der dunkelblaue Bolide hinter der ersten Biegung der Aupiste in der Reiflandschaft des Überschwemmungsgebietes verschwunden. Mit meinem Ford Granada hatte ich gar nicht erst versucht, da mitzuhalten. Es kam mir nur irgendwie seltsam vor, dass jemand, der mit einem möglichen Attentat auf seine Person rechnete, gerade im Angesicht eines Kapitalverbrechens nicht die Nähe seines Leibwächters suchte, sondern ganz im Gegenteil …

Da ich keine Veranlassung sah, in der aufgeregten Hühnerschar der Exkursionsteilnehmer über die Brandstiftung und die Gründe dafür mitzugackern, setzte ich mich in den Wagen und machte mich daran, nach Harland zurückzufahren. Niemand hinderte mich daran. Die Probleme der Obrigkeit mit den Loizenbachern und umgekehrt gingen mich, fand ich, nichts an.

Mein Ziel war ein verlorener Haufen Häuser südlich der Harlander Südstadt. Was ein Parlamentsabgeordneter und mit ihm seine ganze Landespartei dort zu suchen hatte, war mir aber schleierhaft. Ich hatte eben keine Ahnung von Politik, nur von Käsekrainern, Chardonnay und dem Dreck, in dem ich von meinem Beruf her zu wühlen hatte.

***

Kurz vor Loizenbach, an der Kreuzung der Zufahrtsstraße zum See mit der Landesstraße, lud ich meinen imaginären Assistenten auf ein Paar Debreziner mit scharfem, hellgelbem Senf ein. Für mich bestellte ich eine dicke Scheibe warmen Leberkäse mit ein paar süßsauren Essiggurkerln. Beides schmeckte vorzüglich, ohne die Institution des Würstelstandes müsste ich mir ernsthafte Sorgen um meine Ernährung machen. Denn ich konnte so gut kochen, wie der alte Beethoven zuhören konnte.

Der Würstelstand war in einem alten VW-Bus am Straßenrand untergebracht, dessen Seitenwand man aufgeschweißt hatte, um eine Budel zu schaffen, nicht mehr als ein poliertes Holzbrett auf zwei in das Bankett eingerammten Metallstangen. Eine unbeholfene Werbeaufschrift kündete von »Sepp's Putenkebab«. Etwas Faderes als Putenfleisch, dachte ich schaudernd, gab es nicht, da konnte man ja gleich an einer alten Kokosmatte herumkauen. Ich war auch weit und breit der einzige Gast, sah man von meinem imaginären Assistenten, der mir dankenswerterweise seine Debreziner überließ, einmal ab. Eine einsamere Kreuzung gab es wohl im ganzen Voralpenraum nicht.

»Schon was vom Brand des Seehauses gehört? Oder gerochen?«, fragte ich den Standler, einen großen, dürren Mittfünfziger in einem grünen, verwaschenen Trainingsanzug, worüber er noch eine orange, grobe Jacke wie ein Straßenarbeiter trug.

»So was kommt vor. Kurzschluss vielleicht.«

»Bei einem Neubau?«

»Oder halt ein Lausbubenstreich.«

»Wahrscheinlich Max und Moritz.«

»Von der Kieberei, was?«

»Wenn ja, hätte ich dann keine Würstel gekriegt?«

»Ich lasse mich auf keine Diskussionen mit der Staatspolizei ein.«

Das ist, dachte ich, eine weitere seltsame Antwort und zugleich ein weiser Grundsatz. Der fliegende Würstelstand hier, allein auf weiter Flur, ging mir jetzt langsam auf, war vielleicht nichts anderes als der Beobachtungsposten der Loizenbacher für die ganze heutige Aktion. Auf einer Ablagefläche neben dem Kühlschrank sah ich drei Handys liegen. Wer weiß, was der Standler noch alles unter der Budel hatte?

»Schon mal was vom Abgeordneten Topf gehört, Loizenbacher?«

»Wen interessiert's schon, Meister, wie die Großkopferten alle heißen?«

»Sie sollten vielleicht langsam abbauen, bevor Ihnen wirklich noch die Stapo einen Besuch abstattet.«

»Was wollen Sie damit andeuten?«

»Wenn Sie an dieser hoffnungslosen Kreuzung pro Tag mehr als zwei, drei Kebabs verkaufen, wär's ein Wunder ...«

»Geht Sie meine Standortwahl etwas an?«

»Wenn ich Sie wäre, würde ich wenigstens die Handys wegräumen.«

Darüber dachte er sichtlich angestrengt nach. Es ging ihm offenbar langsam auf, dass ich seine Funktion erahnt hatte.

»Mischen Sie sich immer in so harte Sachen ein, Meister?«

»Ich habe mich nicht eingemischt, ich habe nur geschaut. Das ist ein Unterschied!«

Diese Erklärung schien er verstanden zu haben und er war einigermaßen beruhigt.

»So, jetzt muss ich aber los. Was bin ich schuldig?«

»Geht aufs Haus.«

Das fand ich nett. Ebenso nett war es auch, dass er mir nicht in den Rücken schoss, als ich zum Granada ging. Nur das Baden im Loizenbacher See, überlegte ich, sollte ich wohl besser für die nächsten paar Jahre bleiben lassen.

* * *

Wie ein Haufen in den Schnee gestreuter Kieselsteine lag Wimpassing am östlichen Ufer der Traisen. Ungefähr seit den Kreuzzügen war es alle paar Jahre vom Fluss überschwemmt worden. Kein Wunder, dass es der Ort nie auf mehr als zwanzig, dreißig Einwohner gebracht hatte. Es gab einen Haufen verwitterter Holzscheunen, alte Mostobstbäume mit silbernen Kronen, ein paar Bauernkaten mit mageren Misthaufen, zwei Wochenendhäuser und ein nagelneues Ausflugsgasthaus im Kitzbüheler Stil mit einem frisch geschotterten Parkplatz davor, der fast so groß war wie Wimpassing selbst. Die Harlander hatten den Flecken in den Dreißigerjahren eingemeindet, so beiläufig wie ein Straßenkehrer ein Papierl aufsammelt. Welche Partei hielt ausgerechnet hier eine Landesvorstandssitzung ab?

Der einzige Vorteil von Wimpassing war, dass es nur eine einzige Zufahrtsstraße gab, und die endete am Parkplatz des Gasthofes. Der weiße Toyota der Staatspolizei parkte ganz offen vor einer mächtigen Scheune am Ortseingang. Der ältere Beamte saß entspannt auf dem Fahrersitz und biss an einem Apfel herum. Sein junger Adlatus fotografierte ebenso entspannt mein Auto, als ich herangekommen war. Die Staatspolizei, dachte ich, hat doch in den letzten fünfzig Jahren im Wesentlichen nur alternative Stillgruppen, trotzkistische Kaffeehausrunden, grünbewegte Kindergärtner, sektiererische K-Grüppchen und vor allen die alte Dame KPÖ observiert, was ist jetzt in die gefahren? Der alte Hofrat L., dessen Wohnzimmer auch in seiner Zeit als Stapoleiter ein repräsentatives Hitler-Bild ›geziert‹ hatte, würde wohl im Grab rotieren, wenn er wüsste, dass seine Beamten jetzt offenbar auch andere Vereine im Visier hatten.

Ich ließ mich durch den Fotografen jedenfalls nicht stören, fuhr die paar Meter durch den Ort und auf den Parkplatz, dessen Kalkschotter von einer mageren Schneeschicht bedeckt war und vollkommen unberührt schien. Seltsame Präsidiumssitzung, dachte ich, wenn überhaupt keiner gekommen ist.

***

Als ich mangels besserer Ideen aus dem Wagen stieg, stürzte aus dem Eingang des Gasthauses ein etwa vierzigjähriger Mann mit Stoppelfrisur auf mich zu wie eine hyperaktive Leberwurst. Er hatte schnapshelle Augen, die ins Leere zu starren schienen oder in die simple Welt eines Imbezilen.

Er trug einen dunkelbraunen Ledermantel und hatte wohl vor zehn oder fünfzehn Jahren ziemlich eifrig Gewichte gestemmt. Aber heute wirkte er nur mehr plump und aufgeschwemmt, wie eine Salatgurke, die Monate, wenn nicht Jahre im Essigwasser gelegen hatte.

»Geschlossene Veranstaltung! Sie können hier nicht parken!«, schnauzte er mich an.

»Sie hätten Ihr Horoskop genauer lesen sollen: Heute haben Sie kein Glück.« Normalerweise streite ich mich nicht lange mit dem Bodenpersonal herum, aber den Kerl wollte ich ausprobieren.

»Keine Parkmöglichkeit heute!«, blaffte er unbeeindruckt weiter.

»Aber der Parkplatz ist doch komplett leer.«

»Eben. Geschlossene Gesellschaft!«

Viel Neues kam von diesem alternden Gorilla jedenfalls nicht.

»Wer sagt das?«

Darüber dachte er nach, allerdings nicht sehr lange und nicht sehr erfolgreich.

»Sie können hier nicht parken!«

»Wenn Sie wüssten, was ich alles kann. Sind Sie ein einfaches Parteimitglied oder was Besseres?«

»Ich muss Ihnen das nicht sagen.«

»Und ich muss hier nicht wegfahren, außer Sie haben einen Baseballschläger oder etwas ähnlich Überzeugendes dabei.«

Bevor ich ihn noch weiter verwirren konnte, schliff sich der dunkelblaue BMW des Abgeordneten auf dem Parkplatz ein, dass Kies und Eis nur so spritzten.

Heiders Terminaufstellung, fand ich, hatte Lücken. Wo war mein Schutzbefohlener nur so lange gewesen? Wo immer sich mein rasender Abgeordneter inzwischen verkrochen hatte, ging mir auf, ich hätte ihm in keinster Weise beistehen können.

***

Topf und ich gingen ohne Worte über die Tatsache hinweg, dass wir beide soeben von der Staatspolizei fotografiert worden waren. Den Ledermantel-Typen trieb er mit einer bloßen Handbewegung ins Gasthaus zurück. Er hatte sich schon wieder – im Auto oder sonst wo – umgezogen und trug jetzt einen sicherlich maßgeschneiderten, braunen Kärntner Anzug. Sogar die Hirschhornknöpfe sahen echt aus.

»Die angedachte Sicherheitsüberprüfung ihres Hauses...«, begann ich, wurde aber von dem rasenden Abgeordneten sofort unterbrochen.

»Ja, das sollten wir! Aber später, morgen vielleicht! Morgen früh! Bleiben Sie inzwischen bei meinem Wagen, damit niemand die Bremsleitung anfeilt oder gleich eine Packung Plastiksprengstoff unter die Kardanwelle packt ...«

»Wie Sie wollen, Herr Abgeordneter, aber ...«

Weiter kam ich auch diesmal nicht. Mir war zwar schon immer bewusst gewesen, dass Politiker viel und schnell reden können und ihre Gesprächspartner andauernd unterbrechen, aber Topf setzte noch eins drauf.

»Ihr Team soll sich um den Hintereingang kümmern, drinnen komme ich schon allein zurecht, das sind alles Parteifreunde.«

Team, dachte ich, welches Team? Langsam hätte ich wirklich gerne gewusst, was dem dieser Heider mit e bloß erzählt hatte. Außerdem hätte ich gerne gewusst, ob seine Parteifreunde alle zu Fuß gekommen waren. Aber wenn ich mich danach erkundigt hätte, wäre er schnell draufgekommen, dass das ganze »Team« aus mir und meinem imposanten Bauch und meinem ebenso imposanten Dickschädel bestand.

Mitten in diesen meinen Überlegungen stürzte der Abgeordnete hastig davon, auf das Gasthaus zu. Wie alle VIPs war er mehr als eine Viertelstunde zu spät dran.

***

Der Feldweg zog sich von dem länglichen Stück raureifbedeckter Wiese hinter dem Gasthof bis in ein Wäldchen ein paar hundert Meter Richtung Osten. Es gab also noch eine weitere Zufahrt nach Wimpassing. Auf der Wiese standen gut drei Dutzend Autos, nicht nur Geländewagen, auch einige mir bekannte Nobelkutschen von Honoratioren aus Harland und der eine oder andere Firmenwagen. Ich entdeckte auch Autonummern aus Krems, Zwettl, Mödling, Korneuburg und Waidhofen an der Ybbs. Die Staatspolizei hatte sie alle übersehen. Oder übersehen müssen. Oder übersehen wollen.

Ich fror inzwischen wie ein rachitischer Schneider. Ich hatte eigentlich schon am Loizenbacher See zu frieren begonnen und im Granada war es während der Fahrt nicht viel wärmer gewesen als hier draußen unter den alten Apfel- und Birnbäumen. Ein Blick auf die Eisblumen an den Fenstern des Gasthauses erhöhte meine Körpertemperatur auch nicht gerade.

Auf der Höhe einer neu erbauten Scheune, die offenbar zum Gasthof gehörte, wurde ich mit einem Mal von einem Hauch gestreift, scharf und ätzend, der in Richtung Parkplatz trieb. Machen die hier in Wimpassing ihren Traktordiesel jetzt aus faulen Eiern oder was, fragte ich mich, obwohl meine Riechrinde, alt wie die Gattung selbst und selten gefragt, den Bocksgeruch sehr wohl zweifelsfrei identifiziert hatte.

Eine Eisplatte krachte in meiner unmittelbaren Nähe wie von selbst. Hervorgerufen durch die Temperaturspannung zwischen Frostboden und wärmerer Luft? Während ich noch als Physiker dilettierend darüber nachdachte, öffnete ich gedankenverloren die Tür des Schuppens.

Der riesige Raum unter dicken, sauber gebeizten Dachbalken war leer, nichts als seifig-dunkler Dämmer, nichts als eine dünne Strohschicht am Boden und drei nebeneinandergestellte Kanister, die mit allerlei Drähten verbunden waren. Mitten im Drahtgeflecht blinkte eine kleine Diode. Es roch schwach nach Benzin.

In was, dachte ich, bist du da wieder hineingeraten, Miert?

Ich hatte aber nicht mehr allzu viel Zeit, mich weiter zu wundern, denn plötzlich geschah etwas mit mir, was man eigentlich nur aus schlechten Filmen kennt: Von hinten wird einem ruckzuck ein Kartoffel- oder Düngersack über Kopf und Schultern und den halben Rumpf gezogen, und dann setzt es Hiebe auf Kopf, Schultern und Rücken. Mit einem Prügel, mit den Fäusten, mit einem sandgefüllten Strumpf. Oder mit einem Hammer: Dann war der Sack das Letzte, was man im Leben mitbekommen hat.

***

Was mich schließlich ins Leben zurückbrachte, war das Handy in der Brusttasche meines Hemdes. Ich hatte es noch immer nicht geschafft, den Tarzan-Klingelton, den man mir beim Kauf angedreht hatte, durch eine richtige Melodie, etwa ein paar satte Dvořák-Akkorde zu ersetzen.

»Auf den Abgeordneten ist heute ein Brandanschlag verübt worden – und wo sind Sie?«, quäkte Horst Heider vorwurfsvoll durch den Äther.

Irgendwie konnte ich es noch immer nicht glauben, dass ich am Leben war – und telefonierte.

»Ganz sicher bin ich mir nicht, aber ich glaube, ich bin im Koma.«

Ich fühlte mich, als wäre ich gerade mit der Titanic untergegangen. Ich bin ein fabelhafter Leibwächter, dachte ich, ich kann mich nicht einmal selbst beschützen, geschweige denn einen anderen.

»Morgen früh um acht sind Sie zur Sicherheitskontrolle an seinem Wagen gestellt! Haben Sie verstanden?!«

Mit der rechten Hand befühlte ich vorsichtig meinen Hinterkopf und mein Gesicht. Überall dicke Blutkrusten, viel eingetrocknetes Blut. Mein Hemd und meine Jacke würde ich wegwerfen müssen. Gut, dass mir eine leicht schizoide Handarbeitslehrerin, die Anno Schnee einmal kurz in mich verliebt gewesen war, aber dann doch lieber einen gut verdienenden Anästhesisten genommen hatte, einst Schonbezüge für die vorderen Sitze des Granada geschenkt hatte.

»Sie hören mir offenbar nicht zu!«, antwortete ich und drückte den Aus-Knopf.

Immerhin hatten sie mir den Hammer erspart und mich auch nicht auf den Schneeresten vor der Scheune liegenlassen, wo ich auf dem Boden hätte erfrieren können, denn es war bereits dunkel, schneedunkel. Irgendeine mildtätige, vor allem aber kräftige Seele hatte mich bis zu meinem Auto geschleppt und wie einen Sack Kartoffeln auf dem Fahrersitz deponiert. Der Autoschlüssel steckte im Schloss, wohl eine dezente Aufforderung, schleunigst zu verschwinden.

Ich knipste die Innenbeleuchtung an, sah auf meine Armbanduhr und versuchte die Zeiger zu verstehen, was mir nicht ganz gelang.

Tarzan gurgelte erneut infernalisch. Ich erkannte Heiders Nummer auf dem Display und nahm den Anruf nicht an. Stattdessen wuchtete ich mich mühsam aus dem Wagen, nahm das Reifen-Montiereisen aus dem Kofferraum und ging mit wackeligen Knien zur Scheune zurück. Der Schnee reflektierte genug Restlicht, dass ich das Scheunentor nicht verfehlte. In meinem Kopf rumorte etwas heftig wie ein Atomsprengsatz im Bikini-Atoll.

Die Kanister waren weg. In der Scheune war außer ein paar alten Strohballen nichts mehr. Ich stapfte da heraus wie ein hochschwangerer Storch, noch immer mit dem Montiereisen in der Hand. Auf der Wiese stand auch kein einziges Auto mehr und die Fenster des Gasthofes waren dunkel und verhängt.

Mangels besserer Ideen beschloss ich, hier und jetzt Klempert anzurufen, einen Deus ex Machina, dachte ich, könnte ich jetzt ganz gut brauchen.

***

»Klempert. Hallo? Wer spricht?«

Plötzlich dachte ich daran, dass ich noch nie einen Attentäter gefunden hatte. Ich hatte bloß Slotek Byczinksi gefunden. Slotek hatte von den zweiundzwanzig Leasingraten für seinen Mazda nicht eine einzige bezahlt. Trotzdem bot er die Mittelklasse-Limousine unzählige Male zum Kauf an und machte sich mit den Anzahlungen Unbedarfter und dem Wagen immer rechtzeitig aus dem Staub. Ich hetzte ihn durch sieben von neun Bundesländern, trieb seine Stiefmutter durch sinnlose Drohanrufe – »Sagen Sie mir endlich, wo Slotek ist, oder ich lasse Sie psychiatrieren!« – fast in den Wahnsinn und ließ seine Kreditkarten und seine Bankomatkarte sperren. Erst nach Monaten konnte ich den Mazda endlich zugunsten der Leasingfirma beschlagnahmen lassen.

Slotek hatte sich das Abschleppseil um den Hals geschlungen und das andere Ende an einem Baumstamm verknotet. Dann stieg er in den Wagen – und fuhr mit Vollgas los. Auch eine Möglichkeit, aller Probleme ledig zu werden.

Auf jeden Fall hatte ich Klempert über meine damaligen Ermittlungen stets auf dem Laufenden gehalten, schon weil ich dadurch zu so etwas wie Gratis-Anzeigen in den Lokalzeitungen gekommen war. Sogar überregional hatte der Fall Interesse erregt. Vor allem, weil die Fotos so wunderbar ekelerregend waren.

»Miert hier, der Mann mit dem fliegenden Kopf.«

Klempert verkaufte seine Nachrichten an jede Redaktion, die einigermaßen zahlungsfähig oder kreditwürdig war. Mit seiner Vorliebe für Designer-Klamotten und teuer ondulierte Frisuren war er eine stadtbekannte Figur, ein versnobter Heros der lokalen Boulevardmedien. Am Telefon klang er wie Don Giovanni mit Polypen. Jetzt war es an der Zeit, eine alte Schuld bei ihm einzutreiben.

»Was ist am Dampfen, Miert?«

»Was wissen Sie über den Abgeordneten Topf, Helmar Topf?«

»Mann Gottes, Sie kennen Ihren Abgeordneten nicht? Ist denn das die Möglichkeit!«, spottete der Don.

»Ich kann mich nicht erinnern, ihn gewählt zu haben. Also, was wissen Sie über ihn?«

»Wie die meisten anderen politischen Führungsfiguren hier in der Region wäre er vor allem mit psychopathologischen Begriffen beschreibbar. Andererseits wird von ihm erzählt, dass er durchaus auch zu rationalem Verhalten fähig ist und zum Beispiel als Arbeitsinspektor gerne ein Auge zugedrückt hat, wenn das mit einer Parteispende junktimierbar war. Eine Zeit lang soll er auf diese Art Spenden für zwei

Parteien gesammelt haben. So hat jedenfalls seine Politkarriere begonnen. Politisch ist er in den letzten Jahren immer irgendetwas gewesen, Organisationsreferent, Stadtrat, Bezirkssekretär, und das wie gesagt bei zwei oder drei Parteien, wenn auch nacheinander. Ja, der hat die Couleurs wie die Unterhosen gewechselt. Der Mann ist ganz schön flexibel. Meines Erachtens bringt er es zwar nicht, kann es aber noch weit bringen. Die bei uns übliche negative Auslese der politischen Kader, wenn Sie mich fragen.«

»Fangen wir mal mit der Stufe Einführungsproseminar an, ja. Beginnen wir mit den Basisdaten.«

»Knapp über fünfzig, verheiratet, aber nicht aufregend, keine Kinder, keinen Hund, keine Katze, aber ein Faible für dicke Autos. Vielleicht ein Ferrosexueller, wenn Sie mich fragen. Sein Wahlkreis reicht von der Donau bis zu den Kalkalpen. Irgendwo am Eisberg ein relativ einfallsloses Nobeldomizil, steht unter T im Telefonbuch.«

Nicht einmal im Telefonbuch hatte ich nachgesehen – Klempert schaffte es immer irgendwie, mich zu blamieren.

»Politisch?«

»Ein Eisenhintern. Hat sein ganzes erwachsenes Leben in Sitzungen verbracht und hält das für Politik. Von der Bewegung zur Sitzung. Rechter Flügel der zweitkleinsten Mitte-Rechts-Partei, aber das will nichts heißen, bei uns sind sowieso alle rechts, außer die paar Grünen. Meistens angezogen wie ein mittlerer Manager einer alteingesessenen Konservendosenfabrik. Röchelt bei größeren Reden, also ein wahrer Volkstribun. Redet, wenn Sie mich fragen, meistens Topfen. Im Parlament Hinterbänkler, die Ausschüsse, in die sie ihn gesteckt haben, müsste ich heraussuchen. Alles in allem: Akzente setzt der nur, wenn er im Urlaub Englisch radebricht.«

»Sie mögen ihn wohl nicht?«

»Ich mag überhaupt keine so genannten Volksvertreter, schon gar keine hiesigen.«

»Sonst noch etwas?«

»Das wissen Sie nicht?«, spottete Klempert, »heute ist doch ein Brandanschlag auf Ihren Abgeordneten verübt worden. Meint er jedenfalls. Für morgen Nachmittag hat er sogar eine Pressekonferenz angesetzt. Thema: akutes Bedrohungsbild gegen den Abgeordneten T.«

»Wissen Sie, warum er sich bedroht fühlt?«

»Angeblich ist er zu früh in einem Ausschusslokal im Parlament erschienen, noch dazu im falschen, und hat dort einen Blick in angeblich brisante Unterlagen geworfen, die offenbar von einem Mitglied des Verteidigungsausschusses versehentlich liegengelassen worden sind.«

»Und glauben Sie das?«

»Ich kenne – vom Wegschauen – eine Society-Dame, die schon die dritte oder vierte Schwangerschaft erfunden hat, um sich in den Medien ein bisschen interessant zu machen.«

»Wie machen Sie das alles bloß?«

»Ganz einfach, ich höre und lese sehr sorgfältig und schalte mein Gedächtnis fast nie ab. Das Ganze wird Sie aber etwas kosten.«

»Ich dachte, mit dem fliegenden Schädel wären wir quitt.«

»Irrtum, mein Sohn.«

»Was ist, wenn ich jetzt einfach auflege?«

»Dann habe ich für morgen eine schöne Headline parat: Ermittlungen gegen den Abgeordneten Topf. Ein Parlamentarier unter Verdacht. Balkenlettern. Bluthund Marek M. auf heißer Fährte und so weiter und so fort.«

Höchst unfair, aber andererseits eigentlich unbezahlbare PR für mich, dachte ich und schwieg mich erst einmal aus.

»Unter uns Pfarrerstöchtern: Ich handle mit Informationen, nicht mit moralischen Traktaten. Capito?«

»Ich muss darüber nachdenken.«

»Geben Sie nicht so an.«

Er hatte mich da, wo er mich haben wollte.

»Wissen Sie eigentlich, wo Wimpassing liegt und worin der Unterschied zwischen Diesel und Benzin besteht?«

Ohne, dass es mir in meinem schmerzenden Kopf wirklich bewusst geworden wäre, hatte ich soeben beim Abgeordneten Topf innerlich gekündigt.

»Ich bin ganz Ohr«, antwortete Klempert.

Vielleicht hatte auch ich ihn da, wo ich ihn haben wollte.

***

Kurz vor dem Ortsende von Wimpassing stand ein gehörnter Krampus im schwarzen Zottelfell mitten auf der Straße. Wie in Zeitlupe schwang er eine Peitsche in Richtung meines Wagens. Ich gab Vollgas, schlitterte mit Karacho direkt auf ihn zu, aber mit zwei, drei weit ausgreifenden Schritten war er zwischen den Stämmen von ein paar alten Mostobstbäumen verschwunden. In dieser Raunacht war wohl niemand sicher, ich schon gar nicht.

Vor ein paar Jahren wollte die Harlander Polizei das wilde Treiben der Krampusse verbieten, weil sich die »Vorfälle und Vorkommnisse« – so das krude Amtsdeutsch der Ordnungshüter – von Jahr zu Jahr mehrten und Harland nicht Chikago werden dürfe, wie sich der Polizeidirektor in der Lokalpresse auszudrücken nicht entblödet hatte. Heftig pubertierende Krampusse waren damals in eine Reihe von Vorgärten, Werkzeughütten und Garagen eingedrungen und hatten diese in einem wahren Furor diabolicus demoliert. Dutzende Autos waren zerkratzt, die Anonymität hinter den Larven für private Abrechnungen benutzt worden, und ein Beelzebub war mit 2,5 Promille Blut im Wein im Spratzerner Mühlbach ertrunken, als er gerade einer schwarzen Katze hinterherhetzte. Aber letzten Endes hatte sich die hochlöbliche Gemeindevertretung doch zur einhelligen Meinung durchgerungen, dass Harlands wahre Volkskultur und sein idyllisches Brauchtum nicht einfach mit einem Federstrich zu verbieten wären, und der Polizeidirektor, der für die Mehrheitsfraktion im Gemeinderat saß, hatte sich nolens volens gefügt. Harland war eben Harland, hol's der Teufel!

Die paar Kilometer in die Harlander Südstadt schlich ich dahin wie ein Fahrschüler mit hundert Dioptrien. Gelber, pappiger Schnee begann zu fallen. Am Marktplatz vor der Josefskirche musste ich den Wagen abstellen und Kopf und Brust einige Minuten auf das Lenkrad legen, so kaputt war ich. Niemand, dachte ich, war sicher, so viel war sicher.

Da war ich bei laufendem Motor auch schon eingeschlafen.

***

Ich kann mich bis heute nicht wirklich daran erinnern, wie ich von der Südstadt nach Hause gekommen bin. Auf jeden Fall fand ich mich im Badezimmer meines Wohnbüros wieder, wo ich mir das eingetrocknete Blut aus dem Gesicht wusch und ein neues Hemd anzog. Dann beginnt die Erinnerung damit wieder, dass ich seltsamerweise im Empfangszimmer am Schreibtisch saß und aus einem Limonadenglas schwarzen Kaffee trank, vor mir die Moccamaschine, die ich offenbar aus der Küche angeschleppt haben musste. Ab da kannte ich mich wieder einigermaßen, blieb aber apathisch auf dem Schreibtischsessel hocken.

Gegen dreiundzwanzig Uhr, auch die Zeit begann ich langsam wieder zu begreifen, zog die Kaffeemaschine keinen einzigen Tropfen mehr hoch. Ich überlegte, ob sich das Ding wohl mit dem WC-Reiniger, der einzigen scharfen Flüssigkeit, die ich im Moment zur Verfügung hatte, entkalken ließe. Am Rande der Nacht glitt ich auf dem Sessel in einen dünnen Schlaf.

Bereit sein ist eben alles.

Als ich wieder halbwegs munter war, presste ich das Handy an mein Ohr.

»Sie müssen sie finden!«

Eine echauffierte, dröhnende, aber leere Stimme. Im Hintergrund rasselte eine Eisenkette.

Seltsamer Traum, dachte ich, aber kein Wunder bei dem Schädelweh.

»Sie müssen sie unbedingt finden!!«

Durch das Telefon vermeinte ich im Traum Glühwein zu riechen und das hellblaue Aerosol eines teuflischen Schnapses.

»Beruhigen Sie sich, ich finde praktisch jeden Tag irgendwelche Leute.«

In Wirklichkeit, dachte ich, finde ich nicht einmal jeden Morgen die Zahnpasta.

»Wissen Sie, Ihr Großvater ist mir erschienen!«

»Was?«

Dann splitterte offenbar in nächster Nähe des Anrufers Glas, und die Leitung war unterbrochen. Überrascht stellte ich fest, dass ich wach war, völlig wach.

* * *

Ich musste erneut eingeschlafen sein und schon wieder träumen. Denn der Berg, der vergeblich versuchte, sich vor mir aufzurichten, trug einen knöchellangen, knallroten Damenmantel und statt Knöpfen aufgeklebte, golfballgroße Wattebäuschchen. Der Berg wurde von einer absolut unauffälligen Goldtiara und von einem dezenten weißen Rauschebart ebenfalls aus Watte gekrönt. Er hatte die Wohnungstür zu meinem Empfangszimmer mit Schwung aufgerissen und war mit einer Wolke von Schnee von seiner Kleidung wie eine Lawine bis vor meinen Schreibtisch gewalzt. Überdies konnte der Berg sprechen: »Machen Sie mir einen Kaffee!«

»Machen Sie sich keine Hoffnungen darauf. Übrigens, sind Sie so mit Ihrem Schlitten unterwegs gewesen?«

»Sie verwechseln mich mit dem Weihnachtsmann. Heute ist der 5. Dezember. Ich bin …«, der Berg blieb, beduselt wie er offenbar war, auf seinen vier Buchstaben hocken, konnte aber noch erstaunlich gut reden, »ich bin der heilige Nikolaus!«

»Wo ist dann Ihr Bischofsstab und wo ist Ihr Begleiter, der Krampus?«

»Da merkt man aber gleich, dass Sie Detektiv sind!«

Der Berg begann sich die Wattebäuschchen von Bauch und Brust abzureißen und den Mantel aufzuknöpfen. Darunter hatte er Polster, Decken und Matten um den Leib gewickelt und mit einer gelben Plastikwäscheleine kunstvoll verschnürt.

»Der Kramperl hat in seinem Dulli versucht, die Telefonzelle umzukippen. Den Krummstab habe ich dann auf seinem Buckel zerbrochen, Mistvieh, kraupertes!«

In meiner Schreibtischschublade lag, wie ich mich jetzt beruhigenderweise erinnerte, die abgesägte Schrotflinte aus Opa Mierts Beständen. Selbst bei betrunkenen Clowns war ich in der Regel so vorsichtig wie ein Ministersekretär.

»Sie müssen sie finden. Sie müssen sie unbedingt finden!«

Eigentlich hätte ich sofort sagen müssen, dass ich völlig ausgebucht war. Andererseits wäre ein weiterer Auftrag, dessen Erledigung sich vielleicht zwischen Topfs Termine einschieben ließ, ganz gut fürs Konto. Ich hatte schließlich lange genug gedarbt, wohnte in einem Abbruchhaus und meine übrig gebliebenen Ersparnisse reichten gerade noch für ein paar Leberkässemmeln. Außerdem handelte es sich möglicherweise um einen Notfall, motivierte ich mich.

»Wie sind Sie auf mich gekommen?«, fragte ich den heiligen Nikolaus.

»Sie stehen im Telefonbuch.«

»Das tun andere Detektive auch. Also?«

»Das ist eine lange Geschichte.«

Der Heilige rülpste einmal gepflegt und antwortete dann: »Sie sind mir sozusagen empfohlen worden.«

Ehrlich gesagt kannte ich niemanden, der mich jemandem empfehlen würde. Nicht einmal als dritter Ofenputzer beim Anker.

»Von wem?«

»Von Ihrem Großvater.«

Das war aus biologischen Gründen schwer möglich. Opa Miert war nämlich schon seit fast fünfzehn Jahren tot.

»Das ist schwer möglich.«

»Ein so genannter Kapselpracker, ein Kinderspielzeug, eine Blechpistole mit einem Korkstöpsel in der Mündung, der mit einer Schnur an der Kimme und am Abzugbügel befestigt war, und Platzpatronen, die einen Höllenlärm verursacht haben.«

»Wie bitte?«

»Ich habe als Kind damit von hinten auf einen russischen Unteroffizier geschossen, 1952 oder so, auf dem Harlander Jahrmarkt. Der Mann hat sich nach dem Knall abrupt und erschrocken umgedreht und in einer raschen, automatisierten Bewegung nach seiner Pistole am Koppel gegriffen – aber zum Glück war da keine!«

»Warum erzählen Sie das alles mir und nicht Ihrem Lebensberater?«

»Ich bin auf der Kommandantur in der Josefstraße gelandet und habe dort meine Watschen bekommen, einen ganzen Tag lang. Von den Befreiten hat sich nämlich keiner hineingetraut in die Kommandantur, nicht einmal meine Eltern.«

Ich begann mir mit einem Kaffeelöffel demonstrativ die Fingernägel zu säubern.

»Nur Ihr Großvater. Ihr Großvater hat für mich auf der Kommandantur interveniert, und dann durften meine Eltern mich abholen kommen. Da hat's dann noch ein paar Ohrfeigen für mich gesetzt.«

Opa Miert, dachte ich, ist schon ein verflixter Kerl gewesen, das muss ihm selbst der Neid lassen.

»Ich bewundere den Reichtum Ihrer Erinnerungen, aber wie sind Sie wirklich auf mich gekommen?«

»Also ich wache heute mit einem Brennen in der Harnröhre auf, erspare Ihnen weitere Einzelheiten, und da ist er mir erschienen, vor der Klotüre!«

Vielleicht hätte der Mann besser einen Urologen oder einen Psychiater und nicht mich aufgesucht.

»Wer?«

»Na, ich sagte es doch schon: Ihr Großvater!«

»Ich nehme an, dass keine längere Unterhaltung zwischen Ihnen beiden geführt worden ist?«

»Ja, Ihr Großvater war so rücksichtsvoll, meine Blicke auf die Klotüre richtig zu deuten, und hat mich nur kurz beauftragt, mich an Sie zu wenden.«

»Passiert Ihnen das öfter?«

»Ja mei, wenn man auf die siebzig zugeht, die Prostata …«

»Nein, solche Erscheinungen, meine ich.«

»Immerhin habe ich als Heiliger gewisse spirituelle Verbindungen.«

Es war wohl Essig mit einem weiteren Auftrag, fürchtete ich, der Mann war bestenfalls meschugge.

»Wissen Sie was: Sie gehen jetzt nach Hause, schlafen erst einmal Ihren Rausch aus, und dann reden wir morgen über die Sache nicht mehr weiter, ja!«

»Sie müssen Sie finden!«

Heilige sind manchmal lästig.

»Wen? Ihre Gattin?«

Ich hatte einmal wochenlang das halbe Bundesland nach der läufigen Frau eines Pedikeurs abgesucht, und als ich sie endlich mit Hilfe einer Bekannten in der Kirchenbeitragsstelle aufgespürt hatte, war er längst mit seinem Gehilfen zusammengezogen und wollte sie nicht mehr haben.

»Sie müssen sie finden!«

»Wen denn, um Himmels willen?«

»Minka! Ich möchte, dass Sie sie finden!«

»Haben Sie vielleicht ein Foto von ihr?«

»Sie ist etwa sechseinhalb Kilo schwer und …«

»Sechseinhalb? Sie meinen wohl sechsundsechzig oder so.«

An diesem Kommafehler erkannte ich unfehlbar, dass der heilige Nikolaus fett wie eine Haubitze war. Man merkte eben gleich, dass ich Detektiv war.

»Haben Sie schon einmal eine Tigerkatze mit sechsundsechzig Kilo gesehen?«

»Eine Katze? Ich soll eine Katze für Sie finden?«

Warum ging der Mann nicht gleich zur Feuerwehr, fragte ich mich, um sich sein Viecherl aus den Baumwipfeln schütteln zu lassen?

»Eine ganz besondere Katze!«, erwiderte der heilige Nikolaus mit der hysterischen Würde der schwer Betrunkenen.

»Und was ist gerade an Ihrem Vieh so Besonderes?«

»Es ist zwölf Millionen wert! Wer das Viecherl hegt und pflegt, erbt zwölf Millionen!«

Geh wusch, dachte ich. Jetzt hätte ich wirklich einen Kaffee gebraucht. Oder einen kräftigen Schluck Inländer-Rum.

Als ich mich wieder halbwegs erfangen hatte, war der heilige Nikolaus eingeschlafen und schnarchte wie ein frischer Luftröhrenschnitt.

Zwölf Millionen.

Ich leerte eine halbe Flasche WC-Reiniger in den Wasserbehälter der Kaffeemaschine und schaltete ein.

***

Nach nicht einmal einer halben Stunde war der Berg aus seinem Tampus erwacht – mit der sauren Ausdünstung und den farblosen Augen des schweren Alkoholikers. Er reckte sich wie ein neugeborenes Huftier auf einem meiner grundunbequemen Besucherstühle. Sein Kostüm war feucht vom Schnee, der selbst in diesem Zimmer, das nur durch unser beider Körper erwärmt wurde, geschmolzen war wie eine dünne Hoffnung.

Das vierstöckige, abgewohnte Zinshaus hinter dem Hauptbahnhof, in dem sich mein Wohnbüro im Erdgeschoß links befand, gehörte längst wie der Rest der ganzen heruntergekommenen Gegend einer Investmentbank, die alles abreißen lassen wollte. Für noch ein schniekes Einkaufszentrum oder für noch ein Gesundheits- oder Wellness-Zentrum mit Funbad oder für was auch immer. Die paar Restmieter meiner Stiege hatten sie innerhalb des letzten Jahres mit monatelangen, sinnlosen Bauarbeiten auf den Gängen und Höfen, wochenlangen Abschaltungen von Wasser, Strom und Gas vergrault oder mit dem Angebot von Ersatzwohnungen zum Ausziehen bewogen. Es gab längst keinen Hausmeister mehr, kein Licht im Stiegenhaus, keine Postkästen, kein abschließbares Haustor und keine Müllabfuhr, die diesen Namen auch verdient hätte. Ich hatte das Angebot einer Ablöse im Gegenwert von ein paar Diskont-Herrenhemden ausgeschlagen und wartete im Übrigen auf bessere Zeiten, sprich auf eine höhere Abfindung. Zur Strafe hatten sie schon im Oktober den Heizkessel im Keller demolieren lassen. Mit einem Heizstrahler in meinem Wohnschlafzimmer, meinem widerstandsfähigen Babyspeck und dem Waldviertler Sturschädel meiner Ahnen hielt ich bis heute dagegen.

Jetzt bekam der Berg doch einen Kaffee und ich eine Geschichte, die er hervorsprudelte wie Erbrochenes.

»Frau Ruzicka hat fünfmal geheiratet, jedes Mal auch ein paar Häuser mit dazu, heute gehört ihr praktisch die halbe Innenstadt. Aber wirklich geliebt in ihrem Leben hat sie höchstwahrscheinlich nur ihre Katzen. Während die Männer gestorben sind, sind die Katzen gediehen. Sie war Gründungsmitglied des Harlander Tierschutzvereines, Kassierstellvertreterin bis zuletzt, und heute Nachmittag hat sie sich in der Tierhandlung in der Josefstraße so über die jüngste Preissteigerung bei Kratzbäumen aufgeregt, dass sie vor dem Geschäft in einen Volvo gelaufen ist. Dabei sind das die sichersten Autos überhaupt.«

»Sie haben wohl überall Ihre Informanten.«

»In einem hiesigen Zoofachgeschäft ist das für den Obmann des Harlander Tierschutzvereines wohl nicht allzu schwierig, Frau Ruzicka war unter Tierfreunden allgemein als großzügigste Förderin des Vereines bekannt. Außerdem ist der Besitzer der Tierhandlung mein zweiter Stellvertreter und ich bin für Ironien aller Art völlig unempfindlich. Als Tierfreund lernt man das sehr schnell selbst vom blödesten Hund.«

»Nichts für ungut, Herr Obmann.«

Schließlich wollte ich nicht auf ewig in einem Abbruchhaus wohnen. Zwölf Millionen.

»Ihr Kaffee hat was. Schmeckt irgendwie seltsam.«

»Dabei habe ich eben die Maschine frisch entkalkt.«

»Vielleicht ist mein Magen auch nur überreizt. Schließlich muss ich einen Liter Glühwein und diese verfluchten Schnäpse unter Kontrolle halten.«

»Noch einen Kaffee?«

»Am besten intravenös.«

»Verstehen Sie mich nicht falsch, Herr Obmann, Ihre Erzählung war sicherlich ein sehr schönes Feuilleton, aber was hat das mit mir zu tun?«

»Nach den Männern sind die Katzen gestorben, nur Minka ist übrig geblieben, halb blind, neurotisch, übergewichtig, aber die beste, die einzige Freundin eines sehr einsamen, sehr alten Menschen.«

»Und? Was kann ich Ihrer Meinung nach für Sie tun? Das Viecherl in Pflege nehmen oder was? Ich habe nicht einmal ein Katzenkisterl.«

»Heute Nachmittag, kaum dass ich vom tragischen Unfalltod von Frau Ruzicka gehört hatte, bin ich natürlich sofort in ihre Villa gefahren, um Minka zu bergen und in die Obhut des Tierschutzvereines zu nehmen. Wir wollen ihr das Gnadenbrot geben. Schließlich war Frau Ruzicka unsere größte Gönnerin. Das war ich ihr sozusagen schuldig, aber Minka war verschwunden, spurlos verschwunden.«

Der Berg schluchzte plötzlich auf wie ein Laiendarsteller einer ländlichen Pfarrbühne. Scheinbar war ihm das Hinscheiden der hohen Gönnerin doch nahe gegangen, obwohl er vorhin eher despektierlich über sie geredet hatte.

»Wie sind Sie überhaupt in das Haus gelangt?«

»Das ist kein Haus, das ist geradezu ein Anwesen.«

Der Berg hatte sich erstaunlich schnell wieder gefasst. »Ich habe für Frau Ruzicka, unsere hohe Gönnerin, gelegentlich kleine Dienste verrichtet und habe daher einen Schlüssel.«

Manche werden rot, wenn sie lügen, oder blass, manche geraten ins Stottern, ins Schwitzen, oder im Gegenteil, die Lippen trocknen ihnen aus, manche riechen plötzlich schwach nach Urin, manche lächeln krampfhaft, und die meisten zeigen überhaupt keine körperlichen Anzeichen, wenn sie munter draufloslügen wie der Generalsekretär einer Parlamentspartei. Der bemühte Obmann gehörte vielleicht zu keiner dieser Kategorien, aber irgendwie begann mein schon vor Jahren herausgeschnittener Blinddarm zu stechen, und das war entweder ein Zeichen dafür, dass ich in letzter Zeit zu viel Fleisch gegessen hatte oder dass irgendetwas nicht ganz koscher war. Jedenfalls verließ ich mich meistens auf meinen Phantom-Blinddarm, und daher begann ich nun so etwas wie ein improvisiertes Kreuzverhör. Der heilige Nikolaus hatte zwar meinen Großvater gekannt, aber was war das schon?

»Hat sonst noch jemand einen Schlüssel?«

»Nicht dass ich wüsste. Ich habe bei Frau Ruzicka nie jemand anderen gesehen. Außer Minka natürlich.«

»Wie kommen Sie mit Minka aus?«

»Gut, an und für sich gut; sie war halt ein bisschen kratzig, bissig. Besonders Fremden gegenüber.«

»Dabei waren Sie doch gar kein Fremder in diesem Haus?«

»Nein, eigentlich nicht, aber …«

»Sie hat also sozusagen gefremdelt?«

»Könnte man sagen. Außer beim Frauchen.«

»Sie haben vorhin etwas von zwölf Millionen gesagt, wenn ich mich recht erinnere?«

»Vorhin war ich noch betrunken, jetzt bin ich nur mehr alkoholisiert. Zwölf Millionen? Ich kann Ihnen doch selbst beim besten Willen nicht zwölf Millionen als Honorar anbieten. Vielleicht hundertzwanzig Euro. Ja, hundertzwanzig werde ich gesagt haben, dafür dass Sie Minka wieder finden, keine zwölf Millionen.«

Der Berg schüttelte sich vor Erstaunen.

Ich kann keine fremde Wohnungstür mit einer Kreditkarte knacken und kein Auto kurzschließen, nicht einmal mit einer schriftlichen Anleitung. Ich kann keinen Löwen hypnotisieren. Ich kann keinen Salto, weder vorwärts noch rückwärts, keine Computertricks, jedenfalls nicht wirklich, ich kann keinen Hubschrauber pilotieren, nicht morsen oder gar Torten backen, ich habe kein Talent zum Tanzen und zur Kalligrafie, ich habe kein Geld am Konto und nur wenig in der Tasche, aber ich habe ein Gedächtnis, und der Mann vor mir hatte vorhin zwölf Millionen gesagt. Zwölf Millionen. So etwas merke ich mir. Denn so etwas hatte noch nie jemand zu mir gesagt, außer vielleicht meine Geografielehrerin, als sie en passant erwähnte, dass die Einwohnerzahl der Tschechoslowakei oder Marokkos oder Arizonas zwölf Millionen betrage.

Zwölf Millionen.

Zwölf.

Millionen.

Punktum.

***

»Ich brauche irgendetwas als Zeichen, dass ich Sie vertrete. Und ich brauche einen Vorschuss. Keine Kreditkarten, keine Zlotys.«

»Die hundertzwanzig waren von mir eigentlich als Erfolgshonorar gedacht«, antwortete der Berg zögernd und zog aus den Untiefen seines roten Damenmantels nur eine Visitenkarte und ein Foto hervor. Beides überreichte er mir mit der feierlichen Gravität eines Trinkers.

»Die Flecken, müssen schon entschuldigen, der Glühwein ...«

Es hätte schlimmer kommen können, wenn man an all die Flüssigkeiten dachte, die Flecken machen.

Auf der Vorderseite der Karte stand unter der Scherenschnitt-Silhouette eines Mopses oder eines etwas abstrahierten Schlumpfes:

Franz A. Sagbauer
Obmann Tierschutzverein Harland
Geschäftsführer der Stiftung ›Pro Animale‹

Auf der Rückseite standen bloß das Wort Minka, zwei Rufzeichen und seine Unterschrift. Übergroße, schwungvolle Buchstaben, zweifellos eine eminente Führungskraft, ein Alpha-Tier, wenn auch besoffen.

Auf dem Foto, einem privaten Schnappschuss, waren eine große Tigerkatze mit imposantem Hängebauch und beginnendem Haarausfall sowie die beringten Hände eines sehr alten Menschen zu sehen.

»Wie hoch ist der Jahresumsatz des Tierschutzvereines, von Ihrer Stiftung ganz zu schweigen? Eine Million, zwei? Zwölf Millionen? Also geben Sie mir zweihundert Vorschuss, oder mir fällt ein, dass ich gegen Katzenhaare allergisch bin.«

»Umsatz ist nicht gleich Gewinn«, entgegnete Franz A. Sagbauer schlicht, aber ergreifend.

An diesem überaus interessanten Punkt der Diskussion angelangt, begann ich wieder meine Fingernägel mit dem Kaffeelöffel zu reinigen. Als ich alle Finger durch hatte, schnarchte der Berg bereits wieder. Mein Kaffee, dachte ich, ist auch nicht mehr das, was er einmal war.

Nachdem der Geschäftsführer von ›Pro Animale‹ also abermals eingeschlafen war, hatte ich alle Schubladen meines Schreibtisches versperrt und mich auf das WC zurückgezogen. Wenn ich nach Mitternacht überhaupt noch denken konnte, dann dort. Als ich vom Abort zurückgekehrt und mir noch immer nicht eingefallen war, wie ich zu einem höheren Vorschuss kommen könnte, lagen zwei Hundert-Euro-Scheine und ein Zettel mit einer Harlander Adresse auf dem Schreibtisch.

Immerhin.

Dafür war von dem seltsamen Heiligen nur mehr etwas Tauwasser auf dem Linoleumboden übrig.

***

Es war ein dunkelgrünes, längliches Etwas, ein bisschen größer vielleicht als eine Zigarettenschachtel, umwickelt mit allerlei Drähten, das da unter der Vorderachse von Topfs BMW angebracht war.

Es war ein schwerer Morgen gewesen. Die Nacht hatte mich verprügelt mit schwarzen Schwingern, mit Basaltbrocken, mit fliegenden Lokomotiven und Gebirgen auf Kollisionskurs. In den furchtbaren Anstrengungen dieser Träume hatte ich ein paar Löcher in meinen Kopfpolster gebissen und offenbar heftig mit den Zehen an der Wand neben meiner Schlafstatt gekratzt. Aber immerhin hatte meine Kopfwunde in der Nacht nicht weitergeblutet. Ich hatte meinen Luxuskörper, allerdings nur den Rumpf, zuerst brennheiß, dann eiskalt geduscht und schließlich drei Aspirin gefrühstückt, aufgelöst in einem Rest gärenden Orangensaftes. Gegen halb neun war ich halbwegs einsatzbereit vor Topfs Adresse am Eisberg vorgefahren. Von seinem Haus hatte ich nicht allzu viel gesehen, weil eine rund drei Meter hohe Thujenhecke die Sicht darauf verdeckte. Nicht unüblich für diese Wohngegend, in der sich die oberen Dreitausend Harlands verschanzt hatten. Topfs BMW war vor der mächtigen Hecke geparkt gewesen, obwohl sich am linken Rand des Grundstückes ein großes, offenbar automatisches Tor befand, das die Zufahrt zu einer Doppelgarage freigab, die größer war als so mancher öffentliche Kindergarten. Ich hatte minutenlang Sturm geläutet, vergeblich, aber dabei immerhin über die Pforte hinweg einen Blick auf ein wuchtiges, schönbrunnergelbes Stockhaus erhascht, wahrscheinlich mit drei oder vier Badezimmern und nach hinten hinaus mit einem Wintergarten größer als ein Tennisplatz. Es zahlt sich schon aus, das Volk zu vertreten, hatte ich gedacht. Nachdem mir wie gesagt niemand geöffnet hatte, war ich auf die glorreiche Idee gekommen, mich mit dem Rücken auf die schneebedeckte Straße zu legen, den Unterboden von Topfs Boliden zu inspizieren und dabei meinen Mantel zu ruinieren.

Einige der Drähte, die um den kleinen, grünen Quader gewickelt waren, waren isoliert, andere blankes Kupfer. Zwei Drähte schienen aber beunruhigenderweise aus dem Ding herauszuführen. Es kam mir vor, als ob sie mit ihren abgezwickten Enden direkt in meine Augen stechen würden. Immerhin gab die ganze Konstruktion keine tickenden Geräusche von sich, und ich sah auch kein Blinklicht, keine

Leuchtdiode oder Ähnliches und vor allem nirgends so etwas wie eine Batterie, und wenn es nur eine Knopfzelle gewesen wäre. Andererseits könnte auch ein weiterer Draht von der Rückseite zum Starter hin führen, und das Problem der fehlenden Stromversorgung wäre keines mehr gewesen. Eines war jedenfalls sicher: Wenn das Ding hier eine TNT-Bombe mit Verbindung zur Autobatterie war, dann wären Topfs Pobacken ganz schön gefährdet gewesen.

»Ich habe nicht geglaubt, dass die so weit gehen würden«, ließ sich die Stimme des Abgeordneten vernehmen. Er sagte es so beiläufig, als würde er in einem Kaffeehaus ein Glas Leitungswasser bestellen.

»Wer ist die?«, fragte ich etwas dumpf unter dem Wagen hervor.

Welcher Mensch, der sich selbst für akut attentatsgefährdet hielt, ließ seinen Wagen über Nacht auf der Gasse stehen, wenn er auf seinem eigenen Grundstück zwei versperrbare Garagen zur Verfügung hatte, die außerdem noch durch ein übermannshohes Edelstahl-Gartentor abgesichert waren? Im Übrigen ging mir aber noch immer kein Licht auf, nicht einmal ein Streichholz.

»Die Staatspolizei und der Entminungsdienst werden gleich hier sein.«

Noch immer war sein Ton so ruhig, als würde er mir einen mäßig interessanten Artikel aus der Zeitung vorlesen. Wenn mir jemand einen Sprengsatz unter den Granada gepackt hätte, wäre ich eine Spur nervöser. Außerdem, fragte ich mich nun, woher Topf überhaupt von der Bombe wissen konnte. Hatte er etwa heute Morgen schon vor mir unter dem Wagen gelegen?

»Warum haben Sie bloß den Wagen auf der Straße gelassen?«, fragte ich und tastete nach dem Taschenmesser in der rechten Hosentasche, was nicht einfach war, weil ich in einem Mantel steckte und sich vier Zentimeter über mir die Bodenplatte eines BMW befand.

»Das automatische Garagentor war defekt, als ich gestern Nacht nach Hause gekommen bin. Die Elektronik spielt uns halt so manchen Streich.«

»Haben Sie gestern auch einen Krampus gesehen?«

Manchmal habe ich so Einfälle, aber es ist noch nicht so, dass ich mich deswegen in Behandlung begeben müsste.

»Krampus?«

»Keinen Krampus in Wimpassing getroffen?«

»Kommen Sie lieber unter dem Wagen hervor, der Entminungsdienst macht das schon. Sie dagegen könnten sich ernsthaft verletzen, und ich muss dann eventuell noch für die Krankenhaus-Rechnung aufkommen«, meinte der Abgeordnete. Er schien immer noch neben der Fahrertür zu stehen. Ich dagegen, überlegte ich, würde mich nicht allzu lange allzu nahe neben einem Amateur aufhalten, der gerade drauf und dran war, einen Sprengsatz zu entschärfen.

»Ja, gestern war Krampusnacht, und manche dieser seltsamen Kreaturen spielen gerne mit Benzinkanistern herum.«

»Was faseln Sie da? Wovon reden Sie überhaupt, Miert?«

Ganz genau wusste ich es eigentlich auch nicht, aber ich entwickelte schon langsam das Gefühl, nicht nur mit meinem bisherigen Leben angeschmiert worden zu sein, sondern auch mit diesem Auftrag.

»Irgendwie sind Sie ein Glückspilz, Herr Abgeordneter, Sie scheinen immer auf der Butterseite zu landen, und ich verstehe noch nicht, warum das so ist.«

Ich hatte es inzwischen geschafft, das Klappmesser aus der Hosentasche zu bugsieren und allein mit der rechten Hand zu öffnen.

»Was machen Sie da? Warten Sie gefälligst auf den Entminungsdienst!«

»Wissen Sie eigentlich, dass mir gestern fast der Schädel eingeschlagen worden ist? Meine Zurechnungsfähigkeit dürfte ein wenig darunter gelitten haben, aber sonst geht es mir ganz gut. Na ja, sagen wir, den Umständen entsprechend.«

Ich hatte inzwischen das Messer in der Linken und versuchte nun, von dem kleinen, grünen Quader den einen oder anderen Partikel abzuschaben.

»Ich muss zu meinem ersten Termin heute – Sie warten hier auf die Spezialisten … Hören Sie mir überhaupt zu?«

»Soweit meine Kopfschmerzen und meine Angst mir noch einen Rest an Aufmerksamkeit übrig lassen …«

Ich führte die Klinge vorsichtigst zum Mund und befühlte das Metall mit der Oberlippe.

Seife! Der Geschmack von Seife!

»Weltweit die erste Autobombe mit Tannennadel-Duft!«, krähte ich fröhlich unter dem Wagen hervor und riss das Ding vom Unterboden. Keiner der Drähte führte in den Motorraum, der Pseudo-Sprengsatz war wahrscheinlich mit Superkleber unter Topfs Boliden gepappt worden. Es gab nur ein leises, surrendes, irgendwie nagendes Geräusch wie von einem Elektromotor. Hoffentlich, dachte ich, bilde ich mir das in der Aufregung nur ein. Oder hatte ich doch irgendetwas übersehen? Ich wurstelte mich, so schnell es ging, unter dem Wagen hervor, wobei ich meinem Mantel noch ein paar weitere kleine Beschädigungen beibrachte, und machte, dass ich auf die Beine und ein paar Meter weg kam. Mein Knie zitterten wie Wackelpudding, serviert auf einem Hochseeschiff bei schwerem Wellengang. Ich musste mich an der nächstbesten Straßenlaterne festhalten. Dabei blickte ich in Richtung des Topf'schen Grundstückes, wo eben der Abgeordnete in einem schwarzen Jeep Wrangler, Modell Stadtjägermeister, aus der Garage startete und mit Vollgas auf die Gasse schoss. Ich blickte ihm nach, bis er in dem Gassengewirr der Eisberg-Siedlung verschwunden war. Als sich das automatische Garagentor wieder zuschob, hörte ich das surrend-elektrische Geräusch, das ich schon kannte.

Mir war es nicht gerade angenehm, schon wieder einen ganzen Haarschopf in der Suppe gefunden zu haben.

***

»Ich weiß zwar noch nicht, welches vermaledeite Spiel hier gespielt wird, Miert, aber treiben Sie es nicht zu weit!«, schnaubte der ältere Stapobeamte. Der Jüngere fotografierte den Tatort, das Haus, den BMW und mich von allen Seiten und aus allen Perspektiven. Schön, wenn der eigene Stapoakt wieder mal mit ein paar aktuellen Aufnahmen aufgepeppt wurde.

»Ich muss sagen, dass mir bisher nur mitgespielt worden ist, und zwar ganz schön übel. Und für die vertrackte Topografie von Wimpassing kann ich auch nichts.«

Die beiden Beamten des Entminungsdienstes hatten die Seifenbombe verächtlich von der Kühlerhaube des BMW, wo ich sie zur Begutachtung deponiert hatte, in ein Plastiksackerl gewischt. Rund zweieinhalb Stunden Autofahrt von Wien nach Harland und retour – für nichts und wieder nichts, dachten die beiden wohl. Topf oder wer auch immer musste den Entminungsdienst zu fast nachtschlafener Stunde angerufen haben. Seltsam, dachte ich, wie fast alles an diesem Auftrag.

»Die ganze Sache, das können Sie mir glauben, läuft komplett an mir vorbei«, versicherte ich.

»Ich habe noch nie jemandem etwas geglaubt, nicht einmal meiner Familie, und Ihnen schon gar nicht.«

»Schon mal an eine Therapie gedacht?«

»Ich stelle hier die Fragen, verdammt noch einmal!«

»Ein Klassiker.«

»Wer?«

»Ihr Satz.«

»Ihre Witzchen werden Ihnen schon noch vergehen! Dafür sorge ich schon!«

Wieder so ein Klassiker, dachte ich, hielt aber diesmal ausnahmsweise den Mund. Auch wenn es nicht leicht fiel. Der Junior hatte inzwischen auch die letzten Poren meines Gesichts fotografiert.

»Erzählen Sie mir noch eine Geschichte von den Eskimos.« Ich konnte es nicht lassen.

»Ich werde den Moment schon noch erleben, wo Sie keinen Parlamentarier mehr im Rücken haben, Miert! Aber dann!«, schnaubte der Beamte und wandte sich brüsk ab, um seinen Adlatus zum Wagen zurückzuwinken.

Nachdem der Toyota der Staatspolizei und der Kastenwagen des Entminungsdienstes abgefahren waren, meldete sich zu allem Überfluss auch noch Heider am Handy. Er wollte mich zu einer Pressekonferenz vergattern, die am Nachmittag im Café Landtmann in Wien stattfinden würde. Einziges Thema: die akute Gefährdung des Abgeordneten T. durch Brand- und Autobomben beziehungsweise die Aufdeckung eines politischen Komplotts.

»Hübsch ausgedacht, wirklich«, meinte ich.

»Der Abgeordnete wünscht unbedingt Ihre Anwesenheit! Auf dem Podium! Immerhin waren Sie Zeuge der beiden Anschläge! Und schließlich, vergessen Sie das nicht, werden Sie von ihm bezahlt!«

»So viel zahlt er mir auch wieder nicht, dass ich mich für ihn zum Dillo mache. Außerdem bin ich mir ziemlich sicher, dass es in Ihrem Badezimmer ganz schön nach Tannennadeln duftet«, antwortete ich und beendete das Gespräch, indem ich das Handy schlicht und einfach ausschaltete.

Glück ist vielleicht nur, dachte ich, gerade mal keine Kopf- oder Zahnschmerzen zu haben. Mit allen anderen Glücksvorstellungen betrügen wir uns doch nur selbst. Für einen Moment war ich glücklich, dann begann der Schmerz in meinem Schädel wieder zu bohren, zu stechen, zu hämmern und zu sägen.

***

Die Adresse, an der Topfs erster hochoffizieller Auftritt dieses Tages stattfinden sollte, lag in einem Meer von älteren, einfachen Einfamilienhäusern, Schrebergarten-Hütten, alten Baumgärten und Fertigteil-Garagen im Süden von Spratzern. Als Eingeborener hatte ich bisher geglaubt, getrost darauf verzichten zu können, einen Stadtplan im Handschuhfach mitzuführen, aber in diesem winkeligen Quartier war ich verloren wie ein weggeworfener Champignon, den man durch ein WC bis in den Hauptsammelkanal gespült hatte. Ich wollte schon aufgeben, als ich plötzlich am südlichen Rand der Siedlung fast auf den abgestellten Jeep Wrangler des Abgeordneten aufgefahren wäre. Nach der überkandidelten Stadtjäger-Karosse standen noch vier, fünf Schlitten der oberen Mittelklasse am Straßenrand, einen davon erkannte ich als den Dienstwagen eines Redakteurs der *Harlander Nachrichten.* Ich stieg schnell aus. Eine weite Schottergrube, halb aufgefüllt mit Hausmüll, tat sich vor mir auf. Es stank nach den üppig-faulenden Resten unseres Wohlstands. Und nach unserer Wohlstandsverwahrlosung, moralisch und metaphysisch gesprochen. Am tiefsten Punkt der Grube entdeckte ich in zirka zweihundert Schritt Entfernung ein überdimensionales Betonrohr, vielleicht fünf Meter lang und zwei Meter im Durchmesser, wohl ein zufälliges Überbleibsel einer größeren Kanalbau-Kampagne hier in der Gegend. Um diesen Koloss standen ein paar undefinierbare Gestalten, während zwei weitere Figuren eifrig damit beschäftigt waren, irgendwelche Gegenstände in ein größeres Feuer vor der Röhre zu werfen. Ich war wohl zu spät gekommen, wenn ich auch noch nicht wusste, wozu eigentlich.

Noch bevor ich sie sah, roch ich die dunklen und feuchten Schneewolken, die aus dem Westen heranzogen. Ich begann den Abhang aus Müll und Schneeresten hinunterzustaksen und versuchte mir keine großen Gedanken über das weitere Schicksal meiner Schuhe zu machen. Die Treter aus echtem, taiwanesischem Kunststoff-Leder waren eh ein Sonderangebot gewesen und die rechte Ferse war schon ziemlich abgelatscht. Auf dem Abfall lag stellenweise ein bisschen gelblicher Pulverschnee, sodass man zum Glück nicht immer sehen konnte, worauf man seine Füße setzte. Wie Topf und Heider es geschafft hatten, ein paar Journalisten hierher zu locken, würde mir wohl ewig ein Rätsel bleiben. Keine dreißig Meter links von mir hetzte eine vielleicht siebzig Jahre alte, asiatisch wirkende Frau mit einem Buben an der einen und ein paar sperrigen Metallteilen in der anderen Hand die Abfallhalde hinauf, ohne in meine Richtung zu blicken. Die flüchtende Altmetall-Sammlerin, denn wie eine Flucht sah das Ganze zweifellos aus, war erschreckend mager und atmete heftig und in gepressten Zügen. Der kleine Junge, den sie mit sich zog, war vielleicht fünf Jahre alt, er trug verwaschene Hosen und nur ein Hemd, wenn auch ein langärmeliges. Sein Kopf war blau und rot vor Anstrengung, er zeterte ein wenig, ließ sich aber ohne größeren Widerstand mitziehen.

Erst jetzt bemerkte ich im Näherkommen das große, weiße Transparent, das sich mehr schlecht als recht von dem Hintergrund aus Altschneeresten und Dreck abhob und unter dem Topf und die kleine Gruppe von Redakteuren, darunter auch ein Fotograf, standen. »Harland muss sauber bleiben!«, stand in großen, blauen Buchstaben darauf. Meine Annäherung blieb unbemerkt. Die Mitglieder dieser seltsamen Versammlung wandten mir allesamt den Rücken zu, weil sie wohl mehr oder weniger fasziniert auf das Geschehen vor der Betonröhre starrten.

***

Heider hatte sich in eine schwarze Lederjacke und schwarze Jeans geworfen, er wirkte darin so authentisch wie eine Andreas-Hofer-Statue aus buntem Plastilin. Assistiert wurde ihm von meiner Parkplatz-Bekanntschaft, dem dumpfen Leberwurst-Gorilla im Ledermantel. Beide schleppten aus der riesigen Betonröhre alte Matratzen, löchrige Decken, leere Bierkisten, halb gefüllte Plastiksackerl, wackelige Sperrholz-Sessel, angefaulte Obststeigen, staubige Fahrradschläuche, dubiose Töpfe, Flaschen, Gläser und Pfannen und noch allerlei Abfall heraus und warfen alles auf ein Feuer wenige Meter entfernt.

Der Besitzer der Wohnstatt und des Interieurs trug eine grüne Segeltuchkappe mit dem Logo eines Baumarktes, eine schwärende, offene Wunde auf der rechten Backe, einen rotgrauen, dünnen, verschmierten Bart, eine unglaublich staubige, verdreckte Natojacke und löchrige Hosen in einem undefinierbaren Farbton zwischen Fliegengrau und Anthrazit, Arbeitshandschuhe und eine Kassenbrille mit nicht entspiegelten, viereckigen, dicken Gläsern und stand verschreckt und regungslos daneben. Seine unförmigen, dick geschwollenen Füße steckten in roten Wollsocken und Badeschlapfen. Er hatte keine Zähne und murmelte ständig: »I bin fertig, mit mir is's aus und vurbei!« Niemand beachtete dieses Mantra eines Ausgelieferten, schon gar nicht Topfs Schergen.

Zum Schluss kippten Heider und seine Dumpfbacke noch einen kleinen Leiterwagen und eine alte Kühltruhe in die prasselnden Flammen. Dann begannen sie, das Kupfer, Blech und Eisen, das der Sandler gesammelt und fein säuberlich neben der Röhre aufgeschichtet hatte, durch die Gegend zu werfen und zu zerstreuen.

Topf dürfte seine Rede über die Ausräucherung dieses Sandlernestes in einer kleinbürgerlichen Wohnsiedlung schon gehalten haben, niemand hatte mehr ein Wort zu diesem Autodafé zu sagen. Der Fotograf schoss routiniert einige Aufnahmen.

Ich ging von hinten auf den Abgeordneten zu und hätte ihn am liebsten in seinen breiten, gutgenährten Rücken geboxt.

»Ich kündige hiermit«, sagte ich laut und deutlich. Meine Kopfschmerzen waren mit einem Mal weg.

***

Sie waren größer, stärker und rücksichtsloser als wir. Sie stanken nach Bier, Motoröl und Zigaretten und trugen Armbänder mit Stahlnieten, schwarze, dreckige Lederstiefeletten und Jeansjacken mit aufgenähten Teufelsfratzen. Einer von ihnen hatte eine zirka einen Meter lange, schwere Eisenkette mit zwei kurzen, schwarz lackierten Holzstäben an den Enden. Damit wirbelte er heftig über seinem Kopf und vor seinem Rumpf herum, wie er es wohl in einem Bruce-Lee-Film gesehen hatte. Sie fielen auf unserem in Eigenregie mühsam planierten Fußballplatz, einer Lichtung in der Harlander Au, über uns her wie zwei Wolfshunde über eine Herde verschwitzter, verspielter Schafe. Wir kannten keinen von beiden, aber schnell wurde uns klar, dass sie es nur auf einen von uns, auf Peter, abgesehen hatten. Während der eine von ihnen noch immer Beleidigungen brüllend mit seiner langen Kette herumfuchtelte, versuchte der andere, der inzwischen ein Fixiermesser aus seinem Stiefel gezogen hatte, das flüchtende Opfer auf den ersten zuzutreiben.

Peter war gut einen Kopf kleiner als die beiden Angreifer und mager wie die Sozialhilfe. Von seinen alkoholkranken Pflegeeltern, das wussten wir, bekam er mehr Schläge als Mahlzeiten. Er konnte noch immer nicht richtig sprechen und hatte rechts einen halb ausgebildeten Klumpfuß. Eigentlich, das ahnten wir, war sein Leben mit dreizehn schon zu Ende, daran würde auch die Heilpädagogin in der Sonderschule, in die man ihn schon mit sechs Jahren gesteckt hatte, nichts mehr ändern können. Wir aber mochten ihn, weil er trotz seiner Behinderung ein guter Fußballer, ja geradezu ein genialer Dribblanski war, der auf engstem Raum jeden austricksen konnte, wenn er auch bei Sprints über längere Distanzen der Langsamste von uns allen war. Wir mochten ihn, wir waren zu neunt, aber die herumwirbelnde Schlagwaffe und das Messer hielten uns auf Distanz. Wir sahen zu, wie Peter eingefangen und zu Boden geworfen wurde, wir sahen zu, wie die Fußtritte und die Hiebe mit der Kette auf ihn hinabprasselten. Auf dem Auboden liegend hatte er eine embryonale Stellung eingenommen. Unter den Schlägen wimmernd versuchte er seinen Kopf mit den Händen zu schützen, es war wohl das Einzige, was er noch tun konnte. Die beiden jugendlichen Schläger, wohl kaum zwei, drei Jahre älter als er, beschimpften ihn bei jedem Tritt, bei jedem Hieb, es ging dabei, glaube ich, um den Zylinderkopf eines Mopeds.

Ich war damals dreizehn und entsetzt über meine Feigheit. Als der Halbstarke die Kette schwingend auf mich zugekommen war, hatte mich diese Feigheit angesprungen wie eine riesenhafte, gelbe Spinne und mich nach rückwärts taumeln lassen und begonnen, mein rasendes Herz aufzuessen. Den anderen Buben musste es ähnlich ergangen sein. In sicherer Entfernung von ein paar Metern standen sie im Kreis um die beiden jugendlichen Bewaffneten und sahen zu, wie Peter blutiggeschlagen wurde. Der wimmerte inzwischen nicht mehr, aber lag noch immer in seiner embryonalen Haltung da und schützte seinen Kopf mit Händen, deren Haut aufgeplatzt und blutig war. Ich war dreizehn und entsetzt über meine Feigheit, die, so schien es mir, eine halbe Ewigkeit lang andauerte.

Plötzlich aber gingen, ohne dass ich recht wusste, wie mir geschah, meine Beine mit mir durch, stapften schnell nach vor, auf den Jungen mit der Kette zu, der mit dem Rücken zu mir vor Peter stand, aber nicht mehr auf ihn einprügelte, wahrscheinlich weil ihm vom vielen Schlagen schon der Arm wehtat. Ich kam völlig unbemerkt nahe genug an ihn heran, um ihm von hinten die Kette mit den beiden Stabenden aus der Schlaghand zu reißen. Dann kann ich mich nur mehr daran erinnern, dass ich furchtbar zu schreien begonnen habe, Laute und Worte, die keiner verstand. Die anderen haben mir später erzählt, dass ich die beiden Nieten-Typen mit der Kette durch die halbe Au bis in die Traisen getrieben habe.

Als ich Jahrzehnte später die Kante der Schottergrube, in der Topf sein Autodafé an einem ähnlich Wehrlosen veranstalten ließ, wieder erklommen hatte, keuchte ich nicht nur vor Anstrengung, sondern auch vor Wut. Es war diese alte, besinnungslose Wut vom Fußballplatz in der Harlander Au. Ich hätte jetzt große Lust gehabt, ganz nahe an der Fahrerseite von Topfs Geländewagen vorbeizugehen und unauffällig mit dem Autoschlüssel den Lack zu zerkratzen.

***

Ich hielt mich im Gassengewirr der Siedlung Richtung Westen, bis ich die Traisen vor mir hatte und auf den asphaltierten Treppelweg am Primärdamm auffahren konnte. Im Sommer lieferten sich Biker und Skater Geschwindigkeits- und Schreiduelle um die Vorherrschaft über diesen Asphaltstreifen, der bis zur Donau führte. Jetzt, im Dezember, war der schmale Weg menschenleer, nur von einer seifigen, dünnen Feuchtigkeitsschicht bedeckt, Wasser, das der Fluss ausgedunstet hatte und das sich noch nicht dazu entschließen konnte, zu Glatteis zu gefrieren. Im zweiten Gang zuckelte ich mit dem Granada dahin, Richtung Norden. Der kotige Auwald, den ich links von mir hatte, kam mir mit seinen dünnen, schwarzen und braunen Ästen und Stämmen wie eine Landschaft vor, über die man vor kurzer Zeit Napalm gegossen hatte. Die Heizung des Wagens funktionierte noch immer nicht, ich fuhr mit hochgeschlossenem Mantelkragen und kaltem Gesicht dahin. Unter der Spratzerner Traisenbrücke campierte kein weiterer Sandler, der mich daran erinnern hätte können, dass ich wieder einmal versagt hatte. Nur ein paar Fuhren Sand, teilweise bedeckt von verdorrten Unkrautstängeln, und ein Haufen Pflastersteine aus Waldviertler Granit lagerten in der Nähe eines Brückenpfeilers. Vielleicht, dachte ich, hatte sich einer in der Au, in den halb verschütteten Bunkern aus dem Krieg einen erbärmlichen Unterstand geschaffen. Jedenfalls war voriges Jahr im Frühjahr in einem dieser zerbröselnden Betonschächte ein Mann mit bis zum Knie abgefrorenen Beinen gefunden worden. Er hatte da auf einer zirka vierzig Zentimeter dicken Schicht aus Abfall, Laub und Alttextilien wohl schon eineinhalb Jahre gelegen. Als der rechte Fuß brandig und schwarz geworden war, hatte er noch versucht, sich mit dem scharfen Deckel einer Leberwurstdose selbst zu amputieren. Ob er am Blutverlust oder an einer Sepsis gestorben war, konnte nicht mehr eruiert werden. Die Lokalzeitung hatte sich vor allem um die psychische Belastung für den Spaziergänger gesorgt, der die Leiche entdeckt hatte. Für einen Augenblick kam mir der Gedanke, dass ich ja die gut ausgebauten Stellungen in der Au, aus denen die SS nach einem nicht einmal fünfminütigen Gefecht mit über den Fluss watenden Schützen der Roten Armee getürmt war, durchkämmen könnte, um die dritte Topf'sche Tagesgage an einen etwaigen dort ausharrenden Obdachlosen zu verschenken. Ich hatte mein Gewissen schon einige Male auf weit schlechtere Art und Weise beruhigt. Aber dann fiel mir ein, dass man bald nach dem Leichenfund die Eingänge der Bunker beziehungsweise derjenigen, die man noch finden konnte, gesprengt hatte.

Auf Höhe unseres Fußballplatzes in der Au hielt ich kurz an. Wohl schon vor Jahren hatten die Stauden und Stängel und krautigen Blätter des feuchten Laubwaldes das mühsam mit Schaufeln und Spaten gerodete und planierte Rechteck von vielleicht zwölf mal fünfundzwanzig Metern wieder bedeckt. Nur zwei von uns hatten es zu einem wirklichen Fußballverein geschafft. Aber nicht einmal für die vierte Spielklasse, Niederösterreich West, unteres Traisental, hatte es gereicht. Mir hatten sie in einem Bewerbspiel das Knie eingetreten und Walters erster Vertrag wurde nie mehr verlängert, weil in seinem Körper schon mit achtzehn stets mehr roter Wodka als rote Blutkörperchen zu finden waren.

***

Nach der ehemaligen Mülldeponie, die mit kärglichen Schneeresten, braungrünem, halbhohem Gras, Gruppen von Zwergkiefern sowie mit hölzernen, klobigen Picknick-Bänken und -Tischchen bedeckt war, bog ich vom Treppelweg ab und in die südliche Vorstadt ein. Planlos durcheinandergewürfelte Schlafsilos, Plattenbauten aus den Sechziger- und Siebzigerjahren neben abgewohnten Siedlungshäuschen aus den Fünfzigern, leere, verplankte Geschäfte, abgesperrte Passagen, eingeschrankte Parkflächen, devastierte Würstelstände, kleine Lagerhäuser und ein paar Gewerbebetriebe, an deren Fronten man nicht erkennen konnte, ob sie schon in Konkurs waren oder nicht – die Gegend hätte genauso gut an den Rändern von Wuppertal oder Plovdiv liegen können. Hier im städtebaulichen Nirgendwo der Provinz war ich aufgewachsen.

Ich war lange nicht mehr hier gewesen, trotzdem fand ich in dem Grätzel auf Anhieb eine kleine Mechaniker-Werkstätte, die nicht allzu teuer aussah. Ein von Unkraut und gesprungenem Beton strukturierter Hof mit zwei abgestellten Havarien und eine Werkstätte mit angeschlossener, offener Büroecke, beides zusammen nicht größer als das durchschnittliche Billardzimmer einer Direktorenvilla. Das spärliche Licht kam hauptsächlich durch eine einzige, zerborstene Oberlichte aus graugrünem Transparentplastik. Grüner Dämmer schwamm auf schmierigem, grauweißem Terrazzoboden über umgestürzte Ölfässer, aufgebockte Motorblöcke, Stapel von alten, schadhaften Kisten, über eine halbe Kleinwagen-Karosserie, verstreutes Werkzeug, Plastikflaschen, Putzfetzen, zerrissene Säcke und allerhand anderes, liegengebliebenes Gerümpel. Durch zwei kleinflächige Milchglasfenster mit Sprüngen, eigentlich mehr Luken als wirklich Fenster, in einer Wandseite drangen natürliche Lichtstreifen voll hellgrün opaleszierender Schönheit. Der Mechaniker selbst wurde durch die Oberlichte von einem grünweißen Lichtkegel umflutet. Die Unzahl an Pin-ups, die wild durcheinander an den Wänden dieses Werkstattbüros klebten, war beeindruckend. Nicht die üblichen kleinmädchenhaften Blondinen, der Kerl, der offenbar der einzige Angestellte und damit wohl auch der Chef war, stand auf braune, kurzhaarige Mädel mit abnorm großer Oberweite, Plastik natürlich. Ich hatte ihm die Schlüssel des Ford Granada bereits übergeben und darauf nur ein unbestimmtes Grunzen geerntet.

»Ich möchte kein Wasserbett eingebaut bekommen und keinen neuen Auspuff. Ich weiß auch, dass die Gangschaltung mehr oder weniger im Eimer ist und das Parklicht nicht mehr funktioniert, von anderen kleinen Malaisen ganz abgesehen. Aber alles, was ich will, sind eine funktionierende Heizung und eine Rechnung unter hundertfünfzig Euro. Ist das okay für Sie?«

Wenn es in einem Gebäude einen Lift oder eine Rolltreppe gab – kam ich ins Sinnieren, während der Mechaniker unwillig nickte –, konnte ich dem unmöglich widerstehen. Auch wenn nur ein einziges Stockwerk, und das abwärts, zu bewältigen war. Wenn es möglich wäre, in meiner Wohnung den Weg vom Wohnzimmer zum Klosett mit dem Auto zurückzulegen – ich würde es zweifellos tun. Meine einzige sportliche Aktivität bestand derzeit darin, Leberkässemmeln zum Mund zu heben. Ich sah mir nicht einmal Sumo-Ringen im Fernsehen an. Wenn ich so weitermache, dachte ich, werde ich noch Wackelknie bekommen, einen runden Rücken, und mein ohnehin schon stattlicher Bauch wird ins Olympische anwachsen. Wozu hatte ich all die Jahre am Fußballplatz verbracht, wenn ich in Bälde nicht mehr fähig sein würde, einem Ball weiter als eineinhalb Meter nachzulaufen, ohne gleich einen Atemstillstand zu erleiden?

Mitten in diesen Gedanken wählte ich noch in der Werkstätte die Nummer des Taxifunks, um mich bequem in die Stadt chauffieren zu lassen.

Der Mensch ist halt voller Widersprüche wie ein Igel voller Läuse.

***

»Wissen Sie, ich habe als kleine Beitragsprüferin einer inzwischen pleite gegangenen Krankenkasse begonnen, als Springerin, jede Woche in einem anderen Betrieb, jede Woche in einer anderen Gegend. Vom Waldviertel oder von der Buckligen Welt bin ich mit meinem alten Mazda nicht jeden Tag heimgefahren, sondern habe in der jeweiligen Kassenbezirksstelle übernachtet. Um mir kein Zimmer nehmen zu müssen und so die Diäten zu sparen«, erzählte die Taxifahrerin.

»Mhm«, machte ich, weil mir nichts Besseres einfiel. Eigentlich konnte ich ja Friseure, Schuhverkäufer oder Taxifahrer, die pausenlos quasselten und jeden dahergelaufenen Kunden dazu nötigten, intensiven Anteil an ihrem Leben zu nehmen, nicht ausstehen, aber die Herrin dieses Taxis hatte ein paar reizende Sommersprossen auf ihrer Stupsnase – auf so etwas bin ich noch immer hereingefallen.

»Einmal war ein Kollege in einer sehr weit entfernten Bezirksstelle ohne ersichtlichen Grund böse auf mich. Wirklich böse. Der Mann hat mich zu hassen begonnen«, fuhr die Chauffeuse ungerührt fort.

»Mhm«, grunzte ich abermals. Erst jetzt bemerkte ich, dass sie auch lustige, blaue Augen hatte, einen kaum gebändigten, rotbraunen Lockenkopf und hübsche, runde Schultern. Etwa in meinem Alter, vielleicht auch ein bisschen jünger.

»Nach einiger Zeit habe ich einen anderen Kollegen dieser Bezirksstelle darauf angesprochen und nach einer Begründung dieser demonstrativ gezeigten Abneigung gefragt.«

Nicht ganz so spannend wie die letzte Papstwahl, dachte ich, aber was für eine angenehme Stimme, die fährt einem ja wie ein geöltes Wattestäbchen ins Ohr. Im Übrigen war ich noch immer nicht fähig, einen sinnvollen Satz von mir zu geben.

»Der hat in aller Herrgottsfrüh, hat mir der Kollege gesagt, auf der Kontrollarztpritsche immer die Putzfrau geschnackselt, aber seit du …«

Hat sie nun, dachte ich, dieses Thema absichtlich ins Spiel gebracht oder ist ihr das nur so passiert? Leider fiel mir partout keine nette, kleine Anzüglichkeit ein, die ich sagen hätte können.

»Und was ist die Moral von dieser Geschichte?«, fragte die Taxifahrerin doch tatsächlich.

»So intelligent bin ich nicht«, konnte ich mich endlich zu einem Sager aufraffen.

»Damals habe ich beschlossen, dass nie wieder etwas hinter meinem Rücken passiert!«

»Und wie ist es Ihnen ergangen mit dieser Maxime, gerade als Taxifahrerin?«

»Sie sind doch intelligent.«

»Iwo, nur abgebrüht.«

»Was wollen Sie sonst noch von mir wissen?«, meinte sie frisch, fröhlich, frei.

Mamma mia, dachte ich und platzte mit einer ziemlich unmöglichen Antwort heraus: »Wo Sie gerade das Thema Schnackseln angesprochen haben …«

Daraufhin blieb es ziemlich still, bis wir am Riemerplatz angekommen waren. Ich versuchte, meinen Patzer mit deutlich mehr Trinkgeld als angemessen mindestens zu kompensieren.

***

»Ich habe mir heute wieder einmal meine Karriere vermasselt.«

»Oje.«

»Ich hätte vielleicht ganz groß herauskommen können. Ich hätte nur ein paar tschetschenische Witwen und ein paar ältere Obdachlose mit brandigen Füßen zusammenschlagen müssen, sagen wir, jede Woche drei oder vier davon.«

»Oh.«

»Das Schwierigste wäre gewesen, dabei begeistert zu tun und andauernd Wörter wie Reinheit, Sauberkeit, Patriotismus im Mund zu führen. Nicht zu schaffen! Jedenfalls von mir! Jetzt möchte ich mich nur mehr betrinken. Du könntest mir sagen, womit …«

»Wenn du nur das willst, empfehle ich dir den Grünen Veltliner ›Vom Galgenberg‹, ein strohgelbes, dünnes Etwas, in der Nase hat man gelbe Rüben, leichte Anklänge an Fass-Schwefel und eine finessenreiche Säurestruktur nach Hesperidenessig. Erhältlich in der Weinstube zwei Gassen weiter …«

Vor einer halben Stunde hatte ich mein Geld noch verschenken wollen, nun trug ich es in einen eleganten Fresstempel, ein angehendes Haubenlokal, in das »Medici« am Riemerplatz, wo Miranda ihres Amtes als Sommelier waltete. Eigentlich hieß sie Güleser, aber diesen Namen hatte sie noch während der Ausbildung abgelegt, mit einem solchen Namen konnte man hierzulande nur als Küchenhilfe oder Putzfrau Karriere machen. Nicht ablegen konnte sie glücklicherweise die mediterrane Fülle ihres langen, tiefschwarzen Haares und die ägäische Sonnenhaut und die Augen von der Farbe der rauchigen, traurigen Erde Anatoliens. Erhalten geblieben war der kleinen Person auch ein Figürchen jenseits allen kalifornisch-calvinistischen Fitnesswahns. Manchmal bildete ich mir ein, in sie verliebt zu sein, und mitunter besuchte sie mich in meinen Träumen. Auch wenn sie vor ein paar Monaten geheiratet hatte. Gemeinsam mit ihrem Ehemann hatte sie einen Weinberg in der Nähe von Stoitzendorf gekauft. Dort produzierten sie einen der derzeit interessantesten Cuvées dieses Landes.

»Ich möchte einen Bordeaux trinken, einen wirklich großen Bordeaux.«

Die Tische waren für die Mittagszeit nur spärlich besetzt. Selbst die Prasser und Fresser dieser Stadt investierten zur Zeit ihr Geld lieber in Weihnachtsgeschenke.

»Du weißt, dass man sich mit einem großen Bordeaux nicht betrinken darf. Die wirklich Großen sind dazu da, Dämonen zu vertreiben!«

Ihr junges Eheglück schien Miranda zu bekommen. Ihr Gesicht, ihr Mienenspiel war lebendiger und strahlender denn je.

»Die Ehe scheint dir zu bekommen. Ich wäre nur zu gerne an der Stelle deines Mannes, um deinen Weinberg zu bestellen und deine Trauben zu pflücken.«

»Du bist ein Dummkopf, Miert.«

»Ich weiß, Mira.«

Lachend verließ sie mich und meinen Ecktisch und verschwand in Richtung Küche und Keller. Ihr Gang war so aufregend wie eine Tretmine. Heute Nacht würde ich vielleicht von viel Seifenschaum und diesen Beinen träumen.

Um nicht wieder an ihr Eheglück zu denken, erzählte ich mir in Gedanken selbst einen Witz: Treffen sich zwei Analytiker vor einem Getränkeautomaten. Fragt der eine: »Was kostet hier eine Flasche Cola?« »Einen Euro«, antwortet der Zweite. Daraufhin der Erste: »Gut, dass wir darüber gesprochen haben!« Gelegentlich erzählte ich mir stumm diesen Witz, erstens, weil es mein Lieblingswitz war, zweitens, weil ich nicht einmal jemanden hatte, mit dem ich mich beiläufig über Nichtigkeiten wie zum Beispiel Coke unterhalten könnte. Ich hatte nur Mira, wenigstens in manchen Träumen.

Sie ließ mir aus der Küche Parmesannudeln mit Lachsstreifen bringen. Sie kannte meine Vorlieben, wenn auch nicht die für Seifenschaum, und verschonte mich daher mit Tomaten-Feigen-Ragouts, Wachteleiern, Artischockencreme mit rosa Pfeffer, Fischsorbets, Sardinengelee am Zuchini-Spieß und Algen-Romana-Salat, Kaviartomaten mit Zitronenthymian-Oberskren und ähnlichem. Außerdem, fand ich, passten einfache Speisen besser zu den meisten Weinen, und in dieser Hinsicht verwöhnte sie mich an diesem Nachmittag mehr als in meinen Träumen.

***

»Was für eine seltsame Geschichte werden Sie mir diesmal erzählen?«, entfuhr es mir, eine Sekunde nachdem ich am Riemerplatz gedankenverloren und voll von Premier Crus in den Fonds des Taxis gestiegen war, das mir Miranda rufen hatte lassen.

»Sie können ja gleich wieder aussteigen, das hier ist ein freies Land.«

Es war dieselbe niedliche, aber etwas redselige Taxifahrerin, die mich auch zum »Medici« chauffiert hatte.

»Wenn Sie mir versprechen, nichts über etwaige weitere Berufserfahrungen zu erzählen, oder davon, dass Sie ein Mieder und Ähnliches tragen, bleibe ich und lasse mich von Ihnen auf den Eisberg kutschieren.«

»Mhm.«

»Jetzt passiert doch etwas hinter Ihrem Rücken, nämlich ich am Rücksitz.«

»Solange Sie mir nicht den Wagen vollkotzen oder eine Sturzgeburt hinlegen!«

Taxifahrer konnten es sich wahrscheinlich nicht leisten, besonders fein zu sein. Ich übrigens auch nicht.

»Ich sehe zwar so aus, als ob ich im achten Monat schwanger wäre, aber ich kann Ihnen versichern …«

»Ich kenne Sie aus der Zeitung!«, sprudelte es plötzlich aus ihr hervor – mitten in meinen gravitätisch-ironischen Satz hinein.

»Meistens ist es nicht besonders ehrenvoll, dort vorzukommen.«

»Sind Sie nicht der Detektiv?«

»Einer von der Sorte. Und nicht einmal ein besonders guter. Nur ein besonders sturer und hartnäckiger.«

»Das muss aufregend sein! So ein Beruf!«

»Vergessen Sie das mit den rasanten Autoverfolgungsjagden, mit der silbernen Smith & Wesson und mit der High-Tech-Observation! Vergessen Sie die Schweizer Konten, die Boden-Luft-Raketen und das Spezialkarate-Training! Alles Schmonzes! Ein Detektiv ist einfach einer, der sich einmischt. Nichts weiter. Jedenfalls sehe ich diesen Job so.«

»Mhm.«

War das jetzt, überlegte ich, eine Retourkutsche für mein Verhalten während der letzten Fahrt?

»Was gibt es sonst noch, was man in Ihrem Auto nicht darf?«

Diesmal war ich es, der eine Konversation in Gang zu bringen versuchte.

»Bei mir dürfen Sie alles.«

»Oh.«

Wie wörtlich, dachte ich, war das zu nehmen? Na ja, wenn man den Bauch voll Chateau Bridoire hatte, konnte man schon auf die eine oder andere Phantasie kommen.

»Ich dachte an Rauchen und so …«, hatte sie offenbar meine Gedanken gelesen.

»Ich natürlich auch«, antwortete ich. Sie hatte, auch das fiel mir erst jetzt auf, luchsfarbenes Haar und eine Haut wie frisch geernteter Buchweizen. Schade eigentlich, dachte ich, dass ich sie vielleicht nie wieder sehen werde. Und dann dachte ich: So schnell verrät man einen Rock für einen anderen.

Wieder gab ich reichlich Trinkgeld. Und unter der Quittung für den Fuhrlohn, die ich von ihr ungefragt erhielt, spürte ich plötzlich den Pappendeckel einer Karte.

Als ich ausstieg, war der Himmel eine kristallene Brache, ein großes, weißes Feld, aus dem heute oder morgen viel Schnee fallen würde. Ein leichter Winterwind spielte kraftlos mit dem bisschen alten Schneepulver, das er von der Straße blasen konnte. Sagbauers Adressangabe hatte sich als riesiges rotes Ziegeldach hinter einer veritablen Thujenhecke erwiesen. Was mich aber verblüffte, war, dass Frau Ruzickas Villa direkt neben Topfs Domizil lag. Eigentlich war so ein Zufall unmöglich wie eine Hostie mit Himbeergeschmack. So sehr ich meine im Bordeaux schwimmenden Augen auch anstrengte, es war in der Thujenhecke keine Katze, überhaupt nichts Lebendiges zu entdecken. Nach einer Minute taten mir die Augäpfel weh und ich sehnte mich nach einem Schluck Pomerol Petrus. Fast eine halbe Stunde blieb ich vor dem Haus stehen, zu dem ich keine Schlüssel hatte, und las die Visitenkarte der Taxifahrerin immer und immer wieder.

***

Der polizeiweiße Opel Astra rollte auf der Siedlungsstraße langsam auf mich zu und stoppte schließlich ein paar Zentimeter vor meinen Zehen. Dem Gefährt entstieg – mit einer offensichtlich neuen, todschicken Russenfellmütze und einem ausgebeulten Wintermantel aus grünem Loden – niemand Geringerer als Oberleutnant Gabloner. Bedrohlich wie eine führerlose Straßenwalze rollte er auf mich zu.

»Was macht ein billiger Hinterhof-Schnüffler wie Sie in dieser noblen Gegend? – Verschwinden Sie, aber ein bisschen dalli!«, schnaubte er. Was seinen unwiderstehlichen Charme betraf, war er offenbar ganz der Alte geblieben.

»Noch immer nicht befördert? Noch immer an der Front, Herr Oberleutnant?«, fragte ich.

»Führerschein verloren wegen zunehmender Demenz, Miert?«

»Die beiden Harlander Shooting Stars endlich wieder vereint ...«

»Wollen Sie mich wieder einmal beleidigen?«, echauffierte sich Gabloner, der wohl kein Englisch verstand. Er bekam aber überraschenderweise keinen roten Kopf, keinen Tobsuchts- oder Herzanfall, und anstatt mir weitere Bosheiten oder Ärgeres um die Ohren zu schlagen, starrte er nur mit seinem großen, unmäßigen Gesicht auf die Villa Ruzicka. In seiner Mimik arbeitete irgendetwas. Bisher war ich immer der festen Überzeugung gewesen, dass er es perfekt schaffte, seine Gedanken vor mir zu verbergen, aber vielleicht waren da gar keine. Dann erinnerte ich mich zum Glück daran, wie er meine teuren Bründlmayr-Weine zerdeppert und mich krankenhausreif hatte prügeln lassen. Mein Mitleid hielt sich von da an wieder in gesunden Grenzen.

»Wir stehen also beide ausschließlich aus dekorativen Gründen hier in der Gegend herum und tun nichts, suchen nichts …«

»Ausnahmsweise haben Sie einmal recht: Es gibt verdammt viel Gegend hier.«

»Und all die vielen Tiere, die Rehe, die Hasen, die Finken, die schlagen …«

Was weiß Gabloner von Minka, fragte ich mich, wurde er etwa auch vom Obmann des Tierschutzvereines beauftragt, das Vieh zu suchen?

»Im Winter gibt es keine Finken.«

»Ja, vielleicht, weil sie von einer Katze gefressen worden sind.«

»Hier gibt es keine Katze.«

Gabloners Gesicht blieb so stumpf wie eine Ziegelmauer.

»Tatsächlich?«

Also verdiente sich Gabloner jetzt tatsächlich ein Zubrot als Ermittler zu seinem stattlichen staatlichen Offiziersgehalt.

»Womit habe ich Sie bloß verdient?!«

»Ganz einfach: Sie dürften in einem früheren Leben eine eher problematische Persönlichkeit gewesen sein, vielleicht Dschingis Khan oder so, und büßen jetzt dafür.«

»Scheren Sie sich weg, sonst vergesse ich mich.«

»Wie viel Vorschuss hat Ihnen eigentlich Sagbauer gezahlt? Bei mir waren es gerade einmal zweitausend.«

Damit beendete ich meinerseits die Konversation und ging die Straße in der Richtung hinunter, aus der ich gekommen war. Gabloner sah mir eine Weile verdrossen zu und holte dann einen Flachmann aus seinem Lodenmantel hervor. Schluck für Schluck ging er auf seinen Wagen zu. Wenn jemand einen hochrangigen Kriminalbeamten besoldete, dachte ich, um eine alte Miezekatze zu finden, war das Vieh doch etwas wert. Jedenfalls mehr als zweihundert Euro.

Ich hielt mich noch über eine Stunde am Eisberg auf. In vier Anwesen, die meines Erachtens an das Ruzicka'sche Grundstück angrenzten, versuchte ich Einlass zu finden, um mich nach Minka zu erkundigen. Ich redete wie ein Wasserfall in Gegensprechanlagen und in Überwachungskameras, aber nirgendwo wurde mir aufgetan. Weil ich nicht standesgemäß im BMW oder im Jaguar oder im Hummer, sondern zu Fuß gekommen war, hielten mich die Herrschaften wohl für eine Art Untermensch. Sie ließen ihre großen, hässlichen Hunde aus den Zwingern, die mich an den Zäunen wie einen Hausierer verbellten. Immerhin hetzten sie die Viecher nicht auf mich. Wenn es allerdings halbwegs legal wäre, würden sie die Gehsteige verminen und in den Lücken zwischen den Einfahrten Selbstschussanlagen installieren lassen. Die meisten dieser Ghettobewohner, dachte ich, waren es nicht einmal wert, dass man sie hasste.

***

Ich hatte an die Visitenkarte in meiner Manteltasche gedacht, aber dann doch die Bushaltestelle am Fuß des Eisberges angesteuert, vor allem aus Kostengründen. Im Designer-Wartehäuschen ganz aus Glas und Aluminium, in dem ich der einzige Wartende war, ging das Handy los.

»Sagbauer am Apparat.«

Ungeschmiert durch Glühwein und allerlei Schnäpse klang des heiligen Nikolaus' Stimme unangenehm, scharf und quietschfrustriert.

»Habe die Ehre ...«

»Was haben Sie bisher in meiner Sache erreicht?«, wurde ich sofort unterbrochen.

»Ich war bei der Ruzicka-Villa.«

»Da war ich auch.«

»Ich war den halben Tag am Eisberg, ich wohne praktisch schon dort.«

»Ich möchte wissen, was mit meinem Geld passiert!«

»Es ist mit Verlaub gut angelegt bei mir.«

»Ich verlange Ergebnisse! Ergebnisse, hören Sie!«, donnerte der gewesene Heilige, in nüchternem Zustand offensichtlich ein nur an sich selbst interessierter Choleriker.

»Sie haben mir nicht alles gesagt. Die Sache mit Oberleutnant Gabloner zum Beispiel.«

»Ich bin Ihnen doch keine Rechenschaft schuldig!«

»Sie haben mir von Anfang an kein Vertrauen entgegengebracht. Vertrauen ist aber die Basis meines Geschäfts. Außerdem arbeite ich nicht mit einem Gabloner am selben Fall. Nicht einmal im Winter.«

Ich bin kein guter Mensch, dachte ich, mein Herz wird noch immer schwarz und braun und bitter vor Rachsucht, wenn ich an Gabloner, meinen ehemaligen Chef im Wiener Sicherheitsbüro, denke, der mich vor Jahren verraten und verkauft hat. Manchmal tagträumte ich im Zusammenhang mit ihm von schwerer, absichtlicher Körperverletzung und anderen Delikten, durchaus lustvoll, aber es war noch nicht ganz so weit, dass ich deswegen einen Spezialisten aufsuchen musste. Wenn Gabloner einmal in meine Gasse käme, dann wäre ich, so viel ahnte ich, nur allzu gerne bereit, die dünne Schicht an Zivilisationshemmungen abzustreifen und … – Das machte mir Angst, richtige Angst.

»Verdammt noch mal, Miert, spielen Sie nicht die Mimose!«

»Ich weiß ehrlich gesagt nicht, ob ich weiter für einen Klienten arbeiten kann und soll, zu dem ich das Vertrauen verloren habe. Ich bin daher durchaus geneigt, Ihren Auftrag zurückzulegen.«

»Sie können doch nicht!«

»Und ob ich das kann. Ihren Vorschuss verbuche ich übrigens als durch erste Spesen verbraucht.«

Na ja, so konnte man es auch nennen, in Wirklichkeit hatte ich ihn heute versoffen.

»Aber …«

»Danke für Ihren Anruf.«

»Ich werde mich über Sie beschweren!

»Tun Sie, was Sie nicht lassen können.«

»Ich zeige Sie bei der Handelskammer an!«

»Vergessen Sie bloß das Salzamt nicht …«

Schnaubend wie ein lungenkranker Zuchtstier legte Sagbauer auf.

Immerhin hatte ich es mir dadurch erspart, am halben Eisberg die Klinken putzen zu müssen.

Als ein paar Sekunden später auch noch der fesche Heider mit einer Rüge in der Leitung war, fühlte ich mich einen Moment lang an den Anfang der fünften Klasse zurückversetzt, als ich innerhalb einer Woche negative Zensuren in vier von fünf Schularbeitsfächern abgeräumt hatte. Ich war nicht gerade ein Kapazunder in Sachen Kundenbetreuung.

»Sie haben uns komplett desavouiert, Miert! Wir hätten Sie auf der Pressekonferenz bitter nötig gehabt.«

»Was glauben Sie, was ich so alles nötig hätte.«

»Wir sprechen uns noch, Miert!«

»Ja, in dieser Sekunde.«

Irgendwie hatte ich trotz allem das Gefühl, dass ich es dem Unterläufel vielleicht schuldig war, ihm Gelegenheit zum Dampfablassen zu geben. Immerhin hatten sie mir den Hammer erspart, wenn ich auch nicht wusste, warum. Nur deshalb beendete ich das Gespräch nicht.

»Was hatten Sie übrigens heute vor dem Haus des Abgeordneten zu suchen? Für wen spionieren Sie da rum?«

»Ermittlungen. Nicht vor, sondern neben der Villa Ihres Chefs.«

»Ermittlungen? Was für Ermittlungen? Ich finde, wir sollten das wissen!«

»Na ja, die Katze der Nachbarin ist entlaufen.«

»Sie können gern jeden anderen verarschen, aber uns nicht!«

»Tss, was für eine Wortwahl für einen parlamentarischen Mitarbeiter. Im Übrigen bin ich Ihnen keine Rechenschaft mehr schuldig.«

»Damit kommen Sie nicht durch, Miert, wir sprechen uns noch!«

»Sie sind heute bereits der Zweite, der mir massiv droht. Langsam gewöhne ich mich dran.«

»Vergessen Sie nicht, der Tod macht schlank.«

Ein riesiger, bulgarischer LKW mit Anhänger fuhr an der Haltestelle vorbei und verursachte einen Funkwirbel. Aber vielleicht hatte Heider auch einfach nur aufgelegt. Bus war keiner in Sicht, und es sah für mich auch nicht so aus, als ob heute noch einer diese Haltestelle ansteuern würde, in einem Stadtteil, dessen Bewohner zwei oder drei Karossen pro Mann und Nase besaßen. Den ausgehängten Busfahrplan vermochte ich nicht ganz zu verstehen, jedenfalls nicht wirklich. Dafür musste man wohl zwei oder drei Semester Mathematik studiert haben.

Pia Schmeißer – Taxifunk 2010, hatte auf der Karte gestanden. Ich rief an – und hatte mit einer Männerstimme zu kommunizieren. Bariton, nicht Sopran in der Funkzentrale. Ich hätte es mir nicht einmal selbst eingestanden, aber ein bisschen enttäuscht war ich schon. Ihr Wagen kam schließlich nicht gerade mit quietschenden Reifen, aber er kam.

»Mein Gott, Sie schon wieder!«, sagte sie zur Begrüßung, als ich im Fonds Platz nahm. Noch legte ich Wert darauf, im Fonds und nicht etwa auf dem Beifahrersitz Platz zu nehmen.

»Sie dürfen mich auch weniger förmlich anreden. Herr Diplom-Detektiv etwa würde vollauf genügen.«

Sie lachte wie ein Wesen aus einer Zeit, als der Tod nur ein Traum war.

»Wohin soll's gehen?«

»Zu mir. Ich meine: nach Hause. Hinter dem Hauptbahnhof. Diese Fahrt ist meine letzte Amtshandlung. Zumindest für heute«, sagte ich.

»Wie war Ihr Tag?«

»Wie ein aufgebrochenes Magengeschwür.«

»Klingt, wie wenn Sie auch Taxi fahren würden.«

»Fahren Sie langsam – bitte!«

»Wieso?«

»Ich weiß nicht.«

Es hatte durchaus Zeit, wieder in meine gewohnte Einsamkeit zurückzukommen.

»Auf welchen Frauentyp, Herr Diplom-Detektiv, stehen Sie eigentlich, wenn ich mal fragen darf?«, fragte die, die ich in Gedanken schon Pia nannte.

»Weiß ich nicht.«

»Sie wissen aber nicht viel über sich selbst, was?«

»Ich war bisher meistens mit den Malaisen anderer Leute beschäftigt, nicht mit meinen eigenen.«

»Wie sind Sie Detektiv geworden?«

»Nachdem sich alle meine Pläne zerschlagen hatten, Moderator einer Kochsendung zu werden«, antwortete ich.

»Sie verstecken sich gerne hinter Formulierungen, nicht?«

»Reden ist so ziemlich das Einzige, was ich gut kann.«

Knochiges, fahlgelbes Licht lag über dem Westen Harlands. Die letzten frischen Quanten dieses Tages tropften auf die Dächer. Die Luft roch nach grünem Maschinenöl. Die Autos bewegten sich in unserer provinziellen Rushhour wie metallische Käfer.

Ein alter Amtsrat und Briefmarkensammler hatte mir einmal erzählt: »Zwei Spitfires, unglaublich elegant und böse, zogen einen gefährlichen Bogen um Röschitz. Die Peinlichkeiten meiner Hochzeitsnacht wurden durch diesen Luftangriff etwas gemildert.« Es war mir nicht gelungen, das wertvolle Album mit Fehldrucken aus der k.u.k. Monarchie diskret wiederzubeschaffen, das ihm sein Neffe einfach aus dem Kasten gestohlen hatte. Immer denke ich an so unmögliche Sachen, dachte ich.

»Erzählen Sie mehr über sich selbst«, forderte mich Pia Schmeißer auf. Sie fuhr langsam.

»Na ja, ich trete für wenigstens einen Dagmar-Koller-freien Tag pro Jahr im österreichischen Fernsehen ein. Ich habe ein paar Mal Jesus abgewimmelt, aber dafür Pilatus in höherem Auftrag hofiert. Dafür bezahle ich mit moralischem Schüttelfrost dann und wann. Ich höre gerne Symphonien. Eigentlich werde ich nur gerne vom Sound, von der akustischen Wucht eines großen Symphonieorchesters weggeblasen, aus der ersten oder zweiten oder dritten Reihe, aber in Wahrheit kann ich mir nicht einmal Karten für die vierundreißigste Reihe leisten. Außerdem bin ich der Meinung, dass sich auch die Raumfahrt in gewisser Weise als Enttäuschung erwiesen hat: Wir sind allein.«

»Rechts oder links?«

»Ich hoffe, Sie meinen das jetzt nicht politisch.«

»Die Kreuzung …«

»Zweimal rechts und einmal links und wir sind da. Ich bin übrigens alleinstehend. Nicht einmal ein Dackel. Auch kein Goldfisch.«

»Ah, so.«

»Wie lange geht Ihr Dienst heute noch?«

»Ich glaube, Sie sind sozusagen meine letzte Fuhre.«

»Wie sehr ist eigentlich Ihre Fähigkeit entwickelt, Einladungen misszuverstehen?«

»Zuerst hatte ich das Gefühl, Sie gingen aber ran! Und jetzt reden Sie wie Ihr eigener Großvater!«

»Seien Sie bloß froh, dass Sie Opa Miert nicht gekannt haben, der war schon ein ordentlich wilder Hund. – Ich muss Sie außerdem warnen: Ich habe nicht mehr anzubieten als einen nicht ganz uninteressanten Malvasier mit zwölf Prozent Restzucker. Sie dürfen bei mir auch kein Frühstück erwarten, meine Küchenlogistik kann nur als desaströs bezeichnet werden.«

»Ich frühstücke nie.«

Wir waren da.

***

Brüllend in die Nacht starb Urach. Sein mächtiger Körper bäumte sich aus der Rückenlage auf und der Wolfsschrei entfuhr seiner Kehle. Die Scheibe des Vollmondes wurde plötzlich dunkel. Nur ein schmaler Rand leuchtete noch ekstatisch. Ein vollkommener Kreis. Der Clan heulte auf. Einige warfen sich mit dem Gesicht in den Staub. Andere rannten panisch in die stockdunkle Steppe hinaus. Urachs Frauen schüttelten den Kadaver, sie traten gegen seinen Bauch und bissen in seine Haut. Sie rollten Urach die halbe Nacht des toten Mondes hin und her, mit der Kraft ihrer Liebe und ihrer Verzweiflung. Es war auch ihr Amt, den steifen Balg noch in der Dunkelheit den Hügel des Vergessens hinaufzutragen und ihn dort in einen großen Steinkreis einzuschließen. Keiner der Jäger hatte den Begräbnisplatz je zu betreten gewagt. Sie hockten leise winselnd in den Wohngruben, als die Frauen den gewaltigen Toten aus dem Lager zerrten.

Unmittelbar nach diesem Traum spürte ich, ohne deshalb aufzuwachen, dass Pia verschwunden war. Meine Liebe hat nicht an allzu viele Türen geklopft. Nur wenigen habe ich den Hof und den Trottel gemacht, und geblieben bin ich bei keiner. Dabei hatte ich durchaus Glück bei den Frauen, aber immer bei den falschen.

***

Die Sonne schleppte mühsam ihren blonden Seim über den Rand dieses Morgens, über den engen Horizont Harlands. Der Himmel, dieser Bildschirmschoner Gottes, war rissigdunkelblau wie die Fassung einer nie restaurierten, gotischen Madonna. Das alles hatte ich durch einen Blick aus dem Badezimmerfenster festgestellt. Glänzende Beobachtungsgabe, Herr Diplom-Detektiv, wirklich prächtig.

Spät frühstückte ich belgisches Knäckebrot, Löskaffee mit picksüßer Kondensmilch und ein bisschen Wehmut. Pia hatte keine Nachricht hinterlassen und auch nicht angerufen. Wider Erwarten fand ich noch ein Hemd, das halbwegs gebügelt aussah, einen frischen Pullover und eine schwarze Hose, an der man mit ein bisschen Phantasie so etwas wie einen Bug erkennen konnte. Nachschub war im Moment nicht zu erwarten, da sich meine Wäscherei am anderen Ende der Stadt befand und der Granada in den Händen eines Hinterhof-Mechanikers.

Kräftiger Körperbau, mehr als ausreichender Ernährungszustand, gut durchblutete Haut mit gerötetem Gesicht und Hals, frei bewegliche Augen, mittelweite runde Pupillen, prompte Reaktion auf Licht, Sehvermögen von beiderseits 6/6 nach Snellen, gutes Hörvermögen, gibt Flüstersprache bis auf sieben Meter wieder, vollständiges, allerdings teilweise plombiertes Gebiss, fehlende Gaumenmandeln, leicht geröteter Rachen, Schilddrüsen unauffällig, kräftiger, elastischer Brustkorb, Blutdruck von hundertfünfundzwanzig zu achtzig, achtzig rhythmische Herzschläge pro Minute, beiderseits gut verschiebliche Lungenbasen, unauffälliger Klopfschall bei normaler Vesikuläratmung, nicht tastbar vergrößerte Leber und Milz, seitengleich normal auslösbare Sehnenreflexe, negativer Rhomberg und ebenfalls negativer Harn auf Zucker und Eiweiß – so ausgestattet machte ich mich auf den Weg. Pias Visitenkarte warf ich vor dem Haus in einen Gully.

Der Taxifahrer war schweigsam und türkisch. Er fuhr schnell und sauber, exakt wie ein Schachweltmeister, mit sparsamen Bewegungen. Wenn man ihn in einen Ferrari setzte, würde er die Schuhmachers dieser Welt verblasen. Aber das Leben war halt nicht gerecht. Aus dem Auto rief ich die Werkstätte an, aber niemand meldete sich. Wahrscheinlich war der Typ mit seinen Pin-ups beschäftigt.

Der Granada stand dann aber zu meiner Beruhigung im Hof der Werkstätte. Die Rechnung machte wie vereinbart nicht mehr als hundertneunundvierzig Euro aus.

»Haarscharf«, pfiff ich durch die Zähne.

»Es kostet, was es kostet.«

Nachdem das Finanzielle offensichtlich erledigt war, wandte sich der Mechaniker wieder einem Paar Debreziner zu, das auf seinem Schreibtisch auf einem Stück Karton neben einem Senfbatzen lag. Auf einer größeren Beilagscheibe daneben kugelte eine angebissene Semmel herum. Die Finger des Typs schillerten schmierig-schwarz wie die Seele unseres derzeitigen Bundeskanzlers.

»Übrigens ist Ihr Baby schlimm beieinander. – Wollen Sie wirklich keine neue Kupplung?«

»Sind Sie jemals so einer begegnet wie denen da an den Wänden?«, fragte ich.

»Nein. Deshalb hängen die ja dort.«

»Haben Sie ein Telefonbuch bei der Hand?«

»Na sicher, Meister.«

Er war mit seinen Würsteln und dem Semmerl in vier, fünf hastigen Bissen fertig geworden. Jetzt holte er das Harlander Telefonbuch vom Vorjahr aus einer Schreibtischlade.

»Wenigstens neue Kupplungsscheiben gehören …«, wollte er dafür etwas haben. Alle wollen etwas haben für jeden Handgriff, dachte ich, Hilfsbereitschaft ist unnütz, die schadet bloß der Marktwirtschaft. Desgleichen die so genannte Menschlichkeit.

Pia Schmeißer war im Telefonbuch zu finden. Ich lernte ihre Nummer auswendig, ohne es zu wollen, aber ich rief nicht an.

***

Die Freuden einer Leberkässemmel waren auch nicht mehr das, was sie einmal waren. In manchen Fleischabteilungen wurde man neuerdings doch tatsächlich ernsthaft gefragt, ob man Senf oder Gurkerl oder gar Senf und Gurkerl auf dem warmen Leberkäse haben wollte – gerade dass sie nicht auch noch mit der amerikanischen Universalsauce French Dressing ankamen –, aber für einen Puristen wie mich war das ein Graus, ja mehr noch: eine unstatthafte Verfälschung des schlechthin Idealen. Wie wenn man der Mona Lisa einen Schnurrbart malen würde.

Am Allerbesten wäre natürlich eine Pferdeleberkässemmel, aber die war ja fast nirgends mehr aufzutreiben. Alles, was nach dem früheren Arme-Leute-Essen roch, wurde von unseren Tellern verbannt und durch Fastfood, amerikanisches Arme-Leute-Essen, ersetzt. Wie die Industriehühner in den Legebatterien futterten wir alle nur mehr künstlichen Industriefraß vom Fließband, und zum Hohn ließ die Agroindustrie auf jede Fertigpackung angeblicher Lebensmittel »praktisch naturidentisch« oder ähnlichen Schmonzes drucken. Und die Bauchchirurgen legten sich einen Ferrari nach dem anderen zu von den massenweisen Resektionen verkrebster Därme; soll da noch einer behaupten, unsere Wirtschaft liefe nicht rund.

Auf jeden Fall waren nach einigen Jahrzehnten angeblichen Fortschritts und einigen Jahren der kalifornisch-puritanischen Fitnesswelle die meisten der Gerichte, die meine Großmütter für mich noch zubereitet hatten, spurlos verschwunden, jedenfalls aus der besseren Gastronomie oder was sich dafür hielt. Stosuppe und Einmachknödelsuppe, Linseneinbrenn mit einem kräftigen Stück mitgekochter Hartwurst, Eiernockerl mit Vogerlsalat, warme Erdäpfel mit Butter und Salz, köstliches Beuschel, geröstete Knödel mit Ei und Schnittlauch, panierter Parasol, gebratene Blunzen, Hirn mit Ei, geröstete oder gebackene Leber, Schwammerlsauce mit Semmelknödel und und und. Von den hausgemachten böhmisch-slowakisch-österreichischen Mehlspeisen, wo doch die meisten eh nur mehr Eiscreme und Donuts in sich hineinmampften, ganz zu schweigen. All das war auf Speisekarten nicht mehr auffindbar, manches davon wurde gelegentlich noch in billigen Supermärkten als Fertiggericht in Blechdosen angeboten, gleich neben dem Tierfutter.

Ganz Gallien? Nein, ein Lokal in Harland leistete dem Zeitgeist erbitterten Widerstand, auch ohne Zaubertrank, und genau dort war ich jetzt, da ein ordentliches, zweites Frühstück mir auch nicht mehr schaden konnte, von der südlichen Vorstadt kommend hingeraten: Das Marx-Stüberl lag irgendwo im weitläufigen Komplex des Karl-Marx-Hofes; nur Stammgäste wie ich waren überhaupt in der Lage, diese Oase des Herzhaften im sechsten oder siebenten Innenhof einer gigantomanischen Wohnhausanlage, die auch schon bessere Zeiten gesehen hatte, zu finden. Denn es war alles andere als leicht, im Gewirr des Karl-Marx-Hofes etwas aufzuspüren, was kleiner war als das Raumschiff Enterprise. Errichtet im Ersten Weltkrieg, als es in Harland eine kriegswichtige Staatsbahn-Hauptwerkstätte mit weit über zehntausend Beschäftigten und ein paar tausend russischen Gefangenen gegeben hatte, gruppierte sich eine Vielzahl massiger, klobiger Baukörper aus vier- bis sechsstöckigen Eisenbahner-Wohnhäusern um neun oder zehn oder zwölf weitläufige Innenhöfe voll Krüppelgebüsch und losem Pflaster. Ein Stein gewordenes Kollektiv, ein Ziegel gewordener Fuchsbau. Es gab fast so viele Einfahrten, Aus- und Eingänge, Tore und Türen, Durchlässe und Durchschlupfe, Wege, Stiegen und Treppen wie Bakterien in einer Mundhöhle.

***

Die Tischplatten waren mit Resopal verkleidet und die Aschenbecher hatte die örtliche Raiffeisenbank gespendet.

Vier Spielautomaten hatten mehr Platz als die Gäste in der Gaststube. Zum Glück war ich so früh am Vormittag der einzige Gast, sieht man von einem vor der Schank schnarchenden Kampfhund mit rötlichschwarzem Fell ab. Die restliche Einrichtung sah einer steirischen Trachtenstube sehr ähnlich und an den Wänden hingen Werbeplakate der bayrischen Biermarke, die hier ausgeschenkt wurde, Porträts kroatischer Sänger, die vor ein, zwei Jahren in irgendwelchen Gürtellokalen aufgetreten waren, eine Sammlung von Baseballkappen und ein Holzregal mit der Aufschrift »Ein Meter Schnaps«. Alle Fläschchen darauf waren leer. Die Decke war schwarzbraun von altem Rauch.

Ich bestellte und bekam warmen Pferdeleberkäse in drei Zentimeter dicken Schreiben, in verschieden große Quadrate geschnitten, mit einem kleinen roten Plastikspießchen und scharfem, dunklem Senf. Die Beilagen beschränkten sich vernünftigerweise, um vom Hauptgericht nicht unnötigerweise abzulenken, auf Semmel oder Brot. Selbst wenn man mit dem Gebäck sparte, war die Portion kaum aufzuessen. In der Karte stand dafür ein lächerlich niedriger Preis. Das Seidel Bier war mittelstark und bitter, viel mehr vermag ich bei den meisten Bieren nicht herauszuschmecken, aber zu Leberkäse kann man nur Bier trinken.

Stadtläufigen Gerüchten zufolge waren hier vor Jahren, während des Bosnien-Krieges, jede Menge Kalaschnikows und Werfergranaten gehandelt worden, aber nicht einmal die Staatspolizei konnte oder wollte irgendetwas dagegen tun, weil wir am Balkan Interessen hatten. Auch aus der Geschichte, dachte ich, lässt sich kein Job mehr schlagen.

»Sie haben nicht zufällig in letzter Zeit eine Kanone verkauft?«, fragte ich wie üblich den Wirt, einen vierschrötigen, bürstenblonden Schrank von einem Mann in Jeans, grobkariertem Hemd und grüner Schürze, als er mein Gedeck abräumte.

»Ja klar, gemeinsam mit drei, vier Panzern und der gebrauchten F-16. Sonst noch Fragen?«, war seine routinierte Antwort.

»Ich sehe, wir verstehen uns. Was machen wir zwei jetzt miteinander?«

»Sie lassen sich psychiatrisch behandeln und ich richte inzwischen das Mittagessen her«, meinte der Wirt grinsend.

»Was gibt es denn Gutes?«

»Vielleicht paniere ich ja ein bisschen Alteisen.«

Damit war unser beinahe schon ritualisierter, etwas idiotischer Dialog wieder einmal beendet. Ich hatte nicht mehr viel Spaß daran gehabt. Nächstes Mal, dachte ich, frage ich etwas anderes, vielleicht frage ich ihn nach dem Rezept seines Balkan-Beuschels, das ist genauso geheim.

Als Nachspeise bestellte ich einen Germknödel, und er kam nach ein paar Minuten mit so viel Mohn und zerlassener Butter, dass jeder dieser überbezahlten, sadomasochistischen Fernseh-Fitnessgurus ohnmächtig geworden wäre.

Alles, was ich über das Essen wusste, hatte ich durch teilnehmende Beobachtung erfahren, durch Empirie. Das war halt das Schöne an der Praxis. Die Theorie dagegen erschien mir oft wie ein Apfelstrudel ohne Rosinen und Zimt, horribile dictu.

***

»Sieh mal einer an, der Mann mit der exklusiven Kanister-Story! Die sein Chef noch am gleichen Tag lauthals in einer Pressekonferenz verkündet hat!«

Vor mir stand plötzlich ein mittelgroßer, älterer Mann in einem weinroten Doppelreiher-Jackett und einer schicken, recht teuer aussehenden Tweedjacke und starrte missbilligend auf den großen Braunen, in dem ich gerade rührte. Ich starrte zurück, in sein längliches, braungebranntes, etwas langweiliges Gesicht – und konnte mich mit einem Mal wieder erinnern. Klempert. Man brauchte zwar nicht wahnsinnig viel Hirn in meinem Beruf, aber es wäre doch schade gewesen, wenn ich auch noch das erforderliche Minimum verloren hätte.

»Die Seiten gewechselt, Miert?«

Klempert setzte sich an meinen Tisch. Ich hatte ihn nicht dazu eingeladen. Sein Gesicht hatte sich mit einem Mal verändert, es war spöttisch und alt.

»Ich arbeite nicht mehr für den Abgeordneten Topf, wenn Sie das meinen, Klempert.«

»Keine Lust gehabt, mit ihm gegen die Tschetschenen ins Feld zu ziehen?«

»Vor allem keinen Bock darauf, gegen Obdachlose in den Krieg zu ziehen.«

Außerdem hatte ich keine Lust mehr gehabt, zu PR-Zwecken für dumm verkauft zu werden – eine Bombe aus Seife und ein Brandanschlag, für den man die Reservekanister aus dem eigenen Auto zweckentfremdet hatte. Mit den Loizenbachern hatte der öffentlichkeitsgeile Volksvertreter ganz einfach Glück gehabt. In Wirklichkeit war der Mann so wenig attentatsgefährdet wie Lieschen Müller.

»Kommt aber gut an bei den Leuten. Topf demonstriert damit Stärke. Pures Adrenalin. Härte in harten Zeiten. Die Leute stehen mittlerweile wieder auf so etwas. Die haben all diese Polit-Softies satt.«

»Sie sollten PR-Berater werden, Klempert.«

»Schon passiert. Aber nur im Nebenjob.«

»Wenn beraten Sie denn? Goebbels? Godzilla?«

»Sie haben es notwendig zu spotten mit Ihrem wenn auch kurzen Dienstverhältnis zu Seyß-Inquart.«

Kalt, dachte ich, alles um mich herum ist kalt, ich lebe im Jahr der kalten Monde.

»Was machen Sie übrigens in diesem Anzug in diesem Lokal, Klempert? In der Gegend? Ist ja nicht gerade pippifein hier …«

Weil ich mit mir und meinem Leben nicht mehr so recht weiterwusste, redete ich weiter mit Klempert. Andere sammelten Tamagotchis, Swatchuhren oder Bierdeckel, um ihre Tage herumzukriegen, ich redete mit einer spöttischen, alten Schlange, die gekleidet war wie ein englischer Landedelmann.

»Sie schulden mir etwas!«

»Was hätten Sie mir je gegeben?«

»Sie schulden mir trotzdem etwas!«

»Gut, dass Sie die Geschichte mit den Kanistern verbockt haben. Vom heutigen Standpunkt aus wäre es mir sehr peinlich, wenn mein Scheunenfund Wellen geschlagen hätte.«

»Von meiner Seite aus hat es eigentlich keine Geschichte gegeben, Miert, auf Ihre Halluzinationen hat mir keiner etwas gegeben. Jeder hier in Harland hat die Story für schlecht erfunden gehalten, und ich selbst hatte auch keine Lust, in irgendwelchen Scheunen herumzukriechen und mein Asthma zu verschlimmern.«

»Vor allem hätte das Ihrer Garderobe enorm geschadet …«

»Aber die Wiener haben nach Topfs Pressekonferenz alles aufgeblasen, vom Loizenbacher See über die Autobombe zum Frühstück bis hin zu Wimpassing. Ich könnte Ihnen fünf Redaktionen nennen, die schon den ganzen Vormittag versuchen, Sie zu erreichen.«

Mir fiel erst jetzt auf, dass ich mein Handy zu Hause vergessen hatte. Glücklicherweise. Ich wollte Topfs Lügenmärchen weder bestätigen noch dementieren. Aus Bundesliga-Spielen hielt ich mich lieber heraus, ich war Regionalliga Niederösterreich West-Mitte, das war auf Dauer wesentlich gesünder.

»So ein Pech aber auch, dass ich ausgerechnet heute mein Handy zu Hause liegengelassen habe.«

»Topf ist seit heute mindestens so bekannt wie Hansi Hinterseer. Nur nicht ganz so lustig. Eigentlich ist der Mann überhaupt nicht lustig. Die neuste Meldung ist jedenfalls, dass er hier in Harland eine Bürgerwehr zusammenstellt, eine – wie es heißt – bewaffnete Schutztruppe.«

Wenn irgendwer Bescheid weiß, dann wohl Klempert, dachte ich.

»Darüber werden Sie sicherlich in den *Harlander Nachrichten* wohlwollend berichten, weil die meisten Honoratioren und Geschäftsleute, die bei der Vorstandssitzung von Topfs Partei mit von der Partei waren, gute Inserenten und Anzeigenkunden sind, nicht?«, dachte ich laut.

»Das ist nun mal der Lauf der Welt«, dachte Klempert laut.

»Kann es sein, dass Sie bei der ganzen Sache mit von der Partie sind, Klempert?«

»Sie spinnen, Miert, aber Sie sind noch einmal mit einem blauen Auge davongekommen. Ich kann Ihnen nur raten: Lassen Sie in Zukunft die Finger von solchen Geschichten. Das Ganze ist ein paar Nummern zu groß für Sie.«

Der will dir, dachte ich, Angst machen, und das ist ihm auch nicht schlecht gelungen.

»Habt Ihr schon ganz Harland in der Tasche?«

»Schauen Sie, Miert, ich esse häufiger im Stehen oder im Auto als in einem Lokal, ich bin dreimal geschieden und wenn ich mit meiner aktuellen Handyrechnung in den Verlag komme, bricht in der Buchhaltung eine Massenpanik aus. Also spielen Sie mir hier nicht auch noch den Idioten, ja!«

»Was spielen Sie hier bloß?«

»Den gutbürgerlichen Lokalredakteur. Hier in der Gegend sind nämlich in den letzten Monaten andauernd Haustiere verschwunden, vor allem Katzen und Hunde. Ein paar blutige Pelz- und Fleischreste hat man später in Mülltonnen und Hauseingängen gefunden. Die Leute glauben, dass irgendwelche Ausländer ihre vierbeinigen Lieblinge zu Kebab verarbeiten. Ich recherchiere immer zuerst am Stammtisch.«

»Da haben Sie heute aber Pech gehabt«, sagte ich und deutete auf die leeren Tische und Stühle in der Gaststube. Wo ich bin, dachte ich, ist das Glück garantiert nicht zu Hause.

»Ich habe Ihnen ja erzählt, was die Leute glauben.«

»Humbug.«

»Essen Sie hier? Geschmacklich alles in Ordnung? Kein ungewöhnlicher Hautgout in letzter Zeit?«, ließ Klempert nicht locker.

Ich konnte mir ungefähr vorstellen, was aus jeder meiner Antworten in seinem Schmierenblatt werden würde und wechselte das Thema: »Ich habe eine andere Viecherl-Geschichte für Sie.«

»Lassen Sie mal hören, ich bin wie immer ganz Ohr!«

»Voilà, die Story von der Harlander Millionenkatze. Aber schreiben Sie bloß meinen Namen richtig. Mein Name ist schließlich so ziemlich das Einzige, was ich noch habe.«

***

Vor dem Marx-Stüberl, Klempert hatte dort weder etwas gegessen noch getrunken, nicht einmal richtig geatmet, und war noch vor mir wieder gegangen, lief mir Handlos über den Weg. Ausgerechnet. Ich hatte ihn fünfzehn oder zwanzig Jahre nicht gesehen und konnte nicht sagen, dass ich auch nur einen Tag davon besondere Sehnsucht nach ihm gehabt hätte. Ich hätte ihn auch nicht mehr erkannt, aber er erkannte mich.

»Miert! Wo kommst du denn her?«, rief plötzlich halblaut ein Passant vor mir, eine fetzendürre Gestalt in einer abgeschabten, braunen Lederjacke und grotesken grünen Röhrenjeans. Im ersten Moment fühlte ich mich überhaupt nicht angesprochen, ich sah nur einen Mann in meinem Alter mit teigigem Gesicht und fetten, dünnen Haaren, eckigen Bewegungen und einer Stimme wie aus dem Inneren eines leeren Bierkruges. Erst im zweiten Moment erkannte ich verblüfft den ehemaligen Feschak unserer Klasse – Horst Handlos vulgo der schwarze Hengst, wie er sich immer gerne genannt hatte.

»Handlos, was machst du da?«

Eigentlich genant, mit welchen Leute man immer noch per du war.

»Ich habe heute in einer neuen Sache meinen ersten Termin. Weißt du, ich war zuletzt im Kondomautomaten-Geschäft, aber das hat nichts gebracht. War vielleicht auch nicht das Richtige für mich. Aber was hältst du davon?«

Er zog einen Packen Fotos aus der rechten Gesäßtasche seiner Jeans und hielt sie mir vor die Nase. Automatisch wie ein Kleinkind griff ich danach.

»Wie wär's damit, Miert?«

Es waren Fotos asiatischer Frauen. Die meisten davon in Unterwäsche, einige davon mit noch weniger. Ich blätterte gedankenlos ungefähr ein Drittel des Packens durch.

»Eine Marktlücke!«, rief Handlos begeistert aus, »vor allem in dieser Präsentationsform! Die bisherigen Kataloge waren ja alle viel zu brav! Wer will schon die Katze im Sack kaufen?«

Er hatte also vor, Frauen zu verkaufen – die moralischen Qualitäten von vielen aus unserer Maturaklasse, davon war ich nicht erst seit heute fest überzeugt, lagen im Argen. Oder noch ärger.

»Meinen ersten Kunden habe ich bereits in der Tasche. Jedenfalls so gut wie. Übrigens ein parlamentarischer Mitarbeiter. Ich bin gerade auf dem Sprung zu ihm. Und wie steht's mit dir?«

Der Typ hatte nicht nur vier Jahre mehr oder weniger permanent versucht, mir Grammelschmalzbrote, Liptauersemmeln, Deutsch- und Englischhausübungen sowie Geodreiecke abzuschnorren, jetzt wollte er mir auch noch eine thailändische Nutte andrehen.

»Wenn du in diese schöne Branche einsteigst, Handlos, wirst du womöglich sehr bald Besuch von zwei oder drei bulligen Herren bekommen, die testen werden, welche Teile deiner Wohnungseinrichtung zerbrechlich sind.«

»Ich lebe in Untermiete, möbliert …«

»Vielleicht probieren sie ja auch aus, wie zerbrechlich dein Schädel ist. Kannst du nicht etwas anderes versuchen?«, bat ich ihn.

»Mit den Lebensversicherungen habe ich kein Glück gehabt. Meinen Würstelstand haben Vandalen demoliert. Das mit den Sportwetten ist auch nicht so richtig gelaufen. Und die angeblich revolutionäre Bioparfümserie war ein einziger Verhau. Was soll ich denn sonst machen? Soll ich mich etwa gemeinsam mit den Tschuschen als Zeitungskolporteur auf den Bahnhof stellen?«, winselte der fesche Horst.

»Immer noch besser, als Menschenfleisch zu verhökern«, antwortete ich.

»Scheiß drauf, Miert, du hast dich nicht geändert! Kein bisschen, du sturer Hund! Du bist doch nur immer noch sauer, weil ich dir damals in der siebten Klasse die Kleine mit den violetten Augen weggeschnappt habe!«, trumpfte der Mädchenhändler in spe auf.

»Ich bewundere den Reichtum Ihrer Erinnerungen, aber wenn Sie jetzt wirklich damit anfangen, Menschen zu schmuggeln und an Typen wie Horst Heider zu verkaufen, werden Sie Probleme bekommen!«, sagte ich.

Der schwarze Hengst war so verblüfft, dass ich den Namen seiner ersten Kundschaft kannte, dass er mich wie den Leibhaftigen anstarrte, was sein derbes, ungepflegtes Gesicht auch nicht unbedingt anziehender machte. Mit roten, weit aufgerissenen Augen ließ ich den Sack stehen. Man konnte sich, dachte ich, halt nicht aussuchen, mit wem man in eine Klasse gesteckt wurde, überhaupt nicht.

***

Hinter meinem Ford Granada stand schlampig eingeparkt ein älterer, weißer Mazda-Kastenwagen in voller Festbeleuchtung, sogar das Fernlicht war eingeschaltet. Außerdem stand eine Hecktür gut zehn Zentimeter weit offen. Ein junger, schmächtiger Bursche mit gelbem Ziegenbart und einer beginnenden Stirnglatze saß auf dem Fahrersitz und schlief offenbar. Er hatte drei alte Trainingsjacken übereinander an. Ich klopfte an die Scheibe auf der Fahrerseite. Der Beifahrersitz war, soweit ich das erkennen konnte, eine einzige Müllhalde. Es stank aus dem Wagen wie aus einer prähistorischen Fischdose. Ich klopfte trotzdem noch einmal an die Seitenscheibe. Der Kerl erwachte mit einem Ruck, schüttelte sich infernalisch und begann dann, mit spitzen Fingern unsichtbare Fussel von der obersten Trainingsjacke zu entfernen. Es war eine grün-weiße Rapid-Jacke. Endlich kurbelte er die Scheibe halb herunter.

»Es wird Sie wahrscheinlich nicht übermäßig interessieren, aber Ihre Hecktür ist offen.«

»Sind Sie Ariel, der Gott des Lichts? Sind Sie Ariel?«, zischte der Bursche und sein rechtes Augenlid begann zu zucken.

Heute ist wirklich nicht mein Tag, dachte ich, ging wortlos zu meinem Wagen, sperrte ihn auf und setzte mich ans Steuer. Der Meschuggene hatte inzwischen seinen CD-Player auf Hochtouren gebracht, aus dem Mazda dröhnte eine aggressive Klangwolke aus dumpfen E-Gitarren und fetten Synthesizer-Fürzen. Ein hektischer Sänger brüllte dazu unrythmisch. »Dead can fuck«, war das Einzige, was ich verstehen konnte.

Beim Wegfahren sah ich im Rückspiegel, dass der Bursche auch noch die Alarmblinkanlage eingeschaltet hatte. Seinem Zustand, dachte ich, durchaus angemessen, aber ich konnte mich nicht um alles kümmern – und das hier fiel unter alles.

***

Ich mochte keine moldawischen Schwarzarbeiter vom Gerüst stürzen. Ich lehnte es ab, säumigen Schuldnern mit einem Baseballschläger auf den Pelz zu rücken. Ich hatte keine Lust, vor irgendeinem Werkstor ausgerackerte Hilfsarbeiter zu arretieren, die aus ihrem Betrieb ein paar Schrauben mitgehen hatten lassen. Ich mochte keine Vierzehnjährigen vor dem Portal irgendeines In-Clubs zusammenschlagen. Ich wollte nicht in schmutziger Bettwäsche herumwühlen, nur damit sich irgendwer die Apanage für seine Ex ersparte. Das alles hatte sich mit der Zeit in der Branche herumgesprochen und vor allem natürlich bei der Kundschaft, sodass sich die

Bezüge der Besucherstühle in meinem Wartezimmer in den letzten Monaten nicht gerade rasant abgenutzt hatten. Und wenn ich in einem überraschend guten Monat wie diesem doch einmal zwei Klienten an Land gezogen hatte, passten sie mir nicht und ich verscheuchte sie gleich wieder. Ich war mir selbst der ärgste Feind.

Nach dem Auftritt mit dem Musikfreund fuhr ich zuerst in die Wäscherei und dann in mein Grätzel hinter dem Hauptbahnhof. Ich hatte in der Stadt nichts zu tun, ein billiger Detektiv wie ich gehörte in die Vorstadt. Zur Feier meines anhaltenden Misserfolges dekantierte ich zu Hause einen 87er Margaux, der kaum aus der Flasche schon nach dem Tal der Gironde zu duften begann, nach den flachen Schotterbänken und dem bisschen Schlamm darüber und nach dem feuchtwarmen Klima des Bordelais. Mein Wohnbüro verfügte im Wesentlichen nur über zwei Räume, nach hinten zu über ein gar nicht mal so kleines Wohnschlafzimmer, von dem man nur mehr in ein winziges Bad mit WC gelangte, und über einen Warte- und Empfangsraum nach vorne zu. Eine selbst für meine bisherigen Wohnverhältnisse winzige Kochnische ließ sich hinter einer Schiebetür, die einen Wandschrank im Stil der frühen Fünfzigerjahre markierte, unsichtbar machen. Der wuchtige, schwarze Flohmarkt-Schreibtisch hatte gerade noch durch den Eingang gepasst, ohne dass ich die Wohnungstür aushängen hatte müssen. Auch den gusseisernen Registerschrank, dessen Fächer ebenso leer waren wie die meisten Schreibtischschubladen, hielt ich in Ehren. Im Wohnschlafzimmer stand ein altdeutscher Kleiderschrank im hinteren Teil des Raumes, daneben hing eine große Harland-Karte an der Wand. Auch zu einem grünen Kunstledersofa stand ich schon seit Jahren unerbittlich und hatte es zusammen mit einem Beistelltischchen in der

Mitte des Raumes platziert. Den alten Grundig-Schwarzweißfernseher ließ ich nicht, wie in so vielen Wohnzimmern gehandhabt, als eine Art Hausaltar dominieren, sondern hatte ihn relativ randständig an eine Wand geschraubt. Es gab keinerlei Zimmerpflanzen, weil ich, der Schrecken aller Yucca-Palmen, keine Hand dafür hatte. Der Bodenbelag, älteres, beiges Linoleum, stammte noch von den Vorbesitzern, ebenso die dezente Tapete – bläuliche Kringel auf eierschalenweißem Grund. Zeige mir, wie du wohnst, lautete die alte Drohung, und ich sage dir, wer du bist. Das war in meinem Fall nicht schwer: finanziell mehr als schwach auf der Brust, einsam wie eine verrostete Thunfischdose, aber immer noch stolz wie ein alter Tower-Rabe.

***

»Sie sollten mal all den Staub und Schutt vom Gang kehren, junger Mann! Da kommt man ja kaum durch als älteres Semester!«, schnaubte die Greisin ebenso resolut wie vorwurfsvoll. Sie stand plötzlich wie eine verwitterte Statue der heiligen Anna mitten im Raum. Sie trug einen hellgrauen Übergangsmantel, unpassend für die Jahreszeit, eine weißgelbliche, etwas dubiose Bluse und wie mit dem Messer geschnittene Dauerwellen über einem langen Gesicht voller Furchen und Rinnen und Make-up wie erstarrte Lava, aber auch voller Entschlossenheit. Sie war groß, fast so groß wie ich, und offensichtlich auch ein wenig gebrechlich – wie eine elegante Riesenlibelle, aber mit Rheuma.

Die Wohnungstür ließ ich meistens unversperrt. Es könnte ja doch einmal sein, dass ein potentieller Klient auf mich warten wollte, wobei ich mir eine eigene Empfangsdame oder eine Sekretärin nie und nimmer leisten könnte. Ich wüsste nicht einmal eine Halbtagskraft zu beschäftigen, da ich meine Akten im Kopf führte und noch aus der Generation stammte, die Computer für eine Art schamanistisches Teufelszeug hielt. Es war mir schon unheimlich genug, dass so ein Ding mein Konto verwaltete und gegebenenfalls das Beatmungsgerät steuerte, das einen in der Intensivstation am Leben erhielt oder auch nicht. Was mich ein bisschen erschreckte, war, dass ich die Verbindungstür zwischen Wartezimmer und meinem Wohnbereich sperrangelweit offen gelassen hatte. Nur gut, dass nicht ein paar von Topfs schlagkräftigen Parteifreunden im Türrahmen standen.

»Wenn Sie meinen, gnädige Frau …«, erwiderte ich.

Ich wuchtete mich von der Couch hoch und versuchte mit meinem voluminösen Körper die kleine Karaffe und das Glas zu verdecken.

»Nana! Solch reaktionäre Schmonzes können Sie sich schenken! Ich bin keine Gnädige, ich bin Kommunistin!«

Ich war so verblüfft, dass mein Beitrag zu dieser Unterhaltung noch immer nur im Verdecken der Karaffe bestand.

»Und bloß gut, dass Sie endlich hochkommen! Ich brauche schließlich einen Privatdetektiv und keinen Sitzriesen!«

Damit war wohl endgültig klar, wer hier das Gespräch führte. Ich sicher nicht.

»Sie dürfen mir ruhig etwas zum Sitzen anbieten, junger Mann! Meine Füße tragen mich zwar schon seit 1923, aber so wird es nicht ewig weitergehen. Außerdem brauchen Sie nicht andauernd krampfhaft diese alberne Weinkaraffe zu verdecken. Ich trinke sowieso nur Kamillentee. Oder Wodka.«

Ich beeilte mich, vor dem Schreibtisch im Wartezimmer einen Sessel für sie zurechtzurücken. Sie setzte sich nicht unelegant, aber mühsam, unendlich mühsam, wie ein Spastiker, der in einem früheren Leben einmal Rudolf Nurejew gewesen war. Ich setzte mich ebenfalls, hinter den Schreibtisch, und ein professionelles, halbes Lächeln auf. Außerdem bemühte ich mich, nicht daran zu denken, dass ich soeben wie ein Rotzbub behandelt worden war.

»Mein Vater ist im Erscheinungsjahr von Freuds *Traumdeutung* geboren, aber er ist Eisendreher gewesen und hat es niemals gelesen.«

Ich hatte es auch nicht gelesen, aber ich wusste ungefähr, was nicht drinstand. So ging es mir mit dem Großteil des abendländischen Bildungsgutes. Ich war wie ein Lexikon, in dem zwar alles einigermaßen erklärt wurde, aber nichts wirklich stimmte.

»Ich habe als Packerin in einer Spedition gearbeitet, dann als Zureicherin in einer Zuckerlfabrik, in der mir das Leben auch nicht gerade versüßt wurde, dann in einer Kerzenfabrik, in der mir als Proletarierin glücklicherweise ein Licht aufgegangen ist. Zu dem Zeitpunkt war mein Bruder Herbert schon eingezogen und mein Vater verhaftet. Ab September 1940 hatte er fünfzig Reichspfennig für die Rote Hilfe abgeliefert, Monat für Monat an einen Kollegen in der Maschinenfabrik, in der er vierzehn Stunden am Tag Granaten drehen musste. Für diese fünfzig Pfennig monatlich wurde er vom Oberlandesgericht Wien wegen Vorbereitung zum Hochverrat, wie es damals hieß, zu vier Jahren Zuchthaus verurteilt. 1941 ist er verhaftet worden, im Frühjahr, 1942 wurde er verurteilt, im Herbst. Natürlich wusste niemand von dem Verhandlungstermin, das heißt, sie haben niemanden von der Familie, sprich mir, davon etwas gesagt, und die Verhandlung selbst war sehr kurz, ein Gerichtstag, aber eigentlich nicht einmal eine Viertelstunde. Das Urteil stand ja hinlänglich fest, schon als er festgenommen wurde, Kerker oder Fallbeil, was anderes wurde ja nicht verhängt, und auch der Kerker war oft tödlich. Mutter hat das alles zum Glück nicht mehr erleben müssen, eine gnädige Knochentuberkulose hat ihr das erspart. Nach dem Schandurteil begann die Odyssee meines Vaters durch die Strafanstalten der Ostmark, Bayerns und Baden-Württembergs. Von Anstalt zu Anstalt bekam er weniger zu essen und mehr Schläge. Am 6. April 1945 verfügte der Direktor der Strafanstalt Krems-Stein, ein gewisser Regierungsrat Kodré, die Entlassung aller politischen Häftlinge, und als diese längst im Gang war, ist der Kremser Volkssturm dazwischengegangen, mit Handgranaten und Infanteriewaffen, über dreihundert Massakrierte in dieser ›Stadt der Bewegung‹. Mein Vater ist noch bis nach Rottersdorf gelaufen, nur ein paar Kilometer vor Harland, aber dann hat ihn die SS in ihren Limousinen eingeholt. Die Grabpflege habe ich vor zwei Jahren einer Gärtnerei übertragen müssen, ich war schon zu schwach dafür an den meisten Tagen. Auf jeden Fall sind die Mörder meines Vaters nie bestraft worden. Sie lebten all die Jahre und Jahrzehnte unter uns und schliefen gut und verdauten gut und ließen sich keine grauen Haare wachsen und starben schließlich im Bett.«

Danach war sie erschöpft und schwieg. Ich schwieg auch. Im Vergleich dazu hatte ich ein relativ leichtes Leben gehabt, bisher jedenfalls.

»1947 bin ich hauptberuflich«, fuhr die alte Dame leise und konzentriert fort, »in die KPÖ übernommen worden, nichts Großartiges, Sekretärin in der Harlander Bezirksleitung, aber für mich war es wie eine Familie. Natürlich hatte ich es auch dort manchmal schwer – sie waren ja so verdammt stolz auf ihre proletarische Einfalt! Besonders die Männer! Und ein Problem, das sie nicht verstanden haben, glaubten sie einfach dadurch lösen zu können, indem sie es in einen Gedanken von Marx oder Lenin einwickelten. Ich bin noch vor 1968 ausgetreten. Man kann auch Kommunist sein, ohne der kommunistischen Kirche anzugehören. Aber am Anfang war es wie eine Familie. Denn ich war ja ganz allein.«

***

»Immer öfter erscheint er mir jetzt in der Nacht und schreit mir zu, dass ich ihn begraben lassen soll, endlich anständig begraben lassen soll! Er schreit mich an, er brüllt wie am Spieß, er stampft mit den Beinen, er rudert mit den Armen und besteht darauf! So war er immer, der Herbert! Wenn der sich etwas in den Kopf gesetzt hat!«

Ich hörte der resoluten Altkommunistin noch immer zu. Ein anderer hätte sich mit dieser seltsamen Greisin, die offenbar Erscheinungen und böse Träume hatte, vielleicht nicht abgegeben. Denn das, was sie sagte, spielte keine Rolle und war kein Thema mehr und eignete sich nicht für belanglose Plaudereien am Handy, in der Vinothek und am Golfplatz, und die Gesellschaft war längst darüber hinweggegangen. Den Unschuldigen beistehen. Die Schwachen nicht niedertreten. Ein nicht kalkulierbares Risiko eingehen für jemanden, der es wert ist. Die Toten nicht verraten. Ehre. Zu Beginn des 21. Jahrhunderts spuckte man auf all das. Allen voran die Vorstandsvorsitzenden und Staatspräsidenten. Und Millionen und Abermillionen von kleinen und großen, bissigen, kalten und hundsföttischen Globalisierungsgewinnern in Europa und Amerika machten es ihnen nach, zuerst in Computerspielen und Talkshows und dann in echt.

»Herbert war absolut unverkennbar – wer ihn einmal gesehen hat! In Litauen wurde ihm nämlich 42 das rechte Ohr weggeschossen und ein Teil der Wange. Allerdings nicht gerade im Gefecht, sondern von einem besoffenen Oberfeldwebel aus Schlesien. Aber für Herbert hat es leider nicht gereicht, um uk gestellt zu werden. Er musste nach Rumänien und hatte dort zwei Jahre das Erdöl von Ploesti zu bewachen. Ende 44 ist sein Landesschützen-Bataillon aufgerieben worden. Er war wohl der einzige Überlebende – mit nicht mehr als einer Fleischwunde am linken Oberarm. So ist er übermütig geworden und hat sich auf den Weg gemacht, auf den langen Marsch nach Harland.«

»Woher wissen Sie das alles?«

»Er hatte einen Stapel Feldpostkarten dabei und in jeder größeren Stadt, durch die er kam und in der es einen Briefkasten gab, hat er eine Nachricht an mich eingeworfen. Feldpost wurde ja gratis von der Reichspost und auch von der rumänischen und ungarischen Post weitergeleitet, soweit die Kurse überhaupt noch funktionierten. Meistens waren die Sendungen monatelang unterwegs. Er hat auch immer brav die Feldpostnummer seiner nicht mehr existierenden Einheit, seinen Rang und seinen Namen draufgeschrieben, und kein Postler wusste ja, dass er die Karte eines desertierten Oberschützen transportierte. Auch nicht die Briefträgerin in der Jury-Promenade in Harland, eine gewisse Frau Maschek, eine Hundertprozentige, vor der ich mich hüten musste, weil sie auch Anfang 45 noch in der Ortsgruppe und in der Frauenschaft aktiv war. In Stattersdorf hat er die letzte Karte in einen Briefkasten eingeworfen, der Krieg wäre in zwei Wochen aus gewesen, aber den letzten Kilometer bis nach Hause hat er wohl nicht mehr geschafft. Gegenüber von Stattersdorf, am westlichen Traisenufer, hätte seine Wohnung auf ihn gewartet, eine Werkswohnung der Meuser-Werke, die ich damals zeitweilig bewohnte, jahrelang hielt, damit er sie nicht verliert, Zimmer-Küche-Kabinett.«

Ich sagte kein einziges Wort.

»Da sind 32.534 Euro, das ist alles, was ich mir in einem langen Leben erspart habe – finden Sie ihn dafür!«, sagte die alte Dame und schob ein rotes Sparbuch langsam über die Schreibtischfläche in meine Richtung. »Ich möchte ihn in einem richtigen Grab bestatten lassen.«

Ich rührte es nicht an, auch als das Sparbuch längst seine Ruheposition gefunden hatte.

»So teuer bin ich nicht«, sagte ich leise.

»Ach.«

»Wenn Sie mir fünfzig Euro als Anzahlung für erste Spesen dalassen, reicht das völlig aus. Ihr Sparbuch nehmen Sie schön wieder mit.«

Ich nahm einen Auftrag an, der nicht zu erfüllen war, nicht mehr zu erfüllen war – weil sonst ein anderer die 32.000 Euro genommen hätte, ein Kollege mit einem besseren Magen als ich, mit einer gut abwaschbaren, leicht zu reinigenden Seele, mit einem fetten Stolz, der ihn den Gewerbeschein an der Wand hinter seinem Schreibtisch platzieren ließ, im vergoldeten Rahmen, gleich neben dem Kurszertifikat der Handelskammer.

Ich akzeptierte. Die alte Dame würde wieder schlafen können und ihren Bruder wiedersehen. Im Himmel. Hier auf Erden wohl nicht mehr. Auch wenn es schwer fällt, dachte ich, an die Möglichkeit von Erlösung zu glauben, nicht nur einer Kommunistin.

»Rufen Sie mir bitte ein Taxi. Ich glaube, ich schaffe heute den Bus nicht mehr zurück ins Heim. Außerdem, glaube ich, sollte ich mich noch vorstellen: Lephart, Maria Lephart.«

»Das Seniorenwohnheim in der Trautsonstraße? – Ich werde Sie chauffieren. In den fünfzig Euro ist das inkludiert. Übrigens, wie sind Sie auf mich gekommen?«

»Ich bin jetzt müde, eigentlich sehr müde.«

* * *

Ich hätte zumindest erwartet, dass sie sich ein bisschen über die Unordnung im Granada mokierte, aber sie schwieg still und legte ihren langen, großen Kopf auf die Nackenstütze. Sie hatte darauf bestanden, am Beifahrersitz Platz zu nehmen, auf den Rücksitzen wäre ihr immer schlecht geworden, auch bei kürzeren Fahrten. Ich musste erst einige leere Einkaufssackerl, ein paar Tüten und Werbeprospekte vom Sitz entfernen, aber was tat man nicht alles für einen Klienten.

Erst als wir bereits die halbe Stadt durchquert hatten, begann sie wieder zu sprechen. Leise und eindringlich wie ein Storchenküken, das vor einigen Stunden aus dem Nest gefallen war.

»Drei Ordner hätte ich Ihnen bringen können mit Korrespondenz. Mit der Wehrmachtsauskunftsstelle in Berlin, mit dem Bundesarchiv-Militärarchiv in Freiburg, mit dem Dokumentationsarchiv des Österreichischen Widerstandes in Wien, mit den österreichischen Botschaften in Bukarest, in Bonn, in Moskau, mit Ministerien, historischen Instituten, Veteranenverbänden. Viele Jahre und Jahrzehnte habe ich diese Briefe geschrieben, aber im besten Fall haben sie mich nur hingehalten, sodass ich noch Hoffnung haben konnte. Im schlechtesten Fall hatten sie nichts, gar nichts, keinen Akt, keine Kenntnis von seinem Verschwinden, kein Fuzerl Papier über Herberts Schicksal.«

»Ich weiß ehrlich gesagt nicht, Frau Lephart, ob ich eine große Hilfe sein werde.«

»Ich habe im Leben nicht viel Glück gehabt, aber ich lasse mich nicht unterkriegen, noch nicht.«

Irgendwie imponierte mir ihre altmodische, verlorene Hartnäckigkeit, aber ich wusste, dass ihr Fall aussichtslos war, absolut aussichtslos, reine Zeit- und Geldverschwendung, nach über sechzig Jahren noch zu recherchieren.

»Sehen Sie, nach so langer Zeit …«, warf ich vorsichtig ein.

»Sie sind doch gegenüber von Stattersdorf aufgewachsen, also versuchen Sie Ihr Glück, junger Mann!«

»Woher wissen Sie denn das?«, fragte ich verblüfft und hätte beinahe einen Zeitungsständer umgefahren. Zum Glück bemerkte sie es nicht. Selbst wenn man mit dem Granada die wildesten Manöver aufführte, schaukelte er nur ein bisschen. Wie eine volle Plastik-Kinderbadewanne mit einem etwas zu großen Kind darin.

Es hatte leicht zu regnen begonnen und vereinzelt ploppten dicke Tropfen auf das Karosserieblech. Es klang wie schlechter Brahms mit einem übereifrigen Paukisten.

»Ich werden Sie besuchen kommen. Am Sonntag vielleicht«, versprach ich und glaubte schon nicht mehr so recht an mein Versprechen. Wenn man jung war und der Tag lang, sagte man gar manches.

Wie die Kaserne einer geschlagenen Armee ragte das Seniorenwohnheim in der Trautsonstraße vor uns auf. Drei vernachlässigte, im leichten Schneeregen dampfende Trakte aus den Zwanzigerjahren, die ein offenes U um die hässlichste neuromanische Kirche bildeten, die ich je gesehen hatte. Rundherum kahlgeschorene, von der letzten Herbstsonne verbrannte Wiesen mit ein paar verlorenen, dunkelgrauen Schneebatzen, kein Baum, kein Strauch, kein Wegerl, keine Sitzbank, nichts.

»Sie werden sich doch nicht freiwillig in ein Verlies setzen, junger Mann!«

»Sagen Sie nicht so was!«

»Am schlimmsten ist der Geruch. Und die Penetranz der Pfleger, uns möglichst nicht zu bemerken und den ganzen

Tag in den Sozialräumen Kaffee oder Ärgeres zu trinken und fernzusehen. Einige von denen müssen schon eine ganz kaffeebraune Seele haben. Aber ich lasse mich nicht wie eine Unperson behandeln und auch nicht wie ein Kind! Ich bin dreiundachtzig Jahre alt und habe mehr erlebt in der Wirklichkeit, als die jemals im Fernsehen sehen werden! Und wenn sie zweihundert Jahre vor dem dämlichen Ding hocken bleiben!«

Irgendwie imponierte sie mir.

»Ich komme am Sonntag. Sicher«, sagte ich.

»Sicher ist nur der Tod.«

»Ich werde Ihnen beim Aussteigen ein wenig helfen. Durch den Schneeregen ist es ganz schön rutschig.«

»Das letzte Mal, dass ich mich mit einem jungen Mann in einer schlüpfrigen Situation befunden habe, ist schon eine ganze Weile her«, antwortete sie trocken.

Erst nachdem mein Lachen verstummt war, versuchte sie sich vom Beifahrersitz hochzuhieven und zur Tür hinauszuwinden. Es ging recht mühsam voran.

»Das nächste Auto, das Sie sich kaufen, sollte unbedingt ein Minivan sein!«, motzte sie.

»Unbedingt.«

»Ach, hören Sie schon auf!«

Wie ein arthritischer Storch stakste sie langsam davon, unendlich langsam.

***

»Eigentlich bin ich überhaupt noch nie um halb vier Uhr früh aufgestanden. Jedenfalls soweit ich mich erinnern kann.«

»Sie werden es nicht bereuen«, sagte der Mann leise neben mir und spannte seinen ganzen Körper über dem teuren Mannlicher-Gewehr, handgefertigt sicherlich von einem

Ferlacher Büchsenmacher und über und über mit allerhand Gravuren auf Lauf und Schaft und Kolben verziert.

Eine Schickimicki-Flinte.

Der Hochstand war mit zwei mächtigen Vorhängeschlössern abschließbar und verfügte über Kühlschrank, Radio, DVD-Player und eine relativ komfortable Liege. Fehlte hier im dunklen Tann eigentlich nur mehr ein Whirlpool.

»Eigentlich hasse ich es, auf die Viecher zu schießen. Und einen ordentlichen Espresso bekommt man hier auch nirgends!«, fluchte Dr. Zandl mit beinahe tonloser Stimme. Ich konnte nicht sehen, worauf er, aufgestützt auf die Brüstung des Hochstandes, zielte. Die Wiese oder der Wald vor uns waren ein einziger weißgrauschwarzgrüner Mischmasch, meine Augen waren auch noch nicht richtig wach und die Sonne ging gerade über Bukarest auf, wenn überhaupt.

Zandl war Rechtsanwalt, aber in den Verhandlungssälen des Landesgerichtes Harland dem Vernehmen nach so gut wie nie zu finden. Dafür kannte er, so hieß es jedenfalls, jeden Klub, jeden Zirkel, jeden Verein, jeden Saal und jedes Hinterzimmer in der Stadt und ließ kein Fest und keine Versammlung, keinen Charity-Brunch und keine Party, keinen Lions-Abend und keine Klatschspalte aus. »In Österreich gibt es ja keine Mafia«, war einer seiner kolportierten Aussprüche, »aber es ist gut, wenn man dabei ist.« Wer in Harland von Dr. Zandl nicht gekannt wurde, den brauchte man auch nicht zu kennen. Überflüssig zu erwähnen, dass ich den umtriebigen Salonjuristen nur vom Hörensagen kannte, besser gesagt vom Weghörensagen.

»Manche Dinge bespricht man im Büro, manche Dinge besser hier«, quasselte Zandl über dem Gewehr hängend weiter wie in einer Talkshow. Wenn sich da draußen wirklich ein Stück Wild in sein Schussfeld verirrt hatte, dann war es längst perdu.

Niemals hätte ich um drei viertel vier Uhr in der Früh vergebens versucht, Kaffee zu kochen und in irgendeinem Kasten frische Wäsche zu finden, nie hätte ich der sensiblen, veralteten Elektrik meines Ford Granada einen nächtlichen Kaltstart zugemutet, nie wäre ich in der kaltseifigen Winterdunkelheit die Bundesstraße 20 von Harland nach Lilienfeld wie ein irrwitziger Schuhmacher dahingedonnert, nie wäre ich ohne ein paar Ski auf dem Gepäckträger beim Stift abgebogen und auf den Parkplatz bei der Talstation der Muckenkogel-Seilbahn gefahren – wenn, ja wenn Zandl nicht auf meiner Mailbox Gabloners Namen ins Spiel gebracht hätte. Das zählte, das saß, damit bekam er mich an den Haken.

Zwei, drei Quadratkilometer feiner, weißer, das Restlicht reflektierender Kalk, bestreut mit ein paar Millimetern Schneekristallen, über denen dünner Frühnebel gewabert hatte. An einem Samstag oder Sonntag parkten hier Kotflügel an Kotflügel die coolen Karossen von zigtausenden Möchtegern-Hermann-Maiers den Schotter zu. Jetzt, so früh an einem Wochentag, hatte auf der weißen, opaken Fläche nur ein schwarzer Jeep Wrangler gestanden. Ich war darauf zugefahren.

***

»Sie wissen jetzt sicher nicht mehr so recht, wo Sie eigentlich sind, was?«, hatte Dr. Zandl gelächelt und den Jeep recht flott durch die zähe Dunkelheit gespurt. So wie Vorstandsdirektoren lächeln, wenn sie sich im Direktionslift beim Drücken einmal im Stockwerk irren und dem Hausmeister in die Kellerwerkstatt platzen. Obwohl die beiden Scheinwerfer nicht mehr bedeutet hatten als das Husten einer Fliege auf dem Sirius, hatte ich gespürt, dass es bergauf gegangen war, relativ lange. Die Zeit hatte sich in Bewegung und Raum verwandelt, in einen Kubus voll dunkler Seife, der mit einem Seil einen Hang hochgezogen wurde. Und ich mittendrin. Sehen konnte ich nicht allzu viel und das Dunkel nicht verfluchen, auch nicht den matschigen Hohlweg, die paar Stämme und das undefinierbare Geäst, aber ich hatte mir eingebildet, die Höhe zu riechen.

»Diese ganzen Hohlwege und der Wald … Also, ehrlich, nein«, hatte ich geantwortet. Dabei hatte ich relativ genau gewusst, dass ich mich am Nordabhang des Gspitzten, etwa auf halber Höhe in einem Lärchenwald befand. Auf diesem nach seiner charakteristischen Form benannten Berg und dem nahen Muckenkogel, der Hinteralm und so weiter hatte ich meine halbe Jugend verbracht, wandernd und kletternd mit meinem Vater. Ich kannte hier jeden Steig und jeden Tritt und jeden Kuhstall, aber das konnte Zandl ja nicht wissen. Und vielleicht sollte er es besser auch nicht wissen. Ich gebe zu, manchmal habe ich Ahnungen, aber es ist noch nicht so weit, dass ich mich deswegen in medizinische Behandlung begeben müsste.

»Ein paar Leute haben in Ihren Personalakt Einsicht genommen. Und das Erste, was einem da ins Auge springt, ist diese Anzeige gegen Ihren damaligen Gruppenleiter, gegen Oberleutnant Gabloner …«, war Zandl endlich zur Sache gekommen.

»Das war zugleich auch meine letzte Amtshandlung im Sicherheitsbüro, danach bin ich recht schnell gegangen worden.«

»Trotzdem Respekt! Nicht jeder brächte die Courage auf! Was war eigentlich der Grund Ihrer damaligen Anzeige?«

»Ich habe ihn für einen Spitzel gehalten, der Ermittlungsergebnisse an eine Boulevardzeitung verscherbelt hat. Eine völlig unbedeutende, von einem Irren mit einem Stanleymesser übel zugerichtete Strichkatze aus dem Prater ist zu Tode gekommen, weil Gabloner den Zeitungsfritzen ihr Foto und ihre Adresse verkauft hat. Ihr Mörder konnte der Yellow Press bequem entnehmen, wo er das nächste Mal zuschlagen musste, um eine Zeugin zu beseitigen. Meine Zeugin.«

»Woher wussten Sie, dass es Gabloner war?«

»Über das Material verfügten zum damaligen Zeitpunkt nur er und ich. Also, entweder war ich der Spitzel oder er. Ich habe mich jedenfalls für Letzteres entschieden. Den Ausgang kennen Sie ja. Den Typ mit dem Stanleymesser haben sie übrigens nie gekriegt.«

»Und halten Sie Gabloner heute noch für korrupt?«, hatte Zandl weiter gefragt.

»Mittlerweile weiß ich, dass dem Mann noch wesentlich schlimmere Dinge zuzutrauen sind.«

»Bingo!«

Dann hatte Zandl den Jeep Wrangler abrupt zum Stehen gebracht im Nirgendwo. Irgendwo da draußen hatte schon der Hochstand auf uns gewartet, aber meine Augen hatten nur ein paar fahle Baumstämme in der weißgrauschwarzgrünen Schmiere ausgemacht. Zandl war ausgestiegen und hatte im Schnee nach der versteckten Leiter zu suchen begonnen. Dieser verdammte Nachtfalke.

***

»Ich werde vor allem deswegen schießen müssen, weil meine Frau vermutlich am Lauf riechen wird, ob die Flinte überhaupt abgefeuert worden ist. Sind Sie verheiratet?«

Mit der Waffe zielte Zandl immer noch in die dunkle

Suppe rund um uns, mit seinen Fragen zielte er auf etwas anderes.

»Warum interessieren Sie sich überhaupt dafür? Und für die Brüche in meiner beruflichen Biografie? Wollen Sie die Stelle als mein Therapeut antreten? Ist aber ein ziemlicher Hungerleiderjob.«

Ich hatte den Fatzke langsam satt. Gleich würde er mich nach meinen sexuellen Vorlieben und eventuellen Hämorrhoiden befragen.

»Den Polizeidirektor haben sie schon so weit. Der ist heuer einundsechzig und denkt inzwischen laut über die Pension nach. Der Hofrat aus dem Strafamt geht nach dem Lehrermodell und salutiert mit zweiundfünfzig ab. Der dritte Spitzenjurist, der Sturschädel aus der Verkehrsabteilung, ist der einzige Schwarze in der ganzen Bundespolizeidirektion Harland und wird, da sind sich die Herren sicher, einen prächtigen Stadtpolizeichef abgeben. – Sie wissen, wovon ich spreche, Miert?«

Ich wusste ungefähr, wovon er sprach, aber nicht, warum er gerade mir damit kam. Was scherte mich das sich heftig drehende Postenkarussel bei den Sicherheitsbehörden, wo nach der Zusammenlegung der traditionell eher roten, wenn auch keineswegs linken Polizei mit der traditionell eher schwarzen Gendarmerie die alten Polizeikader nach und nach demontiert wurden. Es gab viele Häuptlingsstellen zu besetzen, und die meisten Indianer konnte man leicht kaltstellen und irgendwohin abschieben, vor allem in die Pension, aber auch zum Zoll und zur Justizwache oder auf Portierstellen in den Finanzämtern oder in die Hol- und Bringdienste der Bundeskrankenhäuser. Von der formalen Qualifikation her waren Polizisten nicht mehr als angelernte Hilfsarbeiter.

Was gehen mich, dachte ich, diese Spielchen an? Ich war vor Jahren hochkant aus dem Wiener Sicherheitsbüro geflogen und mein Korpsgeist als Polizist war daher etwas unterentwickelt.

»Ich lausche nicht nur ergriffen Ihren Worten, sondern freue mich vor allem, dass wir anscheinend zum Kern der Sache vordringen. Umso eher kann ich wieder in mein Bett zurück.«

»Fehlt eigentlich nur noch der Leiter der hiesigen Kriminalabteilung … Ihr ganz spezieller Freund, Oberleutnant Gabloner!«

»Heißt das, er weigert sich abzutreten und steht den geplanten Personalrochaden im Weg?«

»Miert, die wollen ihn ganz einfach weghaben! Irgendwer mit sehr guten, ja exzellenten Beziehungen spitzt auf seinen Job – und wird ihn letztlich auch bekommen!«

»Ich sehe noch immer nicht, was ich bei dieser internen Angelegenheit …«

»Miert, das sind diesmal nicht die üblichen Spielchen, das wird eine Revolution! Kein Stein des Stadtpolizeikommandos Harland wird auf dem anderen bleiben!«, raunte Zandl. Irgendwie, hatte ich den Eindruck, war er von sich selbst und seinem Insiderwissen sehr beeindruckt.

»Als gelernter Österreicher könnte man es trotzdem immer noch für die gewohnten Sandkastenspiele einer unterbeschäftigten Ministerialbürokratie halten.«

»Diese Leute haben …«

»Welche Leute?«, fragte ich rasch.

»Oben, ganz oben. Also, diese Leute haben nur ein Problem: Sie haben auch Gabloners Personalakte gelesen und wissen jetzt, dass dieser Mann nicht nur bockig und bösartig, sondern in seiner vollendeten Sturheit auch ganz schön phantasievoll ist. Die können nicht im mindesten voraussagen, wie er reagieren wird, wenn sie ihm den Sessel unter dem Hintern wegziehen.«

So etwas, dachte ich, macht Bürokraten ganz schön nervös, wenn es mit jeglicher Vorausplanung Essig ist. Natürlich sagte ich das nicht, sondern etwas ganz anderes: »Irgendjemand will also Gabloners Kopf?«

»Serviert auf dem Silbertablett! Aber nix ist fix, wie es so schön heißt. Man kann diese so genannte Strukturbereinigung in der Harlander Kriminalpolizei noch zu Fall bringen …«

»Wirklich?«

»Und ob! Indem man zum Beispiel einem Ministersekretär ein paar Gramm Koks unterjubelt und dann Druck macht.«

»Wow, im Ernst? So weit gehen also die Befürchtungen?«, jetzt war ich aber echt verwundert ob der Hodenlosigkeit dieser Ministerialen. »Was steht noch in Gabloners Personalakte?«

»Sie würden sich wundern!«

»Was steht in seiner Personalakte, was ich nicht weiß?«

»Sie zwingen mich ja förmlich dazu.«

»Sonst mache ich nicht einmal mit beim Zerlegen des Wildes – das Sie hier und heute sowieso nicht treffen werden.«

»Er hat in dreiunddreißig Dienstjahren – soviel wir wissen – vier Menschen erschossen!« »Mhm«, machte ich nur und war auf einmal total geschlaucht, ausgelaugt und kaputt.

»Darunter zwei Kollegen. Alles einwandfreie Unfälle natürlich, hundertmal untersucht von sämtlichen Disziplinarkommissionen, hinauf und hinunter, aber …«, ereiferte sich Zandl und feuerte plötzlich sein Gewehr in den grauschwarzen Morgen ab, repetierte und feuerte nochmals.

Das Pulver roch wie halb verbrannter Kot, und ich war mit einem Mal hellwach und nervös, aufgebracht und schreckaktiv, und mein Herz schlug schnell, viel zu schnell.

»Sehen Sie! Den Leuten, die seinen Personalakt gelesen haben, fehlt einfach noch ein Kracher! Gegen Gabloner wird man nicht nur mit dem Material aus seinem Personalakt antreten können! Daher brauchen wir Sie!«

»Warum, verdammt noch einmal, ausgerechnet mich?«, retournierte ich und wäre ihm am liebsten ins blasierte Gesicht gefahren.

»Diese Leute haben jemanden gesucht, der Gabloner hasst«, sagte Zandl, »jemanden, der ihn wirklich hasst.« Bingo, dachte ich.

***

Ich hätte nein gesagt, wenn ich ordentlich ausgeschlafen, gewaschen und gekämmt gewesen wäre. Ich hätte nein gesagt, wenn in den letzten Monaten mehr Klienten in meinem Wohnbüro aufgekreuzt wären. Ich hätte nein gesagt, wenn ich gescheit gewesen wäre. So aber fragte ich nur nach, wem ich berichtspflichtig war.

»Hier ist meine Karte mit allen Festnetz- und Handynummern – alles läuft über mich.«

»Wie stellen Sie sich die Sache überhaupt vor? Soll ich Gabloner in sein Mittagslokal folgen und Ihnen dann reportieren, ob er Menü 1 oder Menü 2 gewählt hat?«

Während Zandl antwortete, packte er bereits seine Yuppie-Flinte in den rehledernen Gewehrbeutel: »Wir haben einen Maulwurf bei Gabloner sitzen. Der wird Sie kontaktieren.«

Offenbar haben die die ganze Aktion, dachte ich, von langer Hand vorbereitet.

»Wie erkenne ich Ihren Spitzel?«

»Ich sagte doch schon: Er wird auf Sie zukommen.«

»Ich würde als Losung vorschlagen: Disney schickt mich.«

»Daran soll's nicht scheitern.«

»Irgendwelche Prämien außer meinem üblichen Tagessatz?«

»Eigentlich müssten Sie uns dafür bezahlen, dass wir Ihnen diese Chance bieten, aber lassen Sie meinem Büro gelegentlich Ihre Kontonummer zukommen und alle paar Wochen mal eine Rechnung.«

Die rechneten vernünftigerweise, dachte ich, offenbar mit einem längeren Einsatz, Gabloner war alles andere als ein Jausengegner.

»Haben Sie eine Waffe?«, fragte Zandl noch.

Nicht offiziell, dachte ich.

»Sie wissen ja, dass alle Anträge auf Ausstellung eines Waffenscheins kriminalpolizeilich überprüft werden. Glauben Sie, dass Gabloner einen Antrag von mir jemals unterschrieben hätte?«

»Machen Sie das Handschuhfach auf, Miert.«

Im Handschuhfach lag irgendetwas, eingeschlagen in ein dunkelblaues Frottee-Handtuch.

»Na los, greifen Sie schon hinein.«

Ich spürte die Form und das Metall, noch bevor ich das Handtuch zurückgeschlagen hatte. Meine Hände und mein Gesicht begannen zu jucken. Wie immer, wenn ich mich aufregte wie ein Maikäfer im Schnabel einer Amsel.

»Eine Glock und ein Magazin. Das Beste an der Waffe ist, dass sie nicht registriert ist.«

»Wie haben Sie das gemacht?«

»Fragen Sie mich nicht so Sachen, Miert.«

Am Rückweg den Gspitzten hinunter schlief ich dann im ruckelnden und zuckelnden Jeep einfach ein. Ich verschlief den blutjungen Morgen, ich verschlief viele, viele Fragen, die ich Zandl unbedingt hätte stellen müssen, und ich schlief das bisschen an Skepsis weg, das mir noch geblieben war.

Zandl setzte mich am Parkplatz direkt vor dem Granada ab. Das diffuse Morgenlicht, das der Kalkschotter halb zerstreute, halb reflektierte, hatte mich schon einige Sekunden zuvor geweckt.

»Viel Glück!«, verabschiedete er sich und brauste mit einem vollendeten Kavaliersstart davon.

Das würde ich voraussichtlich auch ganz gut brauchen können.

Ich setzte mich ans Steuer und schlummerte fast augenblicklich wieder ein wie ein leicht debiles Kind mit Schilddrüsenunterfunktion, in der linken Hand das Handtuch mit der eingeschlagenen Pistole, das ich auch im Schlaf nicht losließ. Als mir die beunruhigende Frage einfiel, wer Zandls Hintermänner eigentlich waren, kletterte ich im Traum schon den Eiffelturm hoch, in einem Affenzahn bis ganz hinauf, auf die Spitze. Seltsamerweise sah es dort oben aus wie bei der Bergstation der Muckenkogelbahn. Ich war der König von Paris. Und zugleich Erzherzog Johann vom Silberwald. Oder ein armer Irrer, dem man übel mitspielen würde.

***

Die Bundesstraße von Lilienfeld nach Harland wand sich durch ein relativ enges Trogtal und alle paar hundert Meter tauchte eine Ortschaft auf und Straßenschwellen und eventuell ein Dorfpolizist mit der Laserpistole, Letzterer aber natürlich nur bei Tag und schönem Wetter und nicht in der Gabelfrühstücks- oder gar Mittagspause. Zwischen den Dörfern hatten die Bürgermeister die wenigen freien Teilstücke geradezu zugepflastert mit 70-, 50- und sogar 30-km/h-

Beschränkungen. Und da der Verkehr zudem so dicht war wie Nierensteine aus Calciumcarbonat, konnte man niemanden und nichts überholen. Drei, vier Kilometer zuckelte ich einem alten, grünen Steyr-Traktor hinterher, dann einem Essen-auf-Rädern-Bus, und ab Traisen steckte ich überhaupt in einer Kolonne, die sich so zäh vorwärtsschob wie ein moribunder Bandwurm. Dafür blieb Zeit, die Landschaft zu bewundern, die steilen Wiesen beiderseits, die Almen ganz oben an den Kanten des Troges, die nur mehr deshalb von Nebenerwerbslandwirten in Markenjeans und fetzigen Polohemden vom Gestrüpp freigehalten wurden, weil Brüssel dafür Prämien herausrückte, die genormten Wälder, die stückweise von Maschinen abgefressen wurden, und die ausgebauten Wochenend-Heustadel für Zahnärzte, Prominentenfriseure, PR-Fuzzis und Wirtschaftsjuristen. Was meine Beziehung zu dieser Natur anging, reichte mir mittlerweile der Schnittlauch auf der Suppe völlig.

Ich musste mir eingestehen, dass ich Zandls Job finanziell einfach nötig hatte. Das ärgerte mich. Nicht so sehr, dass ich vor Wut ins Lenkrad gebissen hätte, aber immerhin. Seine letzten Worte, bevor wir uns am Parkplatz getrennt hatten, fielen mir jetzt wieder ein: »Man hört, dass Sie bei einigen einflussreichen Leuten ziemlich heftig auf den Busch geklopft und Ihre Nase wieder einmal in Sachen gesteckt haben, die doch ein paar Nummern zu groß sind für Sie. Vielleicht ist Ihr neuer Auftrag ja auch ein gewisser Schutz.«

Hoffentlich versprach er mir da nicht zu viel.

***

Als die Bank das Projekt baureif gemacht hatte, mein altes Wohnschlafzimmer zu einer Importparfümerie und den Rest des abgewohnten Gründerzeitwohnblockes im Glasscherbenviertel hinter dem Harlander Hauptbahnhof zu einem schicken City-Einkaufs- und Erlebniszentrum zu machen, standen sie vor dem Problem, dass es zwar nur mehr einen einzigen Mieter, nämlich mich, in der Pawlatschen gab, dass der aber einen bombensicheren Mietvertrag hatte und das Bauverfahren noch einige Jahre mit sinnlosen Einsprüchen verzögern konnte. Wenn er denn Lust dazu hatte. Ich hatte Lust dazu und sagte das auch klipp und klar jedem Bankbeauftragten, der es nicht hören wollte. Sie probierten es noch einige Monate lang mit kleineren Schikanen wie etwa unvermuteten Wasser- oder Stromabsperrungen und einer Baustelle wegen angeblicher Reparaturen direkt vor meiner Wohnungstür. Ich war aber bald für meine passive Resistenz nicht nur bekannt, sondern geradezu gefürchtet und hätte wahrscheinlich auch noch ein Rollkommando überstanden, irgendwie. Das sagte ich ihnen auch immer wieder, und so fingen sie schließlich zu rechnen an und boten mir einen Betrag in der Höhe von ein paar Herrenhemden als Ablöse an. Ich lehnte ab. Das war in etwa der Stand der Dinge, eine Art unerklärter Waffenstillstand.

Ich hatte keine Lust, in meine Wohnung zurückzufahren. Was hätte ich dort auch gemacht, außer die Wände anzustarren oder mich beim Frühstücksfernsehen zu langweilen? Ich hatte auch keine Freunde, die mich zu dieser frühen Tageszeit schon ertragen hätten, eigentlich hatte ich, wenn ich es recht bedachte, überhaupt keine Freunde. Alles, was ich hatte, war eine Fünfzig-Euro-Klientin und eine illegale Glock.

***

»Der Briefkasten hier draußen scheint etwas hoch angebracht zu sein, nicht?«, sagte ich leichthin zu dem verschlafenen

Portier in seiner Loge. »Ich bin weit über eins achtzig, und das Ding hängt noch gut zehn Zentimeter höher.«

»Ich bin völlig sicher, dass unser Personal hier gerne Briefe und Karten zur Aufgabe übernimmt«, antwortete der Bedienstete mit der Achtlosigkeit eines alten Hasen. Ein ältlicher Mann mit Hornbrille, mit flachem Körper in einem braunen Arbeitsmantel. Der Kragen eines blütenweißen Hemdes war akkurat um seinen Hühnerhals drapiert. Auf einem Aluminiumplättchen war sein Name zu lesen. Kubitschek. Darunter stand auf neudeutsch: House Staff.

»Wenn man hier schon so hilfsbereit ist, könnten Sie mir gleich ganz gewaltig damit helfen, die Zimmernummer von Frau Maria Lephart herauszusuchen.«

»Die Besuchszeit beginnt erst in sieben Stunden, außerdem an einem Donnerstag und nicht an einem Dienstag und …«, versuchte mich der barmherzige Samariter abzuschasseln.

»Außerdem ist das hier kein Fünf-Sterne-Hotel, ich weiß, und Sie sind beileibe kein Concierge, und Dienst ist Dienst, und Vorschrift ist Vorschrift«, antwortete ich und zeigte meinen imposanten Handelskammerausweis und meine großen, bösen Lächelzähne.

»Na dann – Zimmer 12 A im Westflügel, zweiter Stock.«

Die Antwort war wie aus der Pistole geschossen gekommen, ohne dass der Mann in irgendwelchen Unterlagen oder Listen herumkramen musste. Frau Lephart war hier entweder schon sehr lange Insassin oder bekannt wie ein bunter Hund.

»Sie können offenbar nicht nur im Sitzen mit offenen Augen schlafen, sondern verfügen auch über ein ausgezeichnetes Gedächtnis. Respekt!«

»Ach, wenn Sie je eine Nacht oder einen Tag in einer Portierloge wie dieser verbracht hätten«, versetzte der Bedienstete.

Hinter ihm standen zwei Rollstühle, ein mannshoher Stapel mit Broschüren und offenbar die Reinigungsgeräte mehrerer Putzfrauen. Wenn er von seinem Schreibtisch hochkam, konnte er in dem winzigen Raum gerade noch einen Schritt nach rechts und einen nach links zur Tür des Kabuffs machen.

»Tut mir ja leid, aber wenn Sie wüssten, wie mein Arbeitsplatz aussieht ...«

»Ich wäre gerne Architekt geworden.«

»Vielleicht ist die Welt ja nicht aus den Fugen geraten, sondern überhaupt noch nie in Ordnung gewesen.«

»Das Jahr 2005 habe ich vor allem damit verbracht, sämtliche Folgen der Serie *The King of Queens* zu sehen. 2004 dagegen habe ich durchgesoffen; Cappy-Wodka, ab April nur noch Wodka – Wollen Sie außer Frau Lepharts Zimmernummer sonst noch etwas wissen?«

Ich hätte nicht sagen können, warum er mir das alles erzählte.

***

Die Gänge des Westflügels waren leer wie eine Bar am Montagmorgen. Das Zimmer 12 A im zweiten Stock lag zwischen 12 und 14. Makumba für Mitteleuropäer. Als ich klopfte, rief eine dünne Männerstimme »Herein!« Ich drückte die Schnalle nach unten, öffnete und sah mich unmittelbar hinter der Tür einem Greis im Rollstuhl gegenüber. Seine Augen glänzten wie frisch geschälte Weidenstäbe.

»Bitte, wo ist denn die Frau Lephart?«, fragte ich den alten Mann, der nur einen dunkelblauen Bademantel und dazu farblich abgestimmte Schlapfen trug.

»Keine Ahnung, vielleicht beschwert sie sich wieder einmal …«

Ich musste ihn einigermaßen fragend angeschaut haben, denn es folgte eine förmliche Erklärung: »Mich hat man hier hereingeschoben, weil das Bad noch nicht frei ist und der Gang freibleiben soll wegen dem Frühstück.«

»Mhm.« Mehr fiel mir nicht ein zu dieser doch etwas seltsamen Methode, die aber den Betroffenen selbst nicht besonders zu bekümmern schien. Der fixierte mich stattdessen wie ein seltenes Studienobjekt, etwa eine genetisch mutierte Drosophila unter dem Objektträger eines Mikroskops.

»Was haben Sie zuletzt gelesen?«, fragte er mich unvermittelt.

»Die *Harlander Nachrichten* – und ein paar Speisekarten«, antwortete ich wahrheitsgemäß.

»Nein, ich meine, richtig gelesen!«

Der Rollstuhl war ein wenig ins Wackeln geraten ob des intensiven Interesses des Fragenden.

»Ich lese Speisekarten richtig«, betonte ich.

»Was haben Sie sonst noch gelesen?«, insistierte der Greis.

»Ah, Sie meinen ein Buch?«

»Ja, auch Bücher kann man lesen, junger Mann, nicht nur das Kleingedruckte auf einer Fertigpizzapackung.«

Ich beschloss zu seinem und meinem Zeitvertreib mitzuspielen, bis Frau Lephart wieder hier war.

»*Die Wolfshaut* von Lebert, wenn ich mich recht erinnere, aber das ist schon ein paar Jahre her. Ich glaube, ich habe das Buch auch gar nicht mehr.«

»Sehen Sie!«, triumphierte er. »Ein Roman! Ein erzählerisches Werk mithin!«

Kochbuch, dachte ich, war es wirklich keines, jedenfalls soweit ich mich erinnern konnte.

»Eine große Erzählung, aber geradezu homerisch-antimodern. Denn in den paar Jahrzehnten der Moderne ist man draufgekommen, dass man gar keinen Homer braucht, sondern Texte auch aus Phonem-Corpora erwürfeln oder gleich vom Leser zusammenstellen lassen kann, und dass in einem Bahnhofs-WC einunddreißig Stunden lang ein Tonband versteckt mitlaufen zu lassen auch Literatur ist. Dito alle schwarzhaarigen Internetchatter mit Namen Olaf nach dem Sinn des Lebens zu befragen, nicht wahr?«

Ich konnte da sowieso nicht mit. Also beschloss ich, lieber den Mund zu halten, bis Frau Lephart in ihr Zimmer zurückkam.

»Die Gralshüter der Moderne, die im letzten Jahrhundert mehrfach den Tod des Erzählens ausgerufen haben, sind inzwischen selbst tot und ihre literarischen Hinterlassenschaften werden in Schulbüchern und Uniseminaren erfolgreich vor dem Zugriff des Lesers versteckt«, fuhr Professor Seltsam fort. »Seltsamerweise hat der Erzähler aber den Tod des Erzählens überlebt. Siehe Lebert, obwohl der auch schon tot ist. Warum?«

»Weil er schon gestorben ist, nehme ich mal an …«, antwortete ich zweifelnd. Aber den Professor interessierten meine Antworten wohl nicht, jedenfalls nicht wirklich, und schon gar nicht meine unbeholfenen Tautologien, und so redete er einfach, wenn auch nicht einfach, weiter: »Zum einen sind die Menschen ganz einfach störrisch und schlampig und halten sich nicht immer lückenlos an die Parolen aus dem Überbau. Siehe Castros immerwährende Schwierigkeiten, die alljährliche Zuckerkampagne zu einem gewissen Erfolg zu führen. Zum anderen ist es halt nicht jedermanns Sache, sein Dasein als Epigone von Schwitters, Serner und Döblin zu fristen, nur um damit andere Epigonen bei Laune zu halten. Außerdem schreckt man die Bürger heutzutage nicht mehr so leicht, höchstens noch ein paar Kuratoren.«

»Jetzt bin ich aber …«, versuchte ich einzuwerfen.

»Freuen Sie sich, heute haben Sie mächtig was dazugelernt! Und lesen Sie nicht nur die Preisschildchen im Supermarkt! Glauben Sie mir, Literatur lohnt sich!«

»Bis jetzt bin ich in meinem Leben noch auf nichts draufgekommen, was sich wirklich gelohnt hätte.«

»Was sind die Jahre mehr als ein Lidschlag Gottes oder das Stützmieder eines Showmasters? Was bleibt, ist ein bisschen epischer Raum, den wir im Imperfekt raunend beschwören, wie wenn das Erzählen noch gang und gäbe wäre. Da es aber mittlerweile kein Erzählen mehr gibt, gibt es auch keine Zeit mehr!«, dozierte der schrullige Literaturprofessor.

»Vorhin«, wagte ich einzuwenden, »haben Sie aber etwas anderes gesagt.«

Um nicht zu sagen, dachte ich, das glatte Gegenteil.

»Es gibt kein Vorhin, mein Freund! Alles Neurosen!«

»Nun ja, wenn Sie meinen …«

***

Am Herren-WC hing ein Automat mit Präservativen an der Wand. Na ja, dachte ich, ganz schön lustiges Leben für die Pfleger und Pflegerinnen hier, denn für die Pfleglinge war Verhütung wohl nicht mehr so wahnsinnig vordringlich. Als ich vom WC zurückkam, war mein Gesprächspartner verschwunden, dafür war Frau Lephart in ihr Zimmer zurückgekommen. Sie saß mit einer gewaltigen Brille lesend an einem Tischchen. Sie freute sich über meinen Anblick, wie sich schon seit Monaten, ja seit Jahren keiner mehr gefreut hatte, wenn ich irgendwo auftauchte.

»Am Ende eines nicht ganz gewöhnlichen Lebens ist alles, was bleibt, dies: ein Tischchen, zwei Stühle, ein Bett, ein Schrank, eine Waschmuschel und im Herzen die Toten«, begrüßte sie mich und legte das Buch mit dem Umschlag nach oben auf die Tischplatte. Ich versuchte den Buchtitel zu entziffern, aber im Verkehrtlesen war ich als Siebenjähriger besser gewesen.

»Zwei Stühle sind optimal. Da sind wir ja versorgt.«

Der Trost, den die Jugend dem Alter spendet, dachte ich, ist immer schal, ohne Wahrhaftigkeit wie das Gewäsch eines Spin Doctors.

»Wie geht es Ihnen?«, fragte ich nicht eben originell.

»Wie wenn mich die Würmer schon gefressen hätten.«

»Brauchen Sie etwas?«, fragte ich banal weiter.

»Ja, einen eisernen Besen, um diesen Saustall hier auszukehren!«

»Saustall? Wie meinen Sie das?«, fragte ich leicht verwirrt.

»Zum Beispiel Aushilfskräfte, die kaum ihren Namen schreiben können, aber eigenmächtig Sedativa verabreichen und lästige Alte stunden-, ja tagelang in ihren Zimmern einsperren, Ärzte und Therapeuten, die es nur auf dem Dienstplan, aber nicht im Dienst gibt, mehr Alkohol als im Münchner Hofbräuhaus, aber nur unter den Bediensteten, Bettnässer, die mit ihren besudelten Leintüchern ausgepeitscht werden, strafweiser Flüssigkeitsentzug, Essen aus der Dose, monatelang kaputte Notrufklingeln, eine Musiktherapie, die vor allem darin besteht, Radios und CD-Player einzuziehen, um sie in den Schwesternzimmern wieder aufzustellen, und allerhand finanzielle Machinationen und Manipulationen, die ich noch nicht heraushabe, noch nicht ganz verstehe!«

Das hier, dachte ich, ist ein kaltes Land.

»Warum gehen Sie nicht weg von hier? In ein anderes Heim?«

»Ich möchte es schließen lassen – und das kann ich, glaube ich, nur von innen! Es gibt hier für meinen Geschmack viel zu viele Erblasser ohne Angehörige, die alles dem Heim vermachen. Kaum haben sie, so scheint es jedenfalls, hier herinnen ihr Testament gemacht, holt sie auch schon der große, schwarze Rabenvogel.«

Wow, dachte ich, diese alte Dame hat zehnmal mehr Power als du selbst, Miert. Auf jeden Fall hatte sie keine Nerven, wenn sie hier als über Achtzigjährige eine Undercover-Nummer abziehen wollte.

»Wem gehört das Heim?«

»Das versuche ich gerade herauszufinden. Die Verträge, auch mein eigener, wurden von einem gewissen Dr. Assinger unterfertigt. Ich verfasse gerade ein Protokoll über all die Missstände, aber ich habe hier natürlich kein Büro, geschweige denn eine Schreibmaschine. Und dass irgendwer für mich tippen würde, ist so unwahrscheinlich wie eine Geburt durch ein Ohr.«

»Sie sollten vorsichtig sein, verdammt vorsichtig! Und zur Sicherheit in ein anderes Heim wechseln! Soll ich das für Sie in die Wege leiten?«

»Seien Sie nicht so verdammt besorgt wie eine Pfarrerstochter! Machen Sie sich um mich keine Sorgen! Unter Hitler war ich Kurier für die KPÖ – oder was davon 1942 halt noch übrig war –, ich schlage mich schon durch! Ich bin mit der Gestapo fertig geworden, da werde ich auch mit einem Assinger fertig werden!«

»Nichts für ungut, aber das ist schon ein Zeitl her …«

Daraufhin schmiss mich Frau Lephart hochkant hinaus wie einen Schulbuben, der anzüglich geworden war. Sie schloss auch dezidiert aus, mich Lahmlack jemals wieder empfangen zu wollen. Wenn Kommunisten etwas sagten, meinten sie es zwar – wie alle anderen Menschen auch – nicht immer so, aber sie sagten es sehr eindrucksvoll.

***

Das Harlander Stadtarchiv war in einem schon seit Jahrhunderten aufgehobenen Karmeliterinnenkloster am Rathausplatz untergebracht, und zwar in einem Kellertrakt gegen den Innenhof zu, in dem frau aufsässig oder hysterisch gewordene Mitschwestern hinter vergitterten Fenstern und schmiedeeisernen Türen unter Arrest gehalten hatte. Der Lesesaal war nichts als ein langer, kalter Gang, dessen Funktion durch die Jahrhunderte einzig und allein darin bestanden hatte, die Porträts abgesetzter oder in Ungnade gefallener Oberinnen und Vizeoberinnen zu beherbergen. Jetzt standen darin drei Schreibtische auf der einen und Bücherregale mit Nachschlagewerken auf der anderen Längsseite.

»Fündig geworden?«, fragte der blonde, irgendwie durchsichtige Archivar im hellblauen Seidenanzug, der mir die Unterlagen aus dem Archivspeicher geholt und im Lesesaal aufgelegt hatte und jetzt wieder nach mir sah. »Manche Soldaten haben sich ihre Erkennungsmarkennummer in die Gaumenplatte ihres falschen Gebisses eingekratzt. So sind einige später identifiziert worden.«

Ich hatte die vergangenen zweieinhalb Stunden in einer einsamen und makaberen Recherche alle 1.564 Eintragungen im Harlander Totenbuch der ersten Jahreshälfte 1945 durchgesehen. Bomben- und Fleckfieberopfer, abgeschossene englische Flieger, an Erschöpfung zugrunde gegangene Zwangsarbeiter, darunter auch ein paar ungarische Landjuden, hingerichtete Deserteure, zu Tode geprügelte Plünderer, Sowjetsoldaten mit Schuss- und Splitterverletzungen, deren Leichname man nach der Eroberung der Stadt am 13. April

1945 aus Gemüsegärten, Hinterhöfen und Kellern aufgelesen hatte, im Lazarett verblutete SS-ler, Nazis, die sich und oft auch ihre Familien nach dem Einmarsch der Russen umgebracht hatten, jede Menge erschossener Polen und Franzosen und Italiener und Harlander. Wenn ich dazwischen gelegentlich eine Eintragung über einen sozusagen normalen Tod etwa durch Aufbrechen eines Zwölffingerdarmgeschwürs oder durch Ertrinken fand, war ich schon fast versucht aufzuatmen. Nur jetzt keine Winterdepression, dachte ich, wenn es gegen Gabloner geht. Besonders erschreckten mich die zahlreichen Eintragungen vom April und Mai 1945 über Funde von durch Artillerie- oder Bombentreffer schrecklich zugerichteten Leichen beziehungsweise Leichenteilen, die zwar eine fortlaufende Nummer erhielten, deren Zuordnung mangels Erkennungsmarken aber damals nicht – und niemals mehr – möglich war. Manchmal konnte offenbar nicht einmal mehr zweifelsfrei unterschieden werden, ob es sich um einen Wehrmachtsangehörigen, einen SS-ler, einen Volkssturmmann, einen Sowjetsoldaten oder einen Zivilisten gehandelt hatte, besonders bei Verschütteten und Verbrannten oder auch bei einzelnen Leichenfragmenten, Knochen, Weichteilen und Schädeln, die man irgendwo aufgelesen und bestattet hatte. Der Name Herbert Lephart war jedenfalls im ganzen Totenbuch nicht zu finden.

»Wo kann ich noch nachschauen?«

»Es ist vorbei. Unsere Großväter und Urgroßväter haben beschlossen, diesen Teil der Geschichte zu vergessen, und genau so ist es geschehen. Sie können nirgends mehr nachsehen.«

»Wo genau sind unidentifizierbare Leichname aus den letzten Kriegstagen bestattet worden?«

»Praktisch überall im Stadtgebiet, auch in Parks und auf

Spielplätzen, aber darüber haben wir hier keine Unterlagen. Da müssen Sie am Hauptfriedhof nachfragen, vielleicht haben die etwas, obwohl ich ehrlich gesagt eher skeptisch bin. Nur ein kleiner Teil dessen, was eine Verwaltung tagtäglich an Akten produziert, wird letzten Endes auch archiviert. Manche Soldaten haben sich wie gesagt die Nummer ihrer Erkennungsmarke mit einem Taschenmesser in die Gaumenplatte ihrer dritten Zähne eingeschnitten; so konnten sie später identifiziert werden – wenn wenigstens ihr Gebiss übrig geblieben ist.«

Vielleicht war Herbert Lephart, dachte ich, zu jung gewesen, um schon dritte Zähne zu haben.

»Sie waren schon einmal hier, nicht? Wegen einer Arisierung? Kann das sein?«, fragte der Archivar. Er war jetzt so durchsichtig wie Seidenpapier.

»Ja, vor längerer Zeit.«

»Was ist damals aus der Sache geworden?«

»Wenn ich ehrlich sein soll: Ich glaube, ich habe den Ariseur damals in den Selbstmord getrieben ...«

Der Archivar schwieg eine Zeit lang, dann sagte er: »Ein guter Archivar ist ein vorsichtiger Archivar. Ein gutes Archiv ist ein Archiv des Schweigens. Es genügt sich selbst und bedarf keiner Benützer. Staub zu Staub, Akten zu Akten, Zellstoff zu Zellstoff und Elektron zu Elektron.«

»Hören Sie, wir beide waren damals die Gerechtigkeit, nicht mehr und nicht weniger!«

»Wird uns das diesmal auch gelingen?«

»An die Gerechtigkeit glaube ich inzwischen nur mehr, wenn ich ordentlich betrunken bin«, antwortete ich.

Ich hinterließ einen guten Geruch und diesen Satz.

***

Literarisch gesehen, dachte ich, sind manche Geschehnisse deshalb so unglaubwürdig, weil sie wahr sind. Der größte Irrwitz, mit dem wir uns selbst betrügen, ist der Glaube, ja die fixe Idee, dass unser Leben von der Wiege bis zur Bahre einigermaßen vernünftig vorwärtsschreitet und dass die einzelnen Stationen so etwas wie sinnvolle Zwischenziele darstellen. In Wirklichkeit, sinnierte ich, sind wir nicht mehr als vom Föhn hin und her gewirbelte Maikäfer, die ein kleiner Junge mit einem Federballschläger jagt. In jedem Leben hatte die Ratio bald ein Ende, nur der Zufall war unendlich.

Als ich vom Stadtarchiv am Rathausplatz wegfuhr, setzte aus heiterem Himmel überaus heftiger Schneefall ein. Große, feuchte Flocken fielen auf die Hessstraße und den Schießstattring herunter, im Nu bildete sich ein weißer, wie wild zuckender Vorhang, das Firmament schien Myriaden von winzigkleinen Golfbällen zu spucken. Gerade hatte ich noch im Rückspiegel wahrgenommen, dass Horst Heider sich hinter das Lenkrad eines für eine Beschattungsaktion überaus geeigneten, knallroten Sportwagens und sehr schnell auch hinter den Granada geklemmt hatte. Bald war aber all dies verschwunden, auch die Straße und die Wagen, die mir eben noch entgegengekommen waren, die Verkehrszeichen, die blattlosen Bäume am Straßenrand, das Straßenbankett und die Ampellichter vor mir. Ich sah nur mehr das Armaturenbrett und eine Wand aus Millionen und Abermillionen weißer Teilchen, die sich rasch und regellos bewegten. Ich schaltete auf den ersten Gang herunter und versuchte das Lenkrad möglichst gerade zu halten. Fünf, sechs Sekunden später stand ich mitten im Straßentunnel unter der Westbahn, der vor und hinter mir durch dicke weiße Platten verschlossen schien. Wäre ich Diego Maradona oder ein spiritueller Mensch, hätte ich wohl gedacht, Gott habe seinen weißen Himmelsmantel über mich gebreitet und mich so vor meinem Verfolger verborgen. Ich schaltete den Motor in den Leerlauf und holte die Handgranate aus dem Handschuhfach. Ich steckte sie zur Pistole in meine Jackentasche. Mochten die Topf'sche Neo-SA oder wer auch immer nur kommen.

***

Der Schneefall hörte ebenso schlagartig auf, wie er begonnen hatte. Der Granada spurte brav durch den Matsch und von dem schnieken roten Sportwagen war nichts mehr zu sehen. Vor mir lag die Bundespolizeidirektion Harland in all ihrer architektonischen Pracht. Ein mit Schnee bestreuter Schuhkarton aus Beton mit Schießschartenfenstern und einem großen, mittig hineingeschnittenen Tor wie ein weit geöffnetes, stählernes Fischmaul. Von der einfallslosen Fassade wie auch von den Fensterrahmen bröckelte der Anstrich, graubraun und glanzlos. Wer in diesen ärarischen Großbunker eintrat, ließ wohl automatisch alle Hoffnung fahren. Spätestens ab den Dreißigerjahren des vorigen Jahrhunderts hatte der Staat hierzulande das Bauen verlernt – und es war bis heute keine Besserung in Sicht.

Miert, du bist wahnsinnig, dachte ich.

Ich fand einen Parkplatz direkt vor der Gebäudefront und hielt mich weiterhin für meschugge. Auch den freistehenden Glaskasten in der pompösen Eingangshalle gab es immer noch und das ausgeklügelte System von roten Seilen zwischen abgestoßenen, stumpfen Messingstehern, sodass man zuerst ein veritables Labyrinth durchlaufen musste, ehe man vor die gläserne Portierloge treten konnte.

Die Wache darin war allerdings jünger geworden.

»Sind Sie angemeldet?«, rief mir der uniformierte Posten hinterher, als ich schon drei, vier Schritte am Glaskäfig vorbei war. Sehr jung, sehr eifrig. Die relativ hohe Stimme klang irgendwie komisch durch all das Glas. Ich drehte mich im Schritt um und ging zu dem Glaskasten zurück. Die Uniform des jungen Polizisten war so neu, dass sie noch nach Fabrik roch.

»Oberleutnant Gabloner, Zimmer 117. Es geht um eine Zeugenaussage. Rufen Sie ihn an.«

Der junge Wachposten nickte erleichtert, tat aber nichts dergleichen.

»Heute ist mein erster Tag, müssen Sie wissen.«

»Schönen Tag noch.«

»Das wird sich erst erweisen.«

Ich nickte ebenfalls und setzte mich wieder in Bewegung, schwer bewaffnet wie ich war.

***

Die Kriminalpolizei residierte im zweiten Stock des Gebäudes. Leider ein Stock zu wenig, dachte ich, für einen Lift. Lange Gänge und eine Vielzahl von kleinen Zimmern und zwei Stiegenhäuser. Einer von Gabloners Untergebenen musste wohl ein Puzzle-Maniak sein. An den Gangwänden hingen das Taj Mahal, das Matterhorn, Schloss Schönbrunn, die Großglockner-Hochalpenstraße mit der Pasterze, die Tower Bridge, der Trevi-Brunnen, die Insel Mainau, zwei, drei Ferraris oder Lamborghinis und eine leichtgeschürzte Carmen. Wahrscheinlich war dem Kollegen in der eigenen Wohnung längst der Platz ausgegangen oder das alles waren Bürowerke. Nach dem Hauptstiegenhaus kam gleich rechts das Chefbüro der Kriminalpolizeilichen Abteilung. Oberleutnant Egon Gabloner. Anmeldung Zimmer 118. Ich klopfte direkt an seine Tür und öffnete sie auf ein harsches »Draußenbleiben«.

Gabloner saß hinter seinem Schreibtisch und trank Tee aus einem dicken Glas. Tee mit Schuss, wenn ich meiner Nase trauen konnte. So hatte eben jeder seine speziellen Frühstücksgewohnheiten.

»Miert, verdammt noch mal! Schweinsohren oder was? Welcher Müllkipper hat Sie hier ausgespieen? Wollen Sie endlich Ihre Lizenz als Detektiv abgeben und doch noch einen anständigen Beruf ergreifen?«

So ähnlich hatte ich mir das Wiedersehen mit meinem ehemaligen Chef auch vorgestellt. Was sich hasste, das neckte sich. Gabloner trug ein der Mode heftig trotzendes langärmeliges Hemd, tiefes Weinrot, kühn kombiniert mit einer violetten Krawatte, und ein Gesicht, in dem sich beide Farben mischten. Er schien noch breiter und vierschrötiger geworden zu sein, sowohl was seinen flachen, großen Schädel wie auch seinen massigen Körper anging.

»Wenn Sie wüssten, wie recht Sie haben. Ob der Beruf allerdings so anständig …«, antwortete ich langsam. »Langer Rede, kurzer Sinn: Ich bewerbe mich hiermit um Wiederaufnahme in den Polizeidienst. Weil meine Detektei wirtschaftlich schlecht läuft, um nicht zu sagen: miserabel. Woran Sie übrigens nicht ganz unschuldig sind, denn Sie haben ja fast jede meiner Ermittlungen in Harland behindert, wo Sie nur konnten.«

Mangelnde Chuzpe hat mir noch keiner vorwerfen können, dachte ich, aber das hier ist nicht Chuzpe, sondern blanker Irrsinn.

»Was soll das, Miert? Sind Sie endgültig meschugge geworden?«

Nicht nur beim Fußball ist nicht immer der Schnellste am schnellsten. Der läuft vielleicht hechelnd ins Abseits, während sein Gegenspieler nur ein Schrittchen auf ihn zu macht und ihn damit um den Erfolg bringt. Dieses Stellungsspiel ist auch in meinem Beruf von gewisser Bedeutung. Manche haben es im Blut, manche lernen es nie. Ich jedenfalls war wieder da, wieder in Stellung und das genau vor Gabloner.

»Wir hätten nicht einmal ein Büro für Sie frei, Miert. Außer vielleicht das Pissoir. Auch keinen Computer, keinen Aktenschrank, keine Handschellen und keine Kaffeetasse«, sagte Gabloner und lächelte tief befriedigt in sein unmäßiges Gesicht hinein. »Apropos Handschellen. Wenn Sie Ihren netten, kleinen Höflichkeitsbesuch hier nicht in zwei Sekunden abbrechen, lege ich Sie höchstpersönlich in Ketten.«

Ich hatte nichts anderes erwartet.

»Ich habe nichts anderes erwartet, aber nicht, dass ich gleich ein Büro und Handschellen auf einmal bekäme«, antwortete ich und retirierte zur Tür.

»Wenn Sie das nächste Mal bei mir vorsprechen wollen, lassen Sie sich beim Salzamt einen Termin geben.«

Ich fand es nicht mehr der Mühe wert, darauf noch irgendetwas zu sagen.

Ohne Regeln war ein Spiel kein Spiel, sondern eine Farce. Trotzdem galten sie wenig und wurden wenn möglich umgangen wie die Hinterlassenschaft eines Hundes auf dem Trottoir. Den meisten Menschen kam es nicht auf das Spielen, sondern auf das Gewinnen an. Ich mit meinen selbstgebastelten Moralvorstellungen hatte mich da immer zurückgenommen und auf die Regeln gepocht. Jetzt aber, in diesem Moment, wollte auch ich nur mehr gewinnen. Egal wie.

Wir trennten uns, indem Gabloner seinen Tee mit Schuss weitersüffelte und ich aus dem Zimmer schlenderte. Immerhin hatte keiner von uns beiden einen Herzinfarkt erlitten oder war vom anderen in den Bauch geschossen worden.

***

»Sie haben vielleicht Nerven, hierher zu kommen!«

Im Stiegenhaus wurde ich plötzlich von hinten an meinem linken Ellenbogen gepackt und hart gegen die Wand gedrückt. Guter, alter Polizeigriff, dachte ich, aber meine grobe Winterjacke aus dem Ausverkauf wird das schon aushalten.

»Was?«

Gabloner konnte jedenfalls nicht der Grobian sein. Der hätte mir einfach mit einem Gummiknüttel kräftig ins Genick geschlagen und zur Sicherheit auch noch auf den Kopf.

»Disney schickt mich.«

»Mann, haben Sie mich vielleicht erschreckt!«

»Halten Sie bloß den Mund und gehen Sie auf die Toilette im ersten Stock. Ich komme in drei Minuten nach.«

Der Griff lockerte sich mit einem Mal, ging auf, plötzlich war der unvermutete Angreifer weg. Wer immer es war, er war sehr flott auf den Beinen. Flotter jedenfalls als ich mit meinem nicht unerheblichen Kampfgewicht. Ich zwang mich dazu, mich nicht umzudrehen, und ging die paar Stufen hinunter, bis nach rechts eine Tür in das erste Stockwerk, in den Trakt der Sicherheitswache abging. Hinter mir kein Geräusch mehr, nur die abgestandene, leicht nach Uniformschweiß riechende Luft des Stiegenhauses.

Der Gangabschnitt bis zur Herrentoilette war zum Glück völlig menschenleer. An den Wänden hingen Urkunden des Polizeitennisvereines und ein paar Wimpel von befreundeten Polizeisportvereinen aus Deutschland, Dänemark und Albanien. Direkt neben der Toilettentür hätte ich eigentlich das Porträt des amtierenden Innenministers erwartet, dabei prangte dort nur eine schweinische Karikatur aus einem Herrenmagazin.

***

»Haben Sie sich dieses idiotische Losungswort ausgesucht? Disney schickt mich?«

Die Toilette war weißgekachelt wie in einem Knabeninternat aus einem Bernhard-Wicki-Film und roch ein bisschen, allerdings nur nach Lysol und so etwas wie Waffenöl. Vor mir stand ein schlaksiger, hochaufgeschossener, älterer Mann mit einem derben, roten Gesicht und stumpfen, grauen Haaren. Er trug dunkelgraue, leicht speckige Hosen und einen blauvioletten Norweger-Pulli.

»Ist aus einem Film.«

»Seit Topf diese bescheuerte Bürgerwehr aufstellt, haben wir jeden Tag Journalisten im Gebäude. Nicht auszudenken, wenn ...«

»Wenn Ihre Nerven schon so blank liegen, warum legen Sie sich dann ausgerechnet mit einem Gabloner an?«

»Das geht Sie nichts an.«

»Sind Sie das, der auf Gabloners Posten spitzt und ihn deshalb observieren möchte?«

»Die Stelle kriege ich nie. Dafür bin ich politisch zu wenig engagiert. Alles Weitere geht Sie nichts an!«

»Was geht mich etwas an, Verehrtester?«

»Und Ihre Lebensphilosophie, Miert? Einatmen, ausatmen?«

»Nein, noch einfacher: sich immer zur falschen Zeit am falschen Ort mit den falschen Leuten anlegen. Außerdem erachte ich es als meinen vornehmlichen Lebenszweck, Leberkässemmeln zu vernichten.«

»Ich würde vorschlagen, Sie setzen sich schleunigst in eine Zelle, schließen die Tür und halten die Luft an, sprich: hören mir zu!«

»Spielen wir hier strenge Kammer oder was?«, motzte ich, tat aber ansonsten, wie mir geheißen. Ich setzte mich auf den Klodeckel und fragte sofort drauflos:

»Wie heißen Sie?«

»Ascher. Wie Diamant, nur mit dem Pech einer anderen Kristallisation.«

»Vorname?«

»Wenn es nach mir geht, werden wir uns nie duzen.«

»Handynummer?«

»0669/636 56 11.«

»Wer arbeitet außer Ihnen noch in Gabloners Abteilung? Beschreiben Sie mir sein Team! Das könnte wichtig werden!«

»Achs ist schmächtig und immer mächtig nervös. Sein Büro ist voller Pflanzen und voller Rauch. Mentholzigaretten. Allerdings würde er, wenn Sie oder ich vor seinen Augen zu Tode geprügelt würden, das hinnehmen wie andere die Nachricht von einem 2:1-Sieg der Nationalmannschaft von Sierra Leone gegen eine Moldawienauswahl, also ohne jedes Interesse. Er ist eigentlich für alles zuständig wie fast alle hier, aber besonders für Raubmord. Der letzte Raubmord ist zwar schon eineinhalb Jahre her, aber er bildet sich ständig weiter. Und da wäre Wunderl, der Göttergatte von Gabloners Chefsekretärin, ein harmloser Trinker und vor allem im Dienst zugange. Cointreau, Curaçao. Wenn Sie sein Büro betreten, erkennen Sie gerade noch das Etikett, obwohl er die jeweilige Flasche relativ schnell in einer der unteren Schreibtischschubladen verschwinden lässt. Er bunkert seine Vorräte, glaube ich, im Vernehmungszimmer, im Schreibmaschinenkasten, den wir nicht mehr verwenden. Er wird von Gabloner gerne für Botengänge und Wachaufgaben eingesetzt.«

»Sie sind ein guter Beobachter, Respekt!«, sagte ich. »Wer noch?«

»Ballwein. Der ist so etwas wie der Intellektuelle in der Abteilung. Wenn der Sie in die Finger kriegt, versucht er sofort, Sie in eine Diskussion darüber zu verwickeln, ob der Kosmos bedeutungslos und willkürlich und Gott ein zugleich gerissenes und idiotisches Wesen ist.«

»Ich kenne gerade mal den Namen des Papstes, bei den Kardinälen bin ich schon überfragt«, antwortete ich, aber das brachte uns nicht weiter, jedenfalls nicht wirklich.

»Wohlschlager ist zwar ein Hüne, sicherlich zwei Meter hoch und in den Schultern und Hüften fast so breit, aber trotzdem nicht der hieramtliche Vernehmungsspezialist, sondern zuständig für Einschleichdiebstähle in Schulgarderoben und Vereinshäusern. Sein IQ dürfte kaum höher sein als der von den drei Wurstsemmeln, die er jeden Tag zum Frühstück auf seinem Schreibtisch verdrückt. Schabl ist bereits seit Wochen im Krankenstand. Der Koffer ist beim Paragliden auf einer Garnitur der Mariazeller Bahn gelandet.«

»Weiter, wer noch?«

»Konecny, kalt wie eine Hundeschnauze, ein ehemaliger Techniker, unser Einbruchsspezialist, derzeit auf einer längeren Fortbildung, angeblich ein zweiwöchiger Schweißkurs im Wiener Arsenal. Satori ist unser Tatortspezialist, ein Wiener, verdammt guter Mann. Und da wäre noch Fröstl, ein simpler Schläger, der gerade im Außendienst wegen einer Schlägerei in einer Stehweinhalle ermittelt. Nichts Ernstes, nur ein gebrochenes Jochbein und eine aufgeschlitzte Wange, hiesige Folkore halt. Frischmann hätte ich jetzt fast vergessen, der Abteilungsbenjamin, frisch von der Ausbildung, erst sei zwei Monaten bei uns.«

»Klingt nicht gerade wie ein Dreamteam …«

»Die kann man alle vergessen, nur Sladek nicht – auf Sladek werden wir aufpassen müssen!«

»Wer ist Sladek?«

»Gabloners Stellvertreter und rechte Schlaghand, ein durchtrainierter, jüngerer Mann mit blondem Bürstenhaarschnitt, mit Kompetenz und Nerven, aber wie alle Stellvertreter charakterlich vielleicht ein bisschen verbogen. Alle Mitglieder des hiesigen Kriminalpolizeilichen Dienstes sind jedenfalls weiß, männlich und über eins siebzig. Lieb Harland mein, magst beruhigt sein. In ihren vollcomputerisierten Büros haben sie allerhand Asservate, darunter auffallend viele Flaschen gelagert. Sie sind auch hinreichend versorgt mit Waffen, Kleiderständern, Handschellen, Teekannen und kriminalistischen Handbüchern, Topfpflanzen und Rauchwaren. Und über all dem schwebt der schräge Geist von Oberleutnant Egon Gabloner.«

»Ich hatte vergessen, dass er tatsächlich Egon heißt.«

»Willkommen in der Vorhölle!«, sagte Ascher.

»Und wie haben Sie sich die Sache vorgestellt? Wie gehen wir vor?«

»Wie man eben in der Vorhölle vorgeht: Wir improvisieren und versuchen, am Leben zu bleiben.«

»Wie? Improvisieren? Ich dachte, wenigstens Sie hätten einen Plan!«

Wenn ich schon keinen habe, dachte ich.

Es kam keine Antwort mehr.

»Ascher?«

Ich öffnete vorsichtig die Tür der Sitzzelle. Ascher war weg.

Ich musste die Leute, mit denen ich gelegentlich zusammenarbeitete, nicht lieben. Ich hatte nie das Bedürfnis gehabt, etwaige Kollegen zu meiner Familie zu machen und mit ihnen mehr als kollegialen Umgang zu pflegen. Nur weil ich jemanden vielleicht fünf Tage in der Woche und zehn Monate im Jahr sah, war er oder sie noch lange nicht verwandt mit mir. Selbst ein Betriebsausflug war mir schon zu privat; ich wollte niemanden, der mir sonst das ganze Jahr über im Anzug oder im Business-Kostüm entgegenkam, in Bermuda-Shorts und Netzhemd oder Minirock und Transparentbluse sehen. Außerdem betrank ich mich lieber allein oder mit Leuten, mit denen mich das Schicksal nicht so zufällig zusammengewürfelt hatte. Auch dieser Ascher war nicht viel mehr als ein Fremder für mich – und sollte das auch bleiben. Schließlich hatte ich weder seine Schwester geheiratet noch interessierten wir uns gemeinsam für das Züchten von Bonsais oder für rumänische Sonderbriefmarken. Irgendwie stammte ich noch aus einer Zeit, in der Dezenz ein Wert und kein Marketing-Nachteil war, aus einer längst vergangenen Zeit, in der noch nicht jeder Hausmeister in jeder Talkshow bereitwillig über die Größe seines linken Hodens Auskunft gab. Mit anderen Worten, ich war eine ziemlich jämmerliche Ich-AG, ein Fossil, zum Aussterben verurteilt in einer Welt, die jeden Tag, und sei es im Frühstücksfernsehen, alles wissen wollte über ungeschützten Sex mit Hühnern, Nasenkorrekturen und Flagellantentum, und das von jedem, der das Pech hatte, vor eine Kamera oder ein Mikrofon zu geraten. Für die meisten Leute war es aber kein Pech, die genossen es geradezu, vor einem Millionenpublikum ihr Innerstes nach außen zu stülpen und beispielsweise zu erzählen, wie sie ihre Brustwarzen mit Erdbeermarmelade einrieben und von ihrem Schoßhündchen, einem reinrassigen, aber verschnittenen Was-weiß-ich ablecken ließen. Wieso sie diesen modischen Exhibitionismus so genossen, wusste ich nicht. Das war in der heutigen Zeit ein Manko. Wenigstens das wusste ich.

***

»Ich komme mir irgendwie dämlich vor, wenn ich das quasi bei Ihnen melde, aber ich fürchte, mein Wagen ist gestohlen worden. Und das hier vor dem Stadtpolizeikommando!«, sagte ich zur Wache im Glaskasten. Es war noch immer der gleiche Jungspund.

»Welcher Wagen?«, fragte der Beamte zurück.

»Mein Wagen! Ein dunkelgrüner, na ja sagen wir dunkelbrauner, weil er schon länger nicht mehr gewaschen wurde, Ford Granada!

»Ach, der! Ja, der ist vor zehn Minuten etwa abgeschleppt worden.«

Noch schlimmer, dachte ich, als gestohlen.

»Abgeschleppt? Warum? Wie konnte das passieren?«, sprudelte es aus mir hervor.

»Das kommt hier häufig vor, die ganzen Besucher, die den Mitarbeiterparkplatz verstellen – Sie sind ja wohl kein Mitarbeiter und haben keine Parkkarte.«

»Keine was?«

»So ein dunkelgrüner Plastikausweis, den Sie hinter die Windschutzscheibe legen, eine Parkkarte eben, für Mitarbeiter ...«

»Heiliges Kanonenrohr!«

»RB-Zewa-Abschleppdienst in der Klostergasse. Soll ich Ihnen ein Taxi rufen?«

***

Die RB-Zewa-GesmbH, diese Gesellschaft moderner Raubritter, residierte im ehemaligen Postbauhof am östlichen Ende der Klostergasse, den die Post schon vor Jahren aufgegeben, aber noch immer nicht gescheit verwertet hatte. Ein Haufen niedriger, verlotterter Betriebsgebäude aus den Dreißiger- und Fünfzigerjahren, die jetzt wegen der Wirtschaftskrise keiner mehr haben wollte. Lehmfahle, an den unwahrscheinlichsten Stellen abbröckelnde Mauern, blinde Fenster, ein Konglomerat unterschiedlichster Dachformen unter einem rotgeätzten Dezemberhimmel, auf dem lederne Stickwolken irgendeinem Gestirn zutrieben – das Vorspiel zu einem weiteren Schneeregen mit gelben, schweren, feuchten Flocken, und ich stand ohne ein Autodach über meinem Kopf da.

Das Büro der Abschleppfirma war das ehemalige Portierhäuschen und die Zufahrt war mit einem neuen, gelb-rot lackierten Stahlschranken und einem mächtigen Vorhängeschloss gesichert. Autos waren auf dem Areal auf den ersten Blick keine zu sehen und der Abschleppwagen, ein unwahrscheinlich alter Ford Bedford, war auf der Gasse geparkt.

Ich vergaß zu klopfen und enterte die Portierloge. Das hochmoderne Equipment dieser Einsatzzentrale bestand im Wesentlichen aus einem Sperrholz-Schreibtisch, den die Post bei ihrem Auszug aus dem Gebäude wohl bewusst nicht mitgenommen hatte, aus einem mit Absicht unbequemen Besucherstuhl – Kundenzufriedenheit war in der Branche sowieso nicht zu erreichen –, aus einem gewaltigen Sperrholz-Schlüsselbord an der Wand hinter dem Schreibtisch, einem Telefon und einem rumänischen Pin-up-Kalender. Abgenutztes Kaffeegeschirr, Quittungsblöcke und ein gusseiserner Kleiderständer erhöhten die Schlagkraft der Dienststelle weiter. Ein jüngerer Mann in einem flaschengrünen Overall, mit einem rundrosigen Gesicht und einer Stirntolle aus schmutzigem Blond saß hinter dem Schreibtisch und rauchte. Wie ein Stummfilm-Mime saugte er an seinem Tschick mit vor dramatischer Erregung zitternden Nüstern.

Ich vergaß zu grüßen und ging auf den Schreibtisch zu. Meine Laune war schon mal besser gewesen, und das sah der Clown hinter dem Schreibtisch wohl auch.

»Kundige werden gekündigt, Schaffende abgeschafft, nicht nur Lässige entlassen. Auch in der Fertigung wird abgefertigt. Lageristen werden ausgelagert, freie Mitarbeiter freigesetzt und sogar Feuerwehrmänner gefeuert – Was ist das nur für eine Zeit?«, sagte der Overall-Mann und drückte hektisch seine Zigarette in einem Kupferaschenbecher aus.

Ich war ehrlich gesagt verblüfft. Alles, aber das hätte ich nicht erwartet, keinen Abschlepp-Philosophen, der so schnell wie Jerry Lewis reden konnte. Bevor ich meiner Verblüffung irgendwie Ausdruck geben konnte, quasselte der Mann schon weiter wie ein Maschinengewehr.

»Mich betrifft es ja nicht, ich studiere Volkswirtschaft, aber die Frage ist, ob ich jemals in die Lage kommen werde, überhaupt gekündigt werden zu können. Die Personalchefs wollen ja heutzutage nur mehr Dreißigjährige mit zwanzigjähriger Berufserfahrung einstellen, und hier bin ich nur Aushilfe, nicht wahr.«

Da im Moment nur wenig Aussicht darauf bestand, zu Wort zu kommen, außer durch rohe Gewalt, trat ich noch einen Schritt näher und legte wort- und grußlos meinen Zulassungsschein auf den Schreibtisch. Der Overall-Mann zuckte leicht zusammen, redete aber ansatzlos weiter.

»Der Nachtdienst, mein Herr, hat mir seine Sammlung von achtzehn Plastikenten in allen Farben und Formen, zwei leere Schachteln Memphis und einen neuen Autoschlüssel in den Schreibtischladen hinterlassen. Mangels näherer Bekanntschaft nenne ich ihn Einstein, denn er ist jeden Tag schon um sieben Uhr früh weg, obwohl er erst um acht Dienstschluss hätte, und beweist damit einmal mehr die Relativität der Zeit.«

Er zündete sich blitzschnell eine weitere Zigarette an, legte sie an den Rand des Aschenbechers und redete weiter.

»Herr Zewa leert jeden Dienstag die Kasse, überprüft vielleicht noch den Tachometer des Abschleppwagens und lässt sich ansonsten die ganze Woche über nicht blicken. Ich habe ihn nur anlässlich des Einstellungsgespräches einmal länger zu Gesicht bekommen, wobei er mir erklärt hat, auf keinen Fall Überstunden auszuzahlen oder mich überflüssigerweise bei der Sozial- und Pensionsversicherung anmelden zu wollen. Unter diesen Aspekten ist meine Arbeitszeit von fünf mal zwölf Stunden pro Woche ein gewisses Handicap, aber die Hälfte davon verschlafe ich am Schreibtisch und in der anderen Hälfte lese ich Schumpeter und Hayek und repariere die Hydraulikwinde und die Hubbrille nicht.«

Der Kerl hatte Angst, wahrscheinlich berechtigte Angst vor so manchen aggressiven Autobesitzern, denen er das Liebste, was sie auf der Welt ihr Eigen nannten, schnöde entzogen hatte und nun dafür auch noch Geld kassieren wollte. Diese Suada war seine Methode, sie zu beruhigen, zu bannen, zu beschwören. Kein Philosoph, sondern ein Psychologe, der nicht jeden Tag verprügelt werden wollte, wenn er hier allein die Stellung hielt.

»Unser einziger wirklicher Konkurrent ist die Feuerwehr und in einer Schreibtischlade läuft ein auf ihre Frequenz eingestelltes Funkgerät vierundzwanzig Stunden pro Tag. Im Prinzip. Ich jedenfalls schalte den Krachmacher regelmäßig zu Dienstbeginn um acht Uhr aus und erst in den Abendstunden wieder ein, denn mit unserem Abschleppwagen brauche ich sowieso mehrere Zündversuche und einige Male Zwischengas, nur um überhaupt den Standplatz in der Klostergasse hinter mich zu bringen. In der Zeit ist der hypermoderne Feuerwehr-Kranwagen natürlich schon längst vor Ort. Herr Zewa bringt aber trotzdem jeden zweiten Dienstag unverdrossen neue Batterien mit.«

Langsam war es an der Zeit, diese Ionesco-Vorstellung zu stoppen.

»Ich will jetzt keinen weiteren Schmonzes hören. Was kostet mich der Spaß?«

»Fünfhundert Euro, der Herr!«

»Sie sind wohl meschugge?!«

»Ich muss schließlich davon leben! Machen Sie keine Umstände!«

»Okay, dann sind Sie beziehungsweise diese Hinterhoffirma jetzt stolzer Besitzer eines Ford Granada etwa aus der Zeit des ersten Ölschocks. Ein Klassiker, wenn Sie so wollen, aber halt leider keine fünfhundert Euro wert. Im Handschuhfach sind noch ein alter ARBÖ-Straßenatlas und einige noch ältere Pfefferminzbonbons – viel Spaß damit! Und mit den Entsorgungskosten!«

Ich machte Anstalten das Büro zu verlassen.

»Vierhundertfünfzig.«

Aha, offenbar hatte die Aushilfe Spielraum. Mehr oder weniger.

»Wer hat Sie angerufen?«

»Das kann ich nicht sagen.«

»Können Sie nicht oder können Sie nicht?«

Dieser kleine Ausflug in die Semantik überforderte den Guten etwas. Na ja, in den Wirtschaftswissenschaften hatte man es ja auch eher mit Zahlen zu tun.

»Zweihundert plus den Namen der Person aus dem Stadtpolizeikommando, die meinen Wagen gemeldet hat.«

Offenbar um Zeit zum Überlegen zu gewinnen, versuchte er noch einmal seinen alten Trick: dauerquasseln, diesmal mit dem Fragment einer hübsch verpackten, gefährlichen Drohung darin.

»So mancher Autofahrer, dem sein Baby aus dem Halteverbot oder vom Behindertenparkplatz weggekarrt wurde, hat schon versucht, sich um den Obolus für die RB-Zewa-GesmbH zu drücken. Allein in den letzten paar Monaten ist der Schranken vor unserer Einfahrt zweimal mit einem Bolzenschneider aufgebrochen worden, und der Nachtdienst hält sich in dieser Schreibtischschublade hier eine voll aufmunitionierte Beretta.«

»Sie sollten ihm die Schlagbolzenfeder herausnehmen, damit kein Unglück geschieht. Obwohl es höchst unwahrscheinlich ist, dass dieses Fabrikat zu etwas anderem als zum Wurfgeschoß taugt. Ganz im Gegensatz zu diesem Gerät hier!«

Damit zog ich meine Glock und richtete sie wie absichtslos auf einen Punkt unterhalb des Schreibtischs. Ich bin, dachte ich, nicht besser als Topf und Gabloner, genau so ein Dreckskerl.

»Nur mit der Sicherung hapert es ein wenig. Das Ding geht so was von leicht los, ganz von allein. Also, hundertzwanzig plus den Namen, und wir reden nicht mehr darüber, weil ich keine Quittung brauche und Sie die Fahrt sicherlich noch nicht ins Hauptbuch eingetragen haben.«

Er war sich noch nicht sicher, ob er jetzt grinsen oder sich noch mehr fürchten sollte, aber wir würden ins Geschäft kommen. So viel war absehbar.

»Ich bewundere Ihre dynamische Verhandlungsführung«, sagte er nach einigem Überlegen, wobei ihm die Stirn anschwoll und sogar die Ohren größer zu werden schienen.

»Und ich Ihre Mantras, mit denen Sie die Leute beruhigen, die da bei Ihnen zur Tür hereinschneien mit einer Mordswut im Bauch und im Kopf.«

Natürlich kannte ich den Namen schon, bevor er ihn nannte. Was sollte Frau Wunderl auch anderes tun, als die Anordnungen ihres Chefs auszuführen?

***

Es war vielleicht an der Zeit, ein bisschen mehr über Zandls Hintermänner zu erfahren. Noch in der Klostergasse rief ich vom Wagen aus die Bereitschaft des Wiener Sicherheitsbüros an und verlangte Major Kiesl zu sprechen. Der sei doch längst als Oberst in Pension gegangen, sagte man mir. Ich wusste, dass es sinnlos war, nach der Privatnummer eines hohen Polizeibeamten, egal ob im Ruhestand oder nicht, zu fragen und legte auf. Ich war einigermaßen entsetzt, damit war mein letzter Draht in die höheren Sphären der österreichischen Sicherheitsapparate gekappt, wenn man einmal von Zandl absah, dem ich ja auf den Zahn fühlen wollte. Ich überlegte, wen ich noch anzapfen könnte. Allzu weit war ich damit noch nicht gekommen, als das Handy losging. Kiesls Verbindungen ins Sicherheitsbüro dürften doch nicht ganz abgerissen sein, wenn ihn die Telefonbereitschaft so prompt über meinen Anruf informiert hatte.

»Wie geht's, mein Sohn?«

»Mir ist es schon mal besser gegangen«, antwortete ich. Ich wusste nur nicht wann. Vielleicht an meinem dritten Geburtstag.

»Scheint, als bräuchten Sie wieder einmal einen Deus ex Machina, aber diesmal wird es nicht so leicht sein. Denn eine Woche nach dem Ministerwechsel haben sie mein Büro zu einer Dependance der Amtsbibliothek erklärt und völlig ausgeräumt. Ich konnte gerade noch meine Kaffeemaschine und Zigarettenvorräte retten. Daraufhin bin ich zwei Tage in der Kantine herumgesessen und habe es nicht verstanden. Natürlich lag es an der falschen Couleur, aber ich hatte bis dahin schon mehr neue Minister überstanden als andere Warzen am verlängerten Rücken. Nach weiteren zwei Tagen in der Kantine habe ich meine Osteoporose wiederentdeckt, aber das reichte nicht. Ich war zwar Persona non grata, aber noch ein paar Jährchen zu jung, um pensioniert zu werden. Als musste ich mich noch zusätzlich auf eine kleine Paranoia verlegen, um in den Genuss einer Berufsunfähigkeitspension zu kommen. Ich habe im Ministervorzimmer in Gegenwart der Büroleiterin genussvoll in die Hydrokultur gepinkelt, und das war's dann. Zuvor hatte ich auch noch überlegt, mir ›Marx & Engels‹ auf die Stirn tätowieren zu lassen, aber dazu könnte ich dann doch nicht wirklich stehen. Außerdem hätte das nur den Minister in seinen dummen Vorurteilen bestätigt.«

Mein alter Kontakt ins Sicherheitsbüro war damit perdu. Wenn das kein rundum missratener Tag war.

»Was machen Sie jetzt?«

»Ich habe entdeckt, dass ich Enkelkinder habe.«

Ich erzählte ihm von Zandl und seinen mir bis dato völlig unbekannten Hintermännern, und er versprach sich zu erkundigen, wenn auch ohne große Begeisterung.

***

Die Greißlerei lag am Ende der Klostergasse, im Erdgeschoß eines älteren Einfamilienhäuschens mit kotbrauner Fassade und Steildach. In der einzigen Auslage Pfirsich- und Ananas-Dosen, Mannerschnitten und die Attrappe eines Schweineschädels. Drei Fahrradständer und jede Menge Parkplätze, aber trotzdem war der Laden leer. Dabei gab es in den zwei kleinen, zusammenhängenden Verkaufsräumen nicht nur Lebensmittel, sondern auch alles andere, was steinalte Leute ohne Auto für gewöhnlich gerne kauften, Grablichter, Stützstrümpfe, Haushaltspackungen Zündhölzer, Gartenscheren, Plastikblumenstöcke, Batterien, geschnitzte Hergottsecken,

Zahnseide, Rosenkränze und Gartenzwerge. Es roch nach Waschpulver, Kartoffelpüree im Sonderangebot und Lieferung nur bei Vorauszahlung.

»Vieles ist schon erfunden, aber noch kein WC-Putzmittel, das man zugleich als Haarshampoo verwenden kann«, sagte ich zur einzigen Regalbetreuerin, die offenbar zugleich Kassiererin und Verkäuferin und wahrscheinlich auch die Inhaberin war und gerade aus einem Karton Dosenfisch in ein Regal nachfüllte. Eine stämmige, gesunde Frau in den Vierzigern in einem weißen, dünnen Baumwollkleid wie eine Krankenschwester. Ich stellte mir ihren nackten Körper garniert mit Ananasscheiben vor.

»Da haben Sie aber verdammt recht«, kam die gelangweilte Antwort.

Ich kaufte Pikantwurst, Roggenbrot, einen sardischen Ziegenkäse, dessen Namen ich weder korrekt schreiben noch aussprechen könnte, Essiggurkerl und ein großes Glas Russen, aber irgendwie hatte ich noch keine Lust heimzufahren und bei einem ausgedehnten Abendessen darauf zu warten, dass mir die Decke des Wohnbüros auf den Kopf fiel. Ich wendete den Granada und fuhr Richtung Stadt.

Die Luft schien zu platzen und der Himmel in Fetzen herunterzuhängen. Die heftige Stille nach einem Totschlag, dabei war nichts weiter geschehen, als dass sich die Wetterfrösche wieder einmal geirrt hatten, es hatte nicht mehr geschneit.

***

Ich war langsam durch drei oder vier Höfe des Karl-Marx-Hofes gerollt, und es schien in der dämmrigen Dunkelheit nur meine Scheinwerfer zu geben. Nur selten glomm gelbes oder blaues Licht aus einem Fenster oder gar aus einem

Stiegenaufgang. All die Höfe waren umgeben von insgesamt zwei-, dreitausend Wohnungen, aber die meisten davon schienen leerzustehen.

Wieso, dachte ich, bin ich hierher gefahren? Wieso konnte ich mich heute nicht ausschalten wie eine Kaffeemaschine?

Im fünften oder sechsten Hof blieb ich stehen. Ich bin eben, dachte ich, keine Maschine.

Ich packte den Ziegenkäse aus, legte ihn mit dem Papier auf meinen rechten Oberschenkel und schnitt mit dem Taschenmesser vorsichtig kleine Scheiben ab. Das Roggenbrot holte ich ebenfalls aus dem Papiersack und brach es wie ein Baguette. Es war einfach schön, etwas Gutes zu essen. Es war einfach schön, am Leben geblieben zu sein. Die Benzinkanister hätten mich dieses frugale Mahl kosten können und mein Leben noch dazu. Marek Miert, wie immer zur falschen Zeit am falschen Ort, verstorben für einen PR-Gag, war aber nur ein Versehen, 'tschuldigung …

Dann hörte ich die Katzen. Sie plärrten wie Babys, schrieen wie kleine Kinder. Wenn man einer von ihnen bei lebendigem Leibe das Fell abgezogen hätte, würde das auch nicht anders klingen.

Platz wäre hier, dachte ich, für tausend arme Seelen, für halb Tschetschenien. Aber die Hiesigen wollten nichts hergeben, nicht einmal diese monströse Bruchbude. Sie fühlten sich bedroht durch jeden, der den leisesten Akzent hatte. Sie fühlten sich persönlich beeinträchtigt, wenn jemand lieber Hammelkeulen als Schweinsrippen grillte. Sie wurden jahrelang in diversen Schulen aufbewahrt und konnten danach nicht einmal eine einzige Seite aus Grillparzer lesen und halbwegs verstehen, hassten aber jeden Schwarzäugigen, der das auch nicht konnte, weil er als Kind irgendeine Wurmerlschrift gelernt und Hafis-e Schirazi gelesen hatte.

Ich packte auch noch die zwanzig Deka Pikantwurst aus und aß sie Scheibe um Scheibe. Dazu spießte ich mit dem Taschenmesser Essiggurkerl aus dem Glas auf, was ziemlich schwierig war.

Keine zwanzig Meter links von mir tauchte plötzlich ein verdreckter, heller Kastenwagen aus dem fünften Hof auf und krachte gegen eine Wäschespinne. Der Fahrer reversierte hektisch und verschwand mit heulenden Reifen in der Einfahrt zum siebenten Hof. Erst jetzt fiel mir auf, dass er die Scheinwerfer nicht eingeschaltet hatte, nicht einmal das Standlicht. Ich bildete mir ein, den Wagen gestern hier im Grätzel schon einmal gesehen zu haben. Bis ich die Fressalien von meinem Oberschenkel abgeräumt und verstaut hatte, verging mindestens eine Minute. Ich fuhr durch den siebenten, achten und neunten Hof und kam durch den zehnten wieder auf die Hauptverkehrsstraße. Keine Spur von dem weißen Mazda. Von welchen Geistern hatte der Typ in dem Wagen gestern gesprochen?

* * *

Peepshows mit Santa Claus im Schaufenster, girlandengeschmückte Sexshops, eine Stehweinhalle mit einem lebensgroßen Plastikrentier vor dem Eingang, Kellerbars, aus denen *White Christmas* auf die Straße dröhnte, einschlägige Videotheken, auf deren Werbeplakaten das Christkind Tanga trug – in der Daniel-Gran-Straße war man sich für nichts zu schade, um auch im Advent die toten Seelen anzulocken und bei der Stange zu halten, Letzteres im wahrsten Sinne des Wortes. Der größte Teil des Grätzels gehörte zwei honorigen Dienstleistungskonglomeraten, von denen zumindest eines an den größeren Börsen Westeuropas notierte. Um auch hier den Rubel rollen zu lassen, hatten die Vorstände kompetente Herren aus Osteuropa als einschlägig erfahrene Betriebsleiter engagiert; Dienstleistung war eben universell und lief überall ungefähr auf das Gleiche hinaus. Zwischen den Etablissements wohnten meist arbeitslose oder pensionierte Bosnier, Makedonier und Serben, die sich keine Wohnung in einem besseren Stadtteil leisten konnten. Und dort höchstwahrscheinlich auch keine bekommen hätten, weil sie beispielsweise das Wort »bärig« nicht so bärig aussprechen konnten wie Hansi Hinterseer.

Der abendliche – eh klar – Stoßverkehr war dicht und nervös und schob sich zäh durch die Daniel-Gran-Straße. Die meisten Lenker zwischen achtzehn und achtundachtzig beglubschten das reichhaltige Angebot an Straßennutten, das trotz der Jahreszeit viel Bein und sonstiges Fleisch herzeigte im Dienste der großen, übermächtigen Unterhaltungsindustrie, die man früher Kapitalismus genannt hatte und die heute schlicht und ergreifend »Wirtschaft« hieß; und Wirtschaft, so der einleuchtende Slogan der Handelskammer, waren wir doch alle, oder?

Plötzlich nahm ich wie unter einem Blitzlicht Horst Heider wahr, der bewegungslos am Gehsteig, ein paar Schritte, ein paar Meter rechts von mir lag und von einer massigen Gestalt in einem schwarzen Ledermantel und mit den blonden, fliegenden Locken eines verhinderten Wagner-Tenors in den Kopf und in den Hals getreten wurde. Im Hintergrund ein Bareingang, der mit dutzenden roten Glühbirnen umrahmt war. Darin stand eine sehr schmale, dunkle Prostituierte in schwarzem, kurzem Latex-Rock und -Top, und der Rock war über dem linken Oberschenkel aufgeschnitten und Blut sickerte aus dem Schnitt. Das alles sah ich als Ganzes, als ein Bild, in weniger als einer Zehntelsekunde vielleicht, während des Atemzuges einer Mücke, aus dem rechten Seitenfenster des Granada und stieg fast im gleichen Moment mit meinem ganzen, durchaus erheblichen Gewicht auf die Bremse. Hinter mir bildete sich sofort eine Kolonne, aus der bald heftig gehupt wurde. Als ich ausgestiegen und um den Granada herumgelaufen war, waren der Zuhälter und die beschädigte Nutte bereits wieder in der »Golden-Girlie-Bar« verschwunden.

Heiders Kopf sah fünfeckig aus und das beige Seidensakko, das er trug, war nur mehr ein dreckiger, blutbesudelter Fetzen, aber er atmete noch, wenn auch nur ein bisschen. Ich versuchte ihm blöderweise etwas Grappa einzuflößen, den ich in seiner Anzugtasche gefunden hatte, stellte die Flasche dann aber schnell auf dem Gehsteig ab und drehte ihn vom Rücken in eine stabile Seitenlage.

»Heast, G'schissena, was stöhst dein Kübel mitt'n auf der Gass'n oh?! Zah au, tua weida!«

Einer der Autofahrer hinter mir war offenbar bereits ausgestiegen und kam keppelnd auf mich zu. Ich wählte die Notrufnummer 144 auf meinem Handy. Besser gleich die Rettung als die Polizei.

Eine zweite, ebenfalls überaus charmante Stimme ging hinter meinem Rücken wie eine Luftschutzsirene los: »Iss ah naturdeppat ohdah wohs?«

Es brauchte lange Sekunden, bis sich endlich eine junge weibliche Stimme in der Leitung meldete.

»Hau eam ung'spitzt in die Erd'n, des g'fäude G'frahst!«

Gleich würden sie mich lynchen oder was?

Ich vergaß auf die Fünf-oder-sieben-W-Methode und versuchte, so schnell wie möglich den ungefähren Grad der Verletzungen und den Ort des Geschehens durchzugeben. Während ich in der Dunkelheit verzweifelt nach einer Hausnummer im Bereich der Bar spähte, war eine Harlander Abart von Fred Feuerstein mit Baseballmütze und Baseballschläger neben Heider getreten, hatte die Grappaflasche neben ihm gepackt und leerte deren Inhalt nun über den Schwerverletzten aus.

»Der Wichsah braucht doh nur sei' Feiawossah, daunn hupft er eh schon wiedah, der Schluckspecht, der krauperte!«

Wäre ich nicht so gut erzogen oder wären Mars und Erde in einer anderen Konstellation zueinander gestanden, hätte ich den Mann ohne viel Federlesen erschossen. Jedenfalls hätte ich gute Lust dazu gehabt.

Und das machte mir Angst.

Gehörige Angst.

***

Ich hatte den Wagen wegfahren und mir einen Parkplatz suchen müssen, sonst hätte wohl irgendwer diesen Abend nicht überlebt. Erst zwei Seitengassen weiter wurde ich fündig.

Als ich im schnellen Trab zum Ort des Geschehens zurückkehrte, waren sowohl Fred Feuerstein als auch Heider verschwunden. Die Glühlampen der Girliebar waren erloschen, an der fest verrammelten Tür hing ein Schild mit der Aufschrift »Sorry, we are closed«. Wenn ich an Heiders Kopf dachte, konnte ich mich nicht wirklich darüber freuen, dass der Abgeordnete Topf vielleicht fast schon geliefert war durch die seltsamen Vorlieben seines parlamentarischen Mitarbeiters. So ein sauber desodorierter Nationalratsassistent und schneidet Golden Girlies an?

»Willst du spielen, Kleiner, ein bisschen Blut spucken?«

Das Golden Girlie, das da fragte, war fast zwei Meter groß und ein bodenlanger, weißer, dünner Kunstpelzmantel bedeckte ihre Gardemaße. Sie öffnete das gute Stück. Darunter trug sie nur einen schmalen Gürtel, in dem eine Peitsche steckte.

***

Ich fuhr an frierenden Straßennutten vorüber, dann an ihren Zuhältern, die in goldlamettafarbenen Cabriolets mit violetten Verdecks hockten und die Standheizungen auf vollen Touren laufen ließen. Aus den Schneemassen auf Dächern, Gehsteigen und Straßen erhob sich schließlich der Hauptbahnhof, ein historistischer Sandstein-Kasten mit Türmen und Zinnen wie eine nie eroberte Kreuzfahrerburg. Dahinter schlich sich die Straße, in der ich in einem vierstöckigen Jugendstil-Zinshaus wohnte, ins Türkenviertel. Ich fand einen Parkplatz direkt vor dem Haus, das längst abgerissen sein sollte, aber seltsamerweise noch immer stand. Vielleicht war es falsch von mir, für diesen abgewohnten Kasten zu kämpfen, aber ich war ein Gewohnheitstier und wollte, wenn es nach mir ging, eigentlich nur mehr einmal im Leben umziehen; auf den Friedhof, wenn es denn einmal sein musste.

Das Haustor war sperrangelweit offen, dahinter Dunkelheit und trockener Staubgeruch. Ich griff nach der Glock in der Jackentasche und marschierte in den Flur hinein. Niemand wartete dort auf mich, kein Parlamentarier, kein Waffenhändler, kein Totschläger und schon gar nicht Pia. Auch die Tür zu meinem Wohnbüro schien unberührt. Kein Sprengkabel ragte aus dem Schloss. Im Wartezimmer kein Stolperdraht, kein rätselhaftes Aftershave und kein Meuchelmörder. Nur die Gratis-Lokalzeitung lag auf dem Fußboden, der Zusteller hatte sie durch den Türschlitz geschoben. Dahinter, in meinem Privatbereich, umfing mich blauschwarzer Dämmer. Die Beleuchtung, die ich gleich einschaltete, spottete Thomas Edison. Wie dunkel und kalt doch meine Wohnung war, dachte ich, fast zehn Jahre Einsamkeit, seit ich wieder aus Wien zurück war, lagen über den Böden und der Einrichtung. Andere Leute in meiner Situation, dachte ich, würden jetzt jemanden anrufen und ein, zwei Stunden über Rafting und Trennkost plaudern, über Udo Jürgens und Mind Mapping und was weiß ich. Aber ich war, verdammt noch mal, so auf meinen Beruf fixiert, dass ich nur mehr an Gabloner, an Heider mit e und seinen dubiosen Abgeordneten und an den einohrigen Lephart denken konnte. Dagegen interessierten mich Talkshows, Singlebars und Fettabsaugungen, Benefizkonzerte, Golfturniere und Salatbuffets so was von überhaupt nicht. Ich war eindeutig nicht gesellschaftsfähig. Wer würde sich schon ernstlich mit mir etwa über Leichenteile eines Oberschützen unterhalten wollen, die man vor über sechzig Jahren von einem Kartoffelacker geklaubt hatte oder auch nicht?

***

Wenn man, was wohl bisher einzig und allein Lucullus gelungen war, alle, auch die verrücktesten Geschmacksrichtungen wie zum Beispiel Scampi in Balsamicolack auf Erbsen-Ingwer-Risotto oder Blutwurst in Schokoladen-Whiskey-Sauce durchhatte, dann kehrte man vielleicht eines Tages zum Geschmack von Butter auf Brot zurück, vielleicht war das sogar die Basis allen Geschmacks. Mit anderen Worten: Ich aß ein Butterbrot. Wenn auch nicht aus lukullischen Gründen, sondern weil in meiner Küche nicht viel mehr vorhanden war, vom Notvorrat an Mozartkugeln einmal abgesehen. Als Junggeselle wusste ich, dass man auf die Butter auch Zucker streuen konnte, Oregano oder Knoblauchsalz – was halt da war. Ich hatte auch schon mal eine Suppe produziert aus Ölsardinen und Petersilie, einen Sterz aus Semmelbröseln und Rapsöl sowie Spaghetti im Pfefferbad, von den legendären Paprikachips mit Nutelladip ganz zu schweigen.

Zum zweiten Butterbrot holte ich mir nicht nur das Glas Russen, sondern auch die Lokalzeitung aus dem Wartezimmer. Als ich die Titelseite zum ersten Mal, seit ich die Wohnung betreten hatte, bewusst registrierte, hätte mich fast der Schlag getroffen. »Harland sucht die Millionenkatze«, lautete die Schlagzeile in dicken, hohen Balkenlettern. Darunter war ein großes Fotos von Frau Ruzickas Villa auf dem Eisberg, na ja, eigentlich nur von der Thujenhecke, vor der sich hunderte Harlander tummelten, eine Prozession befremdlicher Leute, die sehr bestimmt taten und teilweise mit Netzen und Käfigen, Seilen und Schnüren, Keschern und Keulen ausgerüstet waren. Im Inneren des Blattes war dann auf den Seiten zwei und drei unter anderem zu lesen, dass die meisten Siedlungsstraßen am Eisberg bereits mit PKWs und Fußgängern verstopft waren. Die Polizei schätztc, dass gegenwärtig zwei, drei Tausendschaften den Hügel belagerten und Ausschau nach der Millionenkatze hielten. Einige Jäger riefen unentwegt und beharrlich »Minka«, andere schwenkten Baldrianfläschchen, wieder andere hatten so etwas wie Lockkatzen dabei und ein paar Desperados hatten versucht, Zaun und Hecke zu überwinden und in die Villa Ruzicka einzubrechen. Auch ein Rettungswagen und ein fliegender Würstelstand waren bereits im Einsatz. Ein Glücksritter war in einem Nachbargarten, von wo aus er offenbar in das Ruzicka'sche Anwesen eindringen wollte, in ein Fangeisen geraten und musste notärztlich versorgt werden. Es war wie das belagerte Kapitol, nur ohne Gänse. Wenn Minka irgendwo auf der Welt, dachte ich, nicht zu finden war, dann garantiert hier. Der Abgeordnete Topf wurde im Artikel als Vertreter der Anrainerschaft mit wenig freundlichen Worten zitiert, was – so hoffte ich – seine Wahlchancen bei der breiten Masse der Katzenjäger deutlich verringern würde. Die Polizei erklärte sich außerstande, die Menge zu zerstreuen, da es letztlich keinem Bürger verboten sei, auf öffentlichen Gehwegen und Straßen herumzustehen, nicht einmal im Winter und nicht einmal am Eisberg. Breiter Raum wurde der Beschreibung des Millionenviehs eingeräumt, wobei aber die Redaktion nicht mehr herausgefunden hatte, als dass es sich um eine alte, übergewichtige, schmerbäuchige Tigerkatze mit vielen kahlen Stellen im Fell handelte, die zudem noch halbblind und sehr scheu war. Das Foto von Minka hatte Franz A. Sagbauer wohl im ureigensten Interesse nicht herausgerückt, im Artikel wurde er mit einigen saftigen Flüchen gegen die Meute der Katzenjäger zitiert. Außerdem stritt er vehement ab, dass die Ruzicka-Katze im Testament der alten Dame auch nur mit einem Cent bedacht worden sei. Auf der anderen Seite reklamierte er Minka noch vehementer für seine Stiftung Pro Animale und den Harlander Tierschutzverein. Also dürfte das Vieh doch etwas wert sein. Für den, und zwar nur für den, der ihm das Gnadenbrot gab. Obwohl ich den Zund gegeben hatte, kam mein Name in dem Artikel nicht vor, nichts war es mit der kostenlosen Schleichwerbung. Eh klar, dachte ich, Undank ist der Journaille Lohn.

***

In der Mitte der ehemaligen Postbushalle stand Sagbauer auf einem kleinen Schneehaufen, der sich durch eine zerborstene Oberlichte angehäuft hatte, und gestikulierte mit den Armen und redete scheinbar mit sich selbst. Ich war schon zehn, fünfzehn Meter vom Eingangstor weiter in die Halle gegangen, konnte aber Sagbauers Gebrabbel noch immer nicht verstehen und wusste auch nicht, ob er mich überhaupt wahrnahm oder nur mehr die geblähten Venen in seiner Leber, seiner Speiseröhre – oder vielleicht die Geister der alten Chauffeure und Mechaniker, die hier einst zu Dutzenden gewerkt hatten.

»Wie konnten Sie mir und dem Verein das antun?«, kreischte Sagbauer plötzlich überaus heftig auf meinen Anblick reagierend. Ich ging weitere fünf Meter auf ihn zu, dann kreißte der Berg und brachte einen altertümlichen Trommelrevolver hervor. Zum Glück war der ehemalige Heilige so schwer betrunken, dass er den Lauf nicht einmal annähernd waagrecht zum Boden halten konnte. Aber darauf wollte ich mich nicht ewig verlassen und begann daher, wie ein gereizter Hamster Richtung Hallentor zurückzurennen. Im vollen Sprint schrie ich »Was denn? Was denn?« über meine Schulter, was irgendwie ein Fehler war. Er schoss bei jedem Vokal. Drei Schüsse gingen weit rechts von mir in den Boden oder in die Decke, der vierte weiß Gott wohin, nur die Querschläger machten mir ernstlich Sorgen, aber da war ich schon aus der Halle und lief keuchend über den Hof, am Portierhäuschen vorbei zu meinem Auto auf der Gasse. Eines war mir jetzt sonnenklar: Minka war tatsächlich zwölf Millionen wert! Mit diesem Gedanken erwachte ich gegen vier Uhr früh und war nach ein paar dumpfen Momenten, in denen ich das Gefühl hatte, nichts mehr sehen, hören und riechen zu können, sofort wieder eingeschlafen, ein Riesenmurmeltier, das am Morgen als Privatdetektiv wiedergeboren sein würde.

Ich meldete dem Beamten hastig und in Stichworten die Schießerei, den Hergang, nannte Ort, Täter und wies besonders darauf hin, dass dieser rücksichtslos von der Schusswaffe Gebrauch machen würde.

»Außerdem wird vermutlich gerade in die Villa Ruzicka eingebrochen. Von zirka dreihundert Tätern.«

»Eingebrochen ist gut, die Hütte brennt lichterloh. Die Feuerwehr hat uns gerade über Funk verständigt«, sagte der Gruppeninspektor. Dann schickte er zwei jüngere Inspektoren zur ehemaligen Postgarage los und hieß mich in einem Nebenzimmer Platz nehmen, das keine zweite Tür hatte. Ich nahm an, dass der Dienstführende einstweilen beim Stadtpolizeikommando zusätzlich das Mobile Einsatzkommando anforderte, und stellte mir vor, wie Sagbauer mit den restlichen Patronen auch dieses unter Feuer nehmen und dabei einem Beamten fast ein paar Zehen abschießen würde. Danach würde er sich hoffentlich widerstandslos festnehmen lassen.

Nach ein paar Minuten trat der Dienstführende zu mir in das Verhörzimmer. Er ließ die Tür in die Wachstube diesmal offen, im Funk war die Hölle los.

»Also zuerst nehmen wir einmal die Personalien auf; dann erzählen Sie mir alles noch einmal von vorn!«

»Sie sind ja vom Fach, okay«, sagte der Dienstführende rund zwei Stunden später, die in meinem Traum aber kaum einen Atemzug ausmachten. »Da ist eine Halle mit vielleicht tausend Quadratmetern oder mehr. Voller Dreck, leerer Ölfässer, Fetzen, stinkender Reparaturgruben – und in der ganzen Sauerei hätten wir ein paar kleine Metallsplitter finden sollen, die einmal Projektile gewesen sind? Sie wissen, dass bei einem Revolver keine Patronenhülsen ausgeworfen werden, und selbst wenn er eine Pistole benützt hätte, würden wir die Dinger nur sehr schwer finden«, sagte er ruhig. »Außerdem ist kein Mensch mehr da, schon gar nicht Ihr Schütze. Auf dem ganzen ehemaligen Postgelände nicht. Es hat auch niemand in der Nachbarschaft irgendwelche Schüsse gehört. Es hat auch kein Mensch einen betrunkenen Revolverschützen gesehen.«

»Das Areal ist ja sehr weitläufig«, hielt ich nicht sehr überzeugend dagegen.

»Sagbauer ist fast sechzig, unbescholten, ein angesehener Funktionär und Bürger, und momentan auf Dienstreise, sagt seine Frau, irgendwo in Oberösterreich. Außerdem hat er keinen Waffenschein und damit offiziell auch keinen Trommelrevolver. Wenn wir auf Grund dieser Faktenbasis jetzt ein Protokoll gegen ihn aufnehmen, kriegt er Sie dran. Mindestens wegen Verleumdung.«

Ich hatte verstanden und stand auf.

»Also ich würde vorschlagen, Sie regeln Ihre Differenzen mit Ihrem ehemaligen Arbeitgeber irgendwie anders oder Sie lassen sich entsprechend behandeln. Wir werden Ihnen jedenfalls eine Rechnung für den unbegründeten Einsatz schicken müssen. Ich habe ja das halbe Mobile Einsatzkommando zur Sicherung meiner beiden Kollegen in die Gasse beordert«, sagte der Dienstführende.

Ich erwachte mit dem beunruhigenden Gedanken, dass keine Milch mehr da war für den Morgenkaffee. Ich hatte so etwas von schlecht geschlafen. Drei Zehen meines linken Fußes waren unter den Nägeln blutig. Blut fand ich auch an der Wand des Schlafzimmers, im Schlaf hatte ich offenbar mit den Zehen daran gekratzt, tiefe Furchen nicht nur in der Wandfarbe, sondern bis in den Mörtel hinein. Das Hemd von gestern roch säuerlich und es gab keinen genießbaren Bissen mehr im ganzen Haus. Außerdem hatte ich den Zettel von der Wäscherei irgendwo verlegt. Nach einer viertelstündigen Sucherei fand er sich unglaublicherweise in der Besteckschublade.

Als Erstes rief ich im Seniorenheim an, aber Frau Lephart – sagte man mir jedenfalls – war in der Therapie.

Vor mir lag kein ganzes Leben mehr. Und der erste Tag des Lebensrestes fing ganz schön unerquicklich an. Ich verlange ja nicht viel vom Leben, dachte ich, keinen Ferrari und keinen Golf-Urlaub auf Fidschi, keine Rolex, keine Designer-Socken, keine Attersee-Gouache am Klo, keine Rosenparfüm-Vollbäder, keine handgeschnitzten Ebenholz-Zahnstocher, aber wenigstens ein Frühstück ... Ich stellte mir Tiroler Schinkenspeck mit Honigmelone und ein Lachscarpaccio auf Toast mit Oberskren vor und verfluchte meine Unfähigkeit, meinen Single-Haushalt auf die Reihe zu bringen.

***

»Warum gerade hier?«, fragte ich Oberst Kiesl, der noch immer groß und rund und schmutzigblond wie ein Tieflandlama war, aber keine Ruhe mehr ausstrahlte, sondern seine weißen, englischen Zigaretten offenbar Kette rauchte.

»Sie ziehen das Glück nicht gerade an, Miert. Das war schon im Sicherheitsbüro so. Und von hier oben kann ich auf drei Kilometer Entfernung sehen, ob sich uns jemand nähert. Und es gibt in diesem Turm nur ein einziges Stiegenhaus. Und ich bin mit deutlich mehr als meinem Charme bewaffnet.«

»Ich habe nicht gewusst, dass Sie sich so gut auskennen in Harland.«

»Ich kenne euren Zahnstocher von einer Cobra-Übung vor zwei Jahren, wo sie unbedingt einen vom Sicherheitsbüro als Ehrengast dabeihaben wollten. Sollte uns wohl beeindrucken. Heute lädt man mich, ehrlich gesagt, nur mehr zu Butterfahrten oder Benefiz-Eieressen ein.«

Der Harlander Handelskammer-Turm stand in jedem modernen Architekturführer Österreichs. Achtzehn Stockwerke unverputzten, verwitterten, graugelben Betons mit allerlei unvermuteten Ecken und Kanten und Erkern und einem an der westlichen Außenhaut angepappten Stiegenhaus, mit Schießschartenfenstern und einem bisschen stalinistischen Lebensgefühl, alles in allem ein monströser, dreckiger Zahnstocher, der das ästhetische Begriffsvermögen der Harlander bereits seit dem Jahr seiner Errichtung bei weitem überforderte. Der Architekt hatte sich schon vor Jahren das Leben genommen, und kein Mensch, der im Wirtschaftsförderungsinstitut der Handelskammer einen Kurs belegte, wollte noch in den kaum zehn Quadratmeter kleinen Zimmerchen aus den späten Sechzigerjahren übernachten, und so hatte man vor drei, vier Jahren beschlossen, den Zahnstocher Stück für Stück abzureißen, aber bis jetzt offenbar noch nicht genug Geld für diese Kulturtat aufgetrieben. Denn die Abbrucharbeiten schleppten sich nur so dahin. Mittlerweile setzten die örtlichen Feuerwehren zu Übungszwecken gelegentlich ganze Stockwerke der Ruine in Brand und das Mobile Einsatzkommando stürmte mitunter mit Blendgranaten und Maschinenpistolen Kammer um Kammer, ebenfalls übungshalber.

Kiesl hatte mich um zwei Uhr früh per Nachricht auf meiner Mailbox dorthin bestellt und keine Zeit genannt. Der bei älteren Beamten des Wiener Sicherheitsbüros durchaus übliche Code für zehn Uhr. Als ich die Nachricht heute beim Frühstück, das aus dem letzten Hering und einem Glas Pfirsichsaft bestand, abgehört hatte, wäre es fast zu spät gewesen. Es musste etwas Ernsteres im Gang sein, wenn Kiesl so tief in die Trickkiste griff.

***

Ich stand am Flachdach des Handelskammer-Turmes und genoss den Panoramablick auf das winterliche Harland nicht. Kiesl starrte in das gähnende Loch neben dem geöffneten, großen Eisendeckel, der einzigen Dachluke. Ich atmete in der schwefelig kalten Luft noch immer schwer vom mühseligen Aufstieg. Auf der Suche nach Kiesl hatte ich in den unverbrannten Stockwerken Zimmertür um Zimmertür geöffnet, aber in den meisten Kemenaten waren, wahrscheinlich um Sandlern kein Quartier zu bieten, bereits die Bodenplatten herausgerissen worden. Auch einige Gänge in diversen Stockwerken bestanden nur mehr aus skelettierten Stahlbetonträgern, zwischen denen kein Estrich, kein fester Boden mehr war, nur mehr der Blick in die Tiefe. Vom ganzen Turm war eigentlich nur mehr das Stiegenhaus gefahrlos begehbar. Schmierige Terrazzostufen, graugelbe Wände, sozialpartnerschaftliche Ästhetik und allgegenwärtiger Brandgeruch. Auch der Lift war längst aus seinem Schacht ausgebaut worden, wirklich intakt und vollständig waren nur mehr die Fertigbetonteile der Fassade. Kiesl hatte sich vom Dach aus erst dann durch Zuruf bemerkbar gemacht, als ich eben daran ging, gepflegt keuchend das sechzehnte Stockwerk nach ihm zu durchkämmen.

»Ich habe mich ein wenig umgehört, Miert, aber die Quellen sprudeln halt nicht mehr so, seit sie meinen Schreibtisch auf den Gang gestellt haben. Der Oberst kurz vor Schluss war nicht mehr als ein schlechter Witz. Die meisten in den Wiener Zentralstellen haben ihre Segel gekonnt in den neuen Wind gesetzt und ignorieren mich nicht einmal mehr, wenn ich irgendwo auftauche wie eine unangenehme Erinnerung.«

»Zandl …«

»Ich erzähle Ihnen mal eine Geschichte über die neuen Zeiten. Es heißt, dass sich irgendwer die Mühe gemacht haben soll, eine rote Farbpatrone, wie sie von Banken in

Geldbomben und Alarmpaketen verwendet wird, im Spülkasten eines Wasserklosetts im rosaroten Parlamentsklub – Sie wissen, welchen Klub ich meine – anzubringen. Aber es gibt anscheinend keine Anzeige, keine Niederschrift, keinen Akt, keinen Vorgang im ganzen Sicherheitsapparat, rein gar nichts, wie wenn das Ganze nie passiert wäre. Vielleicht ist es auch nie passiert. Und weiters behaupten meine Quellen, die allerdings wie gesagt nur mehr so üppig sprudeln wie der Harnstrahl eines Prostatapatienten, dass sich ein Harlander Abgeordneter die Farbe vom Hintern wischen musste, aber auch das ist wahrscheinlich nicht mehr als ein bösartiges Gerücht.«

»Das klingt nach einer Warnung. Das heißt: Wir können überall hinein, und beim nächsten Mal ist es vielleicht nicht mehr Magenta, sondern Nitropenta«, überlegte ich laut.

»Sie haben es erfasst.«

Kiesl, der schon im Sicherheitsbüro nicht ohne Koffein und Nikotin leben hatte können, hatte eine Thermoskanne mitgebracht und einen Plastikbecher und schenkte sich nun routiniert schwarzen Kaffee ein.

In was bin ich da hineingeraten, dachte ich, und was hat das bloß mit Zandl zu tun?

»Wenn Sie mich jetzt fragen, was das mit Zandl zu tun hat, dann kann ich Ihnen sagen, dass es Leute gibt, die behaupten, er habe von dem üblen Scherz mit der Farbpatrone schon erzählt, als die noch gar nicht explodiert war.«

»Wau!«, japste ich nach Luft.

»Genau! Wir erleben gerade so etwas wie eine Revolution, nicht nur im Ministerium, es geht drunter und drüber, und Zandl ist mit den Berufsrevolutionären ganz dick verbandelt, geradezu verhabert. Im Übrigen dürfte er ein Mann sein, der immer über die Hintertreppe und dabei immer mit geschlossenem Visier kommt. Daher würde ich natürlich jedes Wort, das ich zu Ihnen gesagt habe, entschieden dementieren!«

»Was soll ich tun?«

Gute Frage, lobte ich mich in Gedanken selbst. Na ja, was blieb mir schon übrig, wenn niemand anderer es tat.

»Mein Herz ist ziemlich erweitert, meint jedenfalls mein Arzt, so wie ein überdimensionierter Luftballon etwa – darum sage ich Ihnen das nur einmal: Die Probleme, die Sie mit Zandl oder Gabloner oder vielleicht beiden bekommen werden, kann wahrscheinlich nur der liebe Gott lösen. Zandl hat jedenfalls gute Verbindungen zum Büro des Innenministers. Überlegen Sie sich gut, ob Sie sich die Sache wirklich antun wollen. Machen Sie mal Urlaub von allem. Das Waldviertel soll ganz schön sein um diese Jahreszeit und nicht allzu teuer.«

»Das Waldviertel ist immer schön«, erwiderte ich, und damit war der offizielle Teil unserer Unterhaltung wohl beendet. Wenn er mir Angst machen wollte, dann hatte er das jedenfalls geschafft. Na ja, sagen wir: fast.

***

Kiesl hatte mich vorausgehen geheißen. Als er nach einer Viertelstunde noch immer nicht an der Basis des Zahnstochers erschienen war, der nur durch einen stellenweise niedergetretenen Maschendrahtzaun vom Handelskammer-Parkplatz getrennt war, hatte ich mich in den Granada gesetzt und war davongefahren. Ich würde seinem Ratschlag vermutlich nicht folgen. Dafür war ich auch schon zu tief drin in der ganzen Sache. Vielleicht war Kiesl auf seine alten Tage auch nur leicht paranoid geworden.

Auf den Schneefahrbahnen der Nebenstraßen rund um den Handelskammer-Komplex folgte mir jedenfalls niemand mit einem schwarzen Ferrari und auch aus dem Areal des nahen Fernheizkraftwerkes schlossen keine schwer bewaffneten Verfolgerautos zu mir auf. Auf der Stadtautobahn, die man mit Tonnen von Salz trockengekriegt hatte, war der Verkehr so dicht, dass ich eventuelle Beschatterfahrzeuge nicht hätte ausnehmen können. Sicherheitshalber wechselte ich ein paar Mal die Fahrspur, aber dann war es mir doch zu blöd. Eine Menge Leute waren von der fixen Idee durchdrungen, hinter dem 11. September steckten der israelische Geheimdienst, die Chrysler Company oder die Schlümpfe. Weit verbreitet war auch der Irrglaube, dass Hungersnöte, Erdbeben und brüchige Fingernägel durch irgendwelche obskuren Machenschaften der UNO, der Zürcher Handelskammer oder des Hauptverbandes der Österreichischen Wasserwerke verursacht würden, vom Engelwerk und von Scientology ganz zu schweigen. Wohl kein Österreicher legte sich abends schlafen, ohne der Meinung zu sein, an diesem Tag wiederum von irgendwelchen höheren Instanzen und finsteren Mächten hereingelegt worden zu sein, zumindest von einem Ministerium und von seinem Chef. Ich hatte mich für all diese Verschwörungstheorien nie recht begeistern können. Einerseits, weil ich vielleicht zu dämlich war, um alle angeblichen Verästelungen und Zusammenhänge zu begreifen, andererseits, weil der Gedanke, nur eine übergewichtige Marionette zu sein, die ihr Leben lang an einem dicken, aber unsichtbaren Strick umhergeschwenkt wurde, für mich unerträglich wäre. Anstatt mich in hochkomplexen Weltverschwörungstheorien zu verlieren, nahm ich die Dinge lieber selbst in die Hand, egal wohin sie mich führten. Dafür hatte mir Gott oder wer auch immer ein Herz gegeben und einen langen Atem.

Vom Auto aus rief ich das Harlander Zentralklinikum an,

um mich nach Heider zu erkundigen. Nach ein paar Minuten in diversen elektronischen Warteschleifen erfuhr ich, dass er wegen der Schwere seiner Verletzungen ins Wiener AKH verlegt worden war. Im AKH wiederum, dessen Nummer ich von der Auskunft bekam, konnte ich nur eruieren, dass er bereits in ein Wiener Privatspital transferiert worden war, auf Wunsch irgendwelcher Angehöriger oder so. Den Namen der Klinik könne man mir aus Datenschutzgründen nicht mitteilen, sagte eine schnippische Stimme, und von der Harlander Kripo zu sein, könne schließlich jeder behaupten, und tschüss.

Wie schnell Topf und seine Leute von der Sache Wind bekommen haben, dachte ich, die haben ihre Finger wohl überall drin. Und Haha wird jetzt sicherlich so lange unter Quarantäne gehalten, bis er entweder tot ist oder wieder so weit bei Kräften und bei Verstand, dass er jedes Verhör kalt lächelnd aussitzt. Und von einem Zuhälter, der sich selbst belasten würde, eine Aussage zu bekommen … – vergiss es, Miert. Okay, dachte ich, langsam glaube ich doch an Verschwörungen.

Mitten in diesen Überlegungen, die mich auch nicht weiterbrachten, ging das Handy los. Ich erkannte Aschers Nummer am Display.

»Wir haben einen Mord, Miert.«

»Einen Mord?«

»Im Moment weiß ich nicht mehr, als ich ins Dienstbuch eintragen musste: Den Anruf aus dem Karl-Marx-Hof hat ein Sicherheitswachebeamter entgegengenommen«, entgegnete Ascher. »Wir treffen uns in zwei Stunden im Karl-Marx-Hof, siebenter Innenhof. Dort ist eine Telefonzelle. Früher kann ich sie nicht an den Tatort bringen, die ganze Rasselbande ist jetzt dort.«

»Haben Sie siebenter Hof gesagt?«

Plötzlich war der Spitzel aus der Leitung verschwunden.

***

Vor der Haupteinfahrt des Karl-Marx-Hofes versperrten mir plötzlich zwei vierschrötige Männer in orangen Arbeitsgewändern der Straßenmeisterei oder der Müllabfuhr den Weg. Einer der beiden Kalibans hielt eine Brechstange in seinen Fäusten, der andere hatte eine Schrotflinte über die Schulter gehängt.

Nach Aschers Anruf hatte ich beschlossen, die Lage sofort zu sondieren. In einer Seitenstraße zum Karl-Marx-Hof hatte ich den Granada mit Schwung auf einen imposanten Schneehaufen gesetzt, den ein Einfamilienhausbesitzer neben seiner Garageneinfahrt zusammengeschaufelt hatte. Auf ein Loch mehr oder weniger in der Bodenplatte kam es auch nicht mehr an. Seltsamerweise hatte es in dem ganzen Grätzel keinen einzigen regulären Parkplatz mehr gegeben.

»Legitimieren Sie sich!«, blaffte der mit dem Gewehr. Er hatte ein rundliches, zerschrammtes Gesicht mit einer schlimmen, alten Narbe über dem linken Jochbein. Ein geübter Wirtshausschläger, war anzunehmen, aber er konnte immerhin reden.

»Moment mal, seit wann ist die Harlander Müllabfuhr bewaffnet? Was ist hier los?«

»Ist wegen der Tschetschenen! Legitimieren Sie sich!«, blaffte der Schläger neuerlich, aber er nahm das Gewehr nicht von der Schulter. Die beiden Posten hatten veritable Bierbäuche und rochen nicht gerade nach Rosenwasser. Ich wollte es auf nichts ankommen lassen, zeigte ihnen meine offenen Hände und bemühte mich, möglichst harmlos auszusehen.

»Was für Tschetschenen denn? Wer sind Sie überhaupt?«

»BBH, bewaffnetes Bürgerfreikorps Harland.«

»Dann müssten Sie aber BBFH heißen.«

Jetzt hatte ich den Gewehrträger aber überfordert. Misstrauisch geworden ob solch intellektueller Verwirrungstaktik nahm er die Flinte von der Schulter und setzte zu einer vorwurfsvollen Suada an: »Wissen Sie, ich bin Abfallberater auf der Deponie. Am meisten ärgere ich mich über die Marmeladegläser, wo noch die Marillen drinpicken. Die kann ich dann einzeln aussortieren und zum Restmüllcontainer tragen. Ist das notwendig? Wenn der Mensch nur keine solche Sau wär!«

Ich bemühte mich, halbwegs interessiert zuzuhören. Immerhin hatte der Mann ein Gewehr in der Hand und ich wusste nicht annähernd, wie gut er damit umgehen konnte und vor allem, wie schnell er damit war.

»Wissen Sie, was mich freuen würde? Wenn einmal jemand ein Bild vom Nitsch bei uns abgeben würde! Sauerei! Die meisten Leute lesen zum Beispiel die Aufschrift ›Nur Alu‹ als ›Nur alles‹ hinein. Man muss sich die Leute erziehen, sonst ist ja keine Ordnung nicht. Die Frage ist: Wer versaut Österreich? Der Nitsch alleine kann es ja nicht sein.«

»Das harte Geschäft der Mülltrennung«, sagte ich vorsichtig, »aber was hat das mit den Tschetschenen zu tun? Und warum soll ich Ihnen einen Ausweis zeigen?«

»Weil Sie von uns einen Passierschein brauchen, sonst kommen Sie drinnen sowieso nicht weiter, weil die Tschetschenen eine abgemurkst haben.«

»Wo?«

»Hier. Ich wasche meine Hände im Blut, das andere vergossen haben. Die Gnade der späten Geburt.«

Ein lyrischer Müllmann, schwer bewaffnet und meschugge, dachte ich, das kann ja heiter werden. Dann kapitulierte ich vorläufig vor der Macht des Faktischen und zog meinen Handelskammerausweis aus der Brusttasche meiner Jacke. Die werden ihn zwar nicht lesen können, dachte ich, aber es sind zwei eindrucksvolle Stempel drinnen.

»Lassen Sie mir den Abgeordneten Topf schön grüßen. Ich habe einmal für ihn gearbeitet.«

Beider Mienen hellten sich schlagartig auf. Der Gewehrträger beendete sofort das angestrengte Studium meines Ausweises und strahlte mich an.

»Der ist der Gründer der BBH, müssen Sie wissen!«

»Ich weiß. Kann ich jetzt meinen Ausweis zurück haben? Ich möchte hier nicht anwachsen.«

»Der tut wenigstens was für echte Österreicher!«

»Aber sicher, der tut was.«

Der bewaffnet Gehirnamputierte, dachte ich, und schickt sie in den Krieg.

Der Gewehrträger reichte mir artig meinen Ausweis, der Neandertaler mit der Brechstange drückte mir einen schwarzen Stempel auf den rechten Handrücken. Es war eine Mischung aus Haken- und Kruckenkreuz. In was für einem Land, dachte ich, lebe ich eigentlich?

***

Jeder Durchlass, jedes Tor, jeder Innenhof, jede Einfahrt und jede Ausfahrt war von bewaffneten Doppelposten besetzt. Ich entdeckte unter ihnen meinen Briefträger, einen Installateur aus der Nachbarschaft und noch ein paar Leute, von denen ich nie gedacht hatte, dass sie je Lust dazu hätten, bei einem Pogrom mitzumachen. Die meisten trugen Straßen-, einige auch ihre Berufskleidung, fast alle jedoch auch schwarze Baseballmützen mit dem seltsamen weißen Kreuz, dieser hundsföttischen Mischkulanz. An Waffen war von großen Schraubenschlüsseln über Campingbeile und Baseballschläger bis hin zu diversen Schießgewehren fast alles vorhanden. Unterstützt durch Flachmänner und Bierdosen, die die Runde machten, herrschte unter ihnen eine gewisse Euphorie – immerhin hatten sie in einem Stadtteil quasi die Macht übernommen. Zwischen den Posten tummelten sich Schaulustige, vor allem Jugendliche, Halbwüchsige, die hemmungslos ihre Väter bewunderten, wie sie mit dem Familienstutzen à la Göring posierten. Das Marx-Stüberl war geschlossen, die Auslagen verhängt. Ich konnte nur hoffen, dass dem Wirt nichts passiert war. Im siebenten Hof, den ich zu Fuß durchwanderte, entdeckte ich einen Leichenwagen der städtischen Bestattung. Davor hielt ein Dutzend herumstehender Sicherheitswachebeamter lustlos eine kleine Schar von Schaulustigen in Schach. Ein Teil der Kollegen aß aus McDonald's-Schachteln zu Mittag und für zwei von ihnen war der Kühler des Leichenautos der Mittagstisch. Topfs BBH hielt sich hier zurück, die üblichen Doppelposten waren an der Ein- und Ausfahrt zum Hof aufgestellt, betraten ihn aber praktisch nicht. Was mich am meisten verstörte war, dass den Kieberern die Schraubenschlüssel-Schwadron offenbar völlig egal zu sein schien. Da besetzt quasi eine Miliz ein Wohnviertel, dachte ich, und denen ist das blunzen. Wo waren wir hier eigentlich, verdammt noch einmal? In Paraguay?

»Wo ist Oberleutnant Gabloner?«, fragte ich einen der Polizisten, der gerade nichts zu kauen hatte.

»Wer fragt das?«

»Der Weihnachtsmann«, antwortete ich, hielt ihm meinen aufgeschlagenen Handelskammerausweis unter die unwillige Nase und zog ihn rasch wieder weg.

»Dort oben, im zweiten Stock.«

Träge zeigte er auf einen Stiegenaufgang, wenige Meter von uns entfernt, den die Schaulustigen noch nicht entdeckt und gestürmt hatten.

Na bitte, dachte ich, geht ja, und machte, dass ich da raufkam. Niemand hinderte mich daran. Zumindest in diesem Teil Harlands war der Staat zusammengebrochen, abgelöst durch ein paar Wochenend-Schläger und vorgestrige Rabauken.

Im Stiegenaufgang fauler Dämmer, knochiges gelbbraunes Licht, vor altem Dreck fast blinde Gangfenster und ein undefinierbarer Geruch, vielleicht nach abgelaufenem Tiefkühlfleisch, nach nicht ausgeleerten Mülltonnen und nach irgendeinem Diskontparfüm.

Schon im Erdgeschoß hörte ich Gabloners Stimme: »... wenn man diesen Tschuschen die Hände zusammenbindet, können sie nicht mehr reden!«, beklagte er sich mit seinem dröhnenden Organ.

Abgesehen von seiner Stimme war nichts und niemand in diesem Stiegenhaus, außer vielleicht ein paar Schatten, die toten Seelen der einstigen Bewohner.

»Sie können da nicht rein, Miert! Der Chef ...«, maulte Ascher, der im zweiten Stock gegen einen Türrahmen gelehnt Posten schob.

Ich ignorierte ihn und ging neben ihm in die Knie. Ein älteres Zylinderschloss, das jedes Kind mit einer Zuckerzange abdrehen hätte können. So weit stand der Zylinder aus der Füllung hervor, fast zwei Finger breit. Aber auf dem Zylinderkopf gab es keinerlei Kratzspuren, ebenso wenig rundherum auf dem Türblatt. Die Klinke ließ sich ganz lege artis herunterdrücken, die Wohnungstür war auch nicht ausgehebelt worden, mit einem Brecheisen etwa, die Tür war vollkommen unversehrt und unversperrt.

»Vergessen Sie die Telefonzelle. Da draußen ist der halbe Reichsparteitag. Holen Sie mich lieber vom Dachboden, wenn es so weit ist«, sagte ich zu Ascher und machte, dass ich im Stiegenhaus drei Stockwerke höher kam. Dort setzte ich mich vor die Tür zum Dachboden und wartete.

***

Auch Ascher hatte den Stempel am Handrücken. Damit hatte der Staat kapituliert. Mir war nicht nach Reden zumute. Ascher war fast ebenso einsilbig.

»Sie sehen ja, wir haben die Kontrolle verloren. Es ist sogar ein Befehl herausgekommen, dass wir sie nicht entwaffnen dürfen«, sagte er dann doch.

Ich war baff.

»Was sagt der Stadtpolizeikommandant dazu?«

»Der urlaubt auf Madeira und wird sich hüten, vorzeitig zurückzukommen.«

Was für ein Tag, dachte ich, was für ein Advent!

Wir standen vor der bewussten Wohnungstür im zweiten Stock. Ascher öffnete, ich schob mich kommentarlos an ihm vorbei.

Dahinter roch ich schon den Gevatter.

Blut. Eine Menge Blut.

Seit ich aus dem Sicherheitsbüro entfernt worden war wie ein Geschwür, hatte ich diesen Geruch nicht mehr aus der Nase bekommen. Manchmal wusste ich nicht mehr, ob ich ein Mensch war oder ein Bluthund.

Der Wohnungsflur war vielleicht vier, fünf Meter lang und mit einem dünnen Patchworkteppich ausgelegt, billige Meterware ebenso wie die Blümchentapete. An den Wänden hingen kleine Trockenblumengestecke, Biedermeier-Sträußchen nannte man das wohl, wenn ich mich nicht irrte. Es gab auch noch eine Kleiderablage aus drei Messinghaken mit Katzenköpfen an der Wand, daran hing eine dicke, gelbgrüne Winterjacke, und darunter standen zwei Paar braune, unauffällige Straßenschuhe.

Der Gang war für meine Verhältnisse klaustrophobisch eng. Die erste Tür ging nach rechts in ein kleines Badezimmer ab.

***

Am Rand des Waschbeckens stand ordentlich ein blauer Plastik-Zahnputzbecher – halbvoll mit gestocktem, braunrotem Blut. War am Rand des Gefäßes tatsächlich der blutige Abdruck einer Unterlippe zu erkennen? Oder irrte ich mich da in grauenvollster Weise?

Gefrühstückt hatte ich ja nur wenig, aber auch dieses Wenige drohte jetzt wieder hochzukommen.

»Er hat sie hier erwischt – beim Zähneputzen oder so – und auseinandergeschnitten wie eine Torte. So etwas wie den Zustand dieses Badezimmers habe ich noch nie gesehen«, murmelte Ascher, auch er mit einem Gesicht wie bei einem akuten Gallenblasen-Katarrh.

Das Blut, das über den hellblauen Keramikboden, die grauweißen Wandfließen, die Verkleidung der Duschecke, den Spiegel über dem Waschbecken, die paar weißen Badezimmerkästchen und gestapelten Handtücher geflossen, geronnen, gespritzt, gestürzt, ja geradezu explodiert war, war hellbraun, ocker gemischt mit der Farbe vielleicht von Blümchenkaffee, zäh und eingetrocknet.

Mit einem kurzen Blick in dieses Badezimmer hatte ich für heute genug gesehen. Es reichte. Es reichte vollauf. Auch wenn mir klar war, dass man sich als Detektiv in gewisser Weise von diesem Blut nährte. Wenn es nur Eierdiebe und

Falschparker auf der Welt gäbe, würde es mich und meinesgleichen nicht geben. Kleinere Sünden wie Versicherungsbetrug und Veruntreuung raubten heutzutage keinem mehr den Schlaf, Zuhälter und ihre Pferdchen traten rudelweise im Fernsehen auf und gaben Lifestyle-Tipps, und intelligentere Hochstapler waren fast ebenso schick wie Haubenköche, Promifriseure und eloquente Edelnutten. Für die besseren Herrschaften, etwa für Parlamentarier, Fernsehmoderatoren, aber auch für diplomierte, leitende Sozialarbeiter mit Zusatzmagisterium in Sonder- und Heilpädagogik war der Teufel sowieso nur mehr ein peinlicher Anachronismus in einer rundum planbaren Welt. Für uns dagegen, die wir das tote Fleisch aufzusammeln hatten, war der Teufel so real wie Dosenbier.

***

Hier im Wohnzimmer habe die Truppe erst einmal Kriegsrat gehalten, erzählte Ascher. Wir saßen auf zwei Fauteuils, die es im Raum gab, ehedem vielleicht einmal azurblau, aber nun verschlissen und mit einem zarten Schleier aus Staub und Verlassenheit bedeckt.

Schneiden muss man, kam mir völlig überflüssigerweise ein Sprichwort in den Sinn, wenn Schnitt ist.

Das Opfer heiße Anna Nimetz, Nimetz mit kurzem i, lebe von der Sozialhilfe und vielleicht auch ein bisschen von unangemeldeter Gelegenheitsprostitution, berichtete Ascher weitere Fakten, die seine Kollegen zusammengetragen und bei der Dienstbesprechung präsentiert hatten. In der Wohnung sei nur sie gemeldet. Nur eine Zahnbürste.

Der Teufel, dachte ich, steckt nicht in magersüchtigen Hysterikerinnen und ländlichen Epileptikerinnen, wie die Kirche seit dem Mittelalter vermutet, sondern in den glatten, erfolgreichen Gesichtern. Überhaupt steckte er wohl eher nicht in den Frauen, sondern angeblich im Detail und sicherlich in vielen Männern. Wenn man sich die Belegung der Kerker dieser Welt so ansah, dann waren die kleineren Sünden in der Regel weiblich, die Schwerverbrechen aber eine eindeutige Domäne der Schniedelträger. Kaum eine Frau, dachte ich, es sei denn eine Chirurgin, schneidet jemals einem anderen Menschen bei lebendigem Leibe die Leber heraus. Und so etwas auch noch sexuell erregend zu finden, konnte auch nur einem Testosteron-Ausscheider einfallen.

Gabloner, erzählte Ascher weiter, sei vor allem an diesem Dragutinovic interessiert gewesen, der gestern in der Nacht beim Polizeinotruf angerufen und die Sache ins Rollen gebracht hatte. Die Sicherheitswache habe einen Streifenwagen vorbeigeschickt, Dragutinovic sei schließlich mit einem Nervenzusammenbruch im Krankenhaus gelandet. Für Gabloner, erzählte Ascher weiter, sei der Anrufer Verdächtiger Nummer eins, Wohlschlager schiebe bereits vor seinem Krankenzimmer Wache. Ansonsten gehe Gabloners Theorie B über den Täter davon aus, dass der Tatort an einer Transitroute, an der Stadtautobahn, liege und dass in der Wohnung ein grünlicher, irgendwie ausländischer Zigarettenfilter gefunden worden sei. Also ein durchreisender Täter, also eine Fahndung über Interpol.

Wer dieses wahnsinnige Gemetzel angerichtet hat, dachte ich, ist wahrscheinlich so gestört, dass er nicht einmal mehr ein Auto richtig lenken kann. Geschweige denn noch groß herumreisen auf irgendwelchen Transitrouten. Der ist doch von hier, dachte ich, irgendwo aus diesem verdammten Grätzel, während ich abermals Übelkeit in mir hochsteigen spürte.

Ascher war dagegen voll und ganz davon überzeugt, dass Gabloner richtig lag.

Dass die Aristotelische Logik, dachte ich, in der Kriminalistik eine große Hilfe wäre, ist nicht mehr als ein von höheren Stubenjuristen aufgebrachtes Gerücht. Die meisten Ermittlungen verlaufen ungefähr so logisch und stringent wie das Kochen nach einem Rezept in einer Schrift, die man nur zum Teil oder gar nicht lesen kann. Das wusste ich schon seit vielen Jahren, konnte es aber immer noch nicht recht glauben.

***

Recht viel mehr hatte mir Ascher nicht mehr erzählen können. Es gab in der Wohnung keine Tatwaffe, im Haus keine Zeugen und die üblichen Verdächtigen, also etwaige Rumänen oder Moldawier. Immerhin konnte sich der Spurensicherer über einige blutige Schuh-, Hand- und Fingerabdrücke freuen, und die stammten seiner Ansicht und seinem mit der Lupe bewehrten Auge nach von mindestens zwei Personen, also mit einiger Wahrscheinlichkeit von Täter und Opfer. Gabloner war alsbald mit Wohlschlager, offenbar seinem neuen Favoriten, im Schlepptau abgerauscht und der Rest der Truppe hatte sich danach rasch verlaufen, nur raus aus der Horror-Wohnung. Es war ja auch längst Mittagszeit und die meisten verfügten wohl über einen robusten Magen, erzählte Ascher noch.

Nachdem er die Wohnung versperrt und mit ein paar Klebestreifen mit dem Wappen der Republik versiegelt hatte, blieben wir auf der Treppe im zweiten Stock noch eine Weile stehen.

»Ist Gott ambivalent?«, fragte er mehr sich selbst denn mich, »trägt er eine Teufelslarve am Hinterkopf, allzeit bereit zum Guten wie zum Bösen wie Brahma?«

»Der Teufel ist vielleicht nur ein personalisiertes, fratzenhaftes Symbol für das Böse, und was das Böse wirklich ist, weiß keiner – und jeder«, antwortete ich ebenso ratlos wie Ascher und der Rest der Menschheit.

»Ich habe vor vier Jahren, zwei Monaten und sieben Tagen aufgehört, aber jetzt würde ich gerne eine rauchen! Wirklich gerne!«, sagte Ascher.

»Das ist der Schlitzer nicht wert.«

»Der Teufel ist vielleicht ein Nichts, nicht mehr als das Nichts, die Leere, die Abwesenheit von Liebe, die Einsamkeit, in der wir alle – die einen früher, die anderen später – versinken wie Muscheln im Sand.«

»Wie sind Sie nur in diese Abteilung geraten?«, fragte ich.

»Das war witzig – und auch wieder nicht: Ein Schulfreund wollte sich nach der Matura beim Sicherheitsbüro bewerben, hat sich aber nicht so recht hingetraut zum ersten Vorstellungstermin. Bin ich halt, von der Uni am Schottentor zum Schottenring ist es ja nur ein Katzensprung, als seelische Unterstützung mitgegangen – und hab seinen Job bekommen.«

»Wie das Leben halt so spielt … mit uns«, antwortete ich.

»Und wie sind Sie zu Ihrem Gewerbe gekommen?«

»Die Geschichte würden Sie mir nicht glauben, Ascher«, sagte ich und begann langsam die Treppe hinabzusteigen.

Mit einem Mal wurde mir auch klar, dass es in Gabloners Abteilung gar keinen Ascher gab. Mit wem ich da gerade plauderte, wusste ich eigentlich nicht, möglicherweise war es Ballwein. 0669/6365611 war auch niemals die Nummer eines Diensthandys des Stadtpolizeikommandos. Das Ganze war nicht einmal unschlau inszeniert, dachte ich. Wenn mich Gabloner am Wickel hätte und mir ordentlich Druck machte, könnte ich nur den Namen eines Maulwurfs verraten, den es in seinen Reihen gar nicht gab, und die Nummer eines anonymen Wertkartenhandys.

***

»Ich gehe über die Dachböden. Damit man uns nicht zusammen sieht«, hatte Ascher noch gesagt. Die Tür zum Stiegenaufgang im Erdgeschoß war verschlossen gewesen. Er hatte sie mit einem altertümlichen Schlüssel geöffnet und hinter mir sorgfältig zugesperrt.

Der Leichenwagen war aus dem siebenten Hof verschwunden, ebenso die uniformierten Polizisten. Zwei BBH-Posten standen noch in der Ausfahrt herum. Auch die meisten Schaulustigen waren längst abgezogen. Nur ein Fähnlein von drei Aufrechten schielte aus der Weite des Hofes zu mir herüber, als ich mich in Bewegung setzte. Einer der drei Kiebitze, der kleinste und jüngste des Trios, ein irgendwie drahtiges Kerlchen in Polohemd, dicker Winterjacke und brauner Schnürlsamthose, erwies sich als besonders lästig, er folgte mir wie ein Pinschpudeldackel. Im nächsten Hof war es mir zu viel. Ich blieb stehen und ließ ihn herankommen.

»Gibt es hier irgendwo einen Hausmeister?«, fragte ich ihn und zeigte rasch meinen Handelskammerausweis.

»Was ist los?«, antwortete der Kiebitz aufgeregt. »Kann man rauf und ein bisserl schauen, Herr Inspektor?«

Ich beließ ihn in seinem Irrtum. Man konnte nie wissen, wozu man das bisschen angemaßte Amtsautorität noch brauchen konnte.

»Die Wohnung ist versiegelt, und wenn Sie das Siegel brechen, machen Sie sich strafbar. Sie wären übrigens garantiert der Erste, auf den wir kommen würden!«

»Dann sagen Sie mir wenigstens, was los ist!«

»Nichts ist los, außer dass die Frau Nimetz tot ist. Tot wie ein Sargnagel. Und wir suchen ihren Mörder. So einfach ist das Ganze.«

»Haben Sie schon einen Verdacht?

»Was die Kriminalistik betrifft, bin ich ein Anhänger der so genannten Fleischlaberltheorie. Also Vorsicht, Rücksicht, Nachsicht mit voreiligen Verdächtigungen – man weiß nämlich nie, was in einem Fleischlaberl wirklich drinnen ist.«

»Klingt logisch.«

»Und wo finde ich jetzt den Hausmeister?«

»Das ist der Wegscheider von der Vierer-Stiege.«

»Und wo bitte ist die?«

»Das ist jetzt nicht einmal leicht zu erklären …«

Ich hätte jetzt gute Lust gehabt, mich in einen dieser Höfe zu setzen und einen großen, einen wirklich großen Bordeaux zu trinken – wenn es denn sein musste, sogar aus einem Zahnputzbecher aus Pressglas und mit der Flasche zwischen den Knien. Stattdessen trabte ich hinter dem Kerl in der Schnürlsamthose her. Der hatte, wie mir jetzt auffiel, kleine, harte Messerstecherhände. Oder, fragte ich mich, beginne ich schon zu spinnen?

»Wirklich gut kennen Sie sich aber hier nicht aus, nicht wahr? Sind Sie überhaupt von da?«, fragte ich.

»Eh klar. Der Wegscheider ist sogar weitschichtig verwandt mit mir«, erwiderte der Kiebitz stolz.

»Dann werden Sie ja auch wissen, wo der wohnt!«

»Eh klar!«

***

Nicht mehr als ein riesiger, braungrauer Stein- und Ziegelhaufen mit schmutzigweißen Schneekappen auf seiner schier unendlichen Dachfläche, das war der Karl-Marx-Hof, in dem wir dann schließlich doch Wegscheider beziehungsweise seine Wohnungstür fanden. Eine Erdgeschoßwohnung auf einer Stiege, die schmierig und unbelebt aussah. An den meisten Türen waren keine Namensschilder mehr. Bevor ich klingelte, gelang es mir noch, meinen kleinen Fremdenführer zu verscheuchen, ohne allzu viel Unhöflichkeit anwenden zu müssen.

Der Hausmeister war ein vom Alter her undefinierbarer, mürrischer Mann mittlerer Größe in einem blau-weißen Trainingsanzug. Fleischgewordene Misanthropie hatte seine Gesichtshaut in derbe Falten gelegt. Auch nachdem ich meinen Ausweis gezückt, meine langen Lächelzähne gebleckt und mich vorgestellt hatte, bat er mich nicht in seine proletarisch-kleinbürgerliche Wohnhöhle, sondern stand mir über der Türschwelle mürrisch Rede und Antwort. Über die Geschehnisse und den blutigen Leichnam ein paar Stiegen weiter wusste er bereits einigermaßen Bescheid.

»Vor hundert Jahren war es ein Privileg, hier im Karl-Marx-Hof zu wohnen, aber heute!«, sagte er. »Und so viele Wohnungen stehen leer.«

»Wissen Sie, welche?«

»Seit die Bahn alles verkauft hat, weiß ich nichts mehr. Ich weiß nur, dass es allein in meinem Block sechsundachtzig Zimmer-Küche-Wohnungen gibt, die meisten mit den Fenstern zur Mariazeller Straße – mit sechs Spuren und dem halben Fernverkehr zwischen Tschechien und dem Balkan, da zieht kein Junger mehr ein. Fast nur mehr alte Leute, die sterben jetzt weg, und die Immobiliengesellschaft aus Wien, die den ganzen Krempel aufgekauft hat, freut das. In ein paar Jahren gibt es hier nur mehr ein Einkaufszentrum wie überall, ein Motel für Fernfahrer, irgend so ein Truck-Center und Tankstellen. Ah ja, ein Puff werden sie sicherlich auch noch bauen.«

»Und wer weiß was, wer hat noch den Überblick über die leerstehenden Wohnungen?«

»Ich weiß wie gesagt gar nichts mehr. Ich bin gekündigt. In einer Woche läuft meine Kündigungsfrist aus, dann bin ich weg. Die aus Wien meinen, die Alten sollen sich den Schnee halt selber kehren, die Ölkessel selber heizen und die Stiegenhäuser selber aufwischen, dann sterben sie womöglich schneller. Ich war bei der Arbeiterkammer, die haben mir immerhin noch siebenhunderfünfzig Euro mehr Abfertigung rausgeschlagen, aber ändern können sie auch nichts. Der Karl-Marx-Hof ist erledigt. Freundschaft.«

In Zeiten wie diesen, da die ehedem gewaltige Eisenbahnwerkstätte mit wenigen Dutzend Ingenieuren und Arbeitern, aber hunderten Maschinen das Auslangen fand, war der Karl-Marx-Hof tot. Aber er hatte wenigstens noch ein Gesicht, dachte ich. Mochte es auch ein altmodisches, gedrungenes sein, ein Relikt abgestandener, gescheiterter Ideen, naiver Staatskapitalismus auf der einen, rücksichtsloser Kollektivismus auf der anderen Seite, die heruntergekommene Fratze einstigen Fortschritts, die sich in seinem massigen Baukörper, seinen billigen Ornamentierungen, primitiven Pilastern, klaustrophobischen Gemeinschaftswaschküchen und kargen Höfen architektonisch widerspiegelte. Aber es war wenigstens ein Gesicht, eine Richtung, etwas nicht so leicht Verwechselbares – das konnte man von den Schlafsilos und Trabantenstädten unserer Tage nicht gerade sagen.

Bevor der Hausmeister die Tür vor meiner Nase zumachte, erwähnte er beiläufig noch zwei zerschnittene Katzenkadaver, die er vorige Woche gefunden und in der nächsten Mülltonne begraben hatte. Schlagartig wurde mir bewusst, dass Gabloner mit seiner an einem exotischen Zigarettenstummel herbeigezogenen Theorie vom durchreisenden

Rumänen-Täter danebenlag, absolut daneben! Der Schlitzer hatte geübt, und zwar hier!

Ich muss, dachte ich, zurück zum Wagen, ich brauche dringend das Handy, das ich wieder einmal im Handschuhfach vergessen habe.

* * *

Die Dachböden seien, wie er es sich gedacht habe, untereinander verbunden, erzählte mir Ascher am Telefon. Das ärmliche Gerümpel von hundert Jahren und immer wieder wilde Taubenschläge, Schlafplätze von Fledermäusen, verlassene Rattengelege, Mardernester, vorbeihuschende Katzen, ausgetrocknete Tierkadaver.

»Sind Sie noch immer da oben? Passen Sie bloß auf, dass Sie dem Schlitzer nicht über den Weg laufen.«

»Spielen Sie sich bloß nicht als Profiler auf, Miert. Wenn Sie wüssten, wer unser Schlitzer ist, könnten Sie im russischen Nationalzirkus als Wahrsager auftreten.«

Irgendwie hat er ja recht, dachte ich. Ich war nichts Besonderes. Leute mit breiten Schultern und schlechten Manieren, die ihre fünf Sinne halbwegs beisammen hatten, gab es wie McDonald's-Verpackungen im Müll. Ich konnte nicht einmal richtig schießen. Die einzigen geheimen Daten, die ich beschaffen könnte, waren mein Zahnbefund und mein Kontostand. Aber für den Fall des Schlitzers, davon war ich fest überzeugt, war ich der Beste, den man in Harland kriegen konnte.

»Wie schafft man es, die Diebstahlsanzeigen der letzten Jahre aus dem Grätzel rund um den Karl-Marx-Hof einzusehen?«, gab ich noch nicht auf.

»Vergessen Sie es.«

»Wieso?«

»Na, weil die meisten, die allermeisten Anzeigen in den peripheren Wachzimmern liegen. Nämlich von kleineren Sachen, die die Sicherheitswache allein erledigen konnte, also ohne uns. Zeitungsklau, Mundraub, Schlägereien ohne gröbere Verletzungen, Ruhestörung, mutwillige Alkoholisierung und so weiter. Größere Diebstähle oder halt Anzeigen, bei denen die uniformierten Kollegen nicht weitergekommen sind, landen natürlich bei uns. Diese Akten hat aber jeder einzelne Sachbearbeiter separat abgelegt, in seinem Handapparat oder auch elektronisch. Und wenn die Sache einmal die Staatsanwaltschaft passiert hat und gerichtlich abgeschlossen ist, ist die Lebensdauer dieser Bestände nicht allzu lang. Alle paar Monate wird skartiert – die kleinen Büros, müssen Sie wissen.«

»Soll das heißen, dass es kein zentrales Archiv gibt?«

»Exakt.«

So ein Saustall, dachte ich, die arbeiten ja wie in der frühen Neuzeit.

***

Das für den Karl-Marx-Hof zuständige Wachzimmer war ein paar Gassen weiter in einer hofseitigen Erdgeschoßwohnung in einem kleineren Mietshaus untergebracht. Wenn man es betreten wollte, musste man zuerst einen Slalom durch diverse Mülltonnen und Kinderfahrräder im Flur absolvieren. Es war seit Jahren, hatte Ascher gesagt, nur mehr mit einem älteren Revierinspektor besetzt. Das Aufregendste, was sich dort je zugetragen hatte, war gewesen, dass sich dessen Vorgänger beim Waffenreinigen einen Daumen weggeschossen hatte.

Ich fand die winzige Wachstube tatsächlich besetzt vor, allerdings nur mit einer Putzfrau in einem grün-blauen, ausgewaschenen Kittel, die auf dem einzigen Schreibtisch breite Scheiben Käswurst von einer imposanten Stange abschnitt und dazu ebenso imposante Essiggurken aus einem Glas auf dem Dienstlaptop und einen Dreiviertellaib Roggenbrot auf irgendwelchen Papieren daneben aß. Ein Kofferradio plärrte einen angejahrten deutschen Schlager – *Fiesta mexikana.* Mein Gruß wurde mit heftigen Kaubewegungen erwidert und auf meine Frage nach Revierinspektor Gruber deutete sie mit einem nicht weniger imposanten, riesigen Brotmesser auf eine weiß gestrichene Tür, die zu einem Nebenzimmer oder zur Diensttoilette oder zu was weiß ich führte.

***

Es handelte sich wahrscheinlich um so etwas wie ein Verhörzimmer, ursprünglich wohl das Kinderzimmer dieser ehemaligen Wohnung, weil es keine zweite Tür hatte. Nun klebte zwar kein Blut an den Wänden, aber es war auch nicht gerade das Boudoir der Madame Bovary. Ein Spanplattentisch, mehrere massive Holzsessel ohne Polster und ein paar Urkunden, Plaketten und Wimpel des Harlander Polizeihundesportvereines an den Wänden. Auf einem Sessel lag, jedenfalls mehr als er saß, der Herr Revierinspektor in voller Uniform und Adjustierung, unbewegt, stumm wie eine Regentonne, und starrte Löcher in eine Urkunde. Ich schätzte ihn auf Mitte fünfzig. Vor ihm auf dem Tisch standen ein Glas und eine Flasche Inländer-Rum, deren Inhalt schon bedenklich zur Neige ging.

Auf meinen Gruß zuckte er nicht einmal mit einer Wimper. Vielleicht schlief er auch nur mit offenen Augen seinen Rausch aus.

»Eine Ruh' muss sein, oder ich fass die Pumpgun aus!«, ließ er sich plötzlich vernehmen.

Ich glaubte zu erkennen, dass er keinen Waffengurt trug.

Na ja, hoffentlich.

Ich zeigte schnell meinen Handelskammerausweis und stellte mich als Spezialfahnder des Innenministeriums vor, was ich irgendwie ja auch war, wenn auch nicht offiziell. Dabei sprach ich möglichst langsam und versuchte, jedes Wort überdeutlich zu artikulieren. Etwas mühsam für einen Österreicher, noch dazu mit meinem Mundwerk.

»Das Ganze – ruht!«, war alles, was ich von ihm als Antwort zu hören bekam.

»Bald faulen d' Akten …«, murmelte er noch.

Bevor es mir endgültig zu dumm wurde, nahm ich ihm die ohnehin schon fast leere Flasche weg.

»Wer braucht schon Miss-Wet-T-Shirt-Wettbewerbe?«, brabbelte der Kollege weiter und starrte sehnsuchtsvoll auf die Flasche in meiner Hand.

Ich ging zur immer noch jausnenden Putzfrau hinaus und bestellte relativ imperativisch starken, schwarzen Kaffee, jede Menge davon.

»Er ist nicht immer so. Wirklich«, sagte sie, »aber morgen sperren sie das Wachzimmer hier zu. Sein Wachzimmer.«

»Sparen heißt es. Sagen jedenfalls die Großkopferten«, setzte sie hinzu.

»Was wird mit ihm?«

»Er wird, glaube ich, Imker bei seinem Schwager, Imkergehilfe.«

Eigentlich beneidenswert, dachte ich. Aber das sagte ich nicht.

»Und was wird aus Ihnen?«

»Dreck gibt es überall. Nicht nur bei der Kieberei. Wollen Sie vielleicht auch eine Scheibe Käswurst und ein Gurkerl?«

»Bevor ich mich schlagen lasse …«, antwortete ich.

***

Mit je einem Dreiviertelliter Rum und Kaffee, die relativ rasch durch seine Kehle geflossen waren, klang Revierinspektor Gruber ein bisschen wie ein depressiver Dean Martin mit Polypen.

»Sie sind vom Fach, ich respektiere das«, sagte er und schüttete noch einmal schwarzen Kaffee aus einer riesigen Glaskanne in ein großes Häferl, eigentlich eine kleine Suppenschüssel, auf der in Blockbuchstaben THE BOS stand, das zweite S war ausgeschlagen, »aber ich müsste Ihnen gar nichts mehr sagen an meinem letzten Tag.«

»Ich respektiere das ebenfalls.«

»Das war einmal eine schöne, ruhige Gegend, müssen Sie wissen.«

»Hat es hier in letzter Zeit Fetischdiebstähle gegeben?«

»Fetisch was?«

»Sind Ihnen Diebstähle von Wäsche oder Schuhen gemeldet worden, Damenschuhe, Slips, BHs, Tops? Diebstähle von der Wäscheleine quasi?«

»Solche Kleinigkeiten zeigt doch hier niemand mehr an, ist sowieso aussichtslos.«

»Sind Haustiere verschwunden?«

Irgendwie war dieser ekelhafte Mord, dachte ich, ja auch eine Bestätigung dafür, dass es falsch war, hier alles zuzusperren, das Wachzimmer, das hiesige Postamt, die Eisenbahner-Lehrwerkstätte, ja den ganzen Karl-Marx-Hof, dass es falsch war, die ganze Gegend preiszugeben. Aber Politiker waren eben Menschen, die sich unentwegt bemüßigt fühlten, sich ungebeten in die Angelegenheiten anderer einzumischen und Verträge zu Lasten Dritter abzuschließen. Politik war keine Kunst, wie fälschlicherweise immer behauptet wurde, sondern ein Handwerk mit unbestimmter Lehrzeit und fehlender Befähigungsprüfung.

»Da verschwinden doch andauernd welche, verlaufen sich, die Mistviecher – was ich schon Katzerln suchen gegangen bin, weil mich die Leute angesudert haben!«

Viel mehr war aus Revierinspektor Gruber im Moment nicht herauszubringen. Auch nicht, wenn ich ihm noch zehn Liter Bohnenkaffee eingeflößt hätte.

***

Ich war noch immer im Grätzel um den Karl-Marx-Hof unterwegs, ich war auf den Beinen, ich war noch nicht tot. Vom Handy aus rief ich das Seniorenwohnheim an. Eine ältere Frauenstimme erklärte mir, dass Frau Lephart momentan nicht in ihrem Zimmer sei. Und Handys wären im Haus verboten. Wegen der Beatmungsgeräte. Langsam war es höchst an der Zeit, dachte ich, mich nach einem anständigen Lokal in der Gegend umzusehen. Morde machen mächtig hungrig, mich jedenfalls, aber das will nichts heißen, ich könnte praktisch andauernd essen.

»Heddy's Bistro«, auf das ich schließlich stieß, lag neben dem Karl-Marx-Hof in einer nicht allzu befahrenen Seitenstraße. Das war, wie sich herausstellen sollte, insgesamt das Beste, was man über diese gastronomische Einrichtung sagen konnte. Denn die mir servierte Knoblauchcremesuppe hatte wohl keine einzige Knolle, sondern nur Industriekonzentratpulver gesehen. Das Rindsgeschnetzelte war zäher Matsch und die Nudeln konnte man höchstens lutschen, nicht beißen. Als abschließend als Krönung des Ganzen der Mohr im Hemd kam, war er keine Mehlspeise, sondern ein Briefbeschwerer. Die Mikrowelle, dachte ich, der eigentliche Grund für den Untergang des Abendlandes.

Zu allem Überfluss erwischte mich auch noch eine kleine, blöde Sehnsucht nach Pia, während ich einen lauwarmen Roten Veltliner, Marke Rabiatperle, nach zwei Schlucken stehen ließ. Das Lokal würde ich mir merken. Allein deswegen, um es nie wieder aufzusuchen. Das Beste an uns Menschen war eben unser Gedächtnis. Ohne es wären wir nicht mehr als Bakterien und würden auf jedes desaströse Wirtshaus hundertmal hereinfallen.

Der Mensch, räsonierte ich, während ich für den Fraß auch noch bezahlen musste, war mittlerweile imstande, sich selbst zu klonen, auf dem Marsboden nach gefrorenem Kohlendioxid zu bohren und auf seinen Computern beinahe wie Gott zu kombinieren – aber das Essen war nicht unbedingt besser geworden. Ganz im Gegenteil. Ein Liter Milch beispielsweise aus einem Stall im Ort X wurde zuerst durch halb Europa und diverse Fabriken und Kühlhäuser kutschiert, um dann nach mehreren Tagen zum Beispiel wieder in X anzukommen – und wie gebrauchter Schaumgummi zu schmecken. Die fachlichen Leistungen eines Gastwirtes oder eines Kochs bestanden heutzutage vor allem darin, diverse Mikrowellenherde bedienen zu können; die Speisen kauften sie sowieso fix und fertig im Gastrogroßmarkt. Weil fast alle durch die Industrie behandelten Lebensmittel eigentlich nach nichts mehr schmeckten, waren Millionen von chemischen Zusatzstoffen erfunden worden. Und weil in den Supermarktregalen alles wochen-, wenn nicht monatelang halten musste, noch Abermillionen von Konservierungsstoffen dazu. Besonders die Amerikaner aßen eigentlich gar kein Essen, keine tierischen und pflanzlichen Produkte mehr, sondern ernährten sich aus dem Chemielabor. Millionen von Menschen wurden geboren, die niemals wissen würden, wie kuhwarme Milch schmeckte oder geröstete Leber eine halbe

Stunde nach dem Schlachten oder Speck ohne Nitrite und Nitrate oder gar Kirschen direkt vom Baum. Wenn das der Fortschritt war, dachte ich.

Anschließend versuchte ich am WC etwas von dem loszuwerden, was in »Heddy's Bistro« als Essen verkauft wurde, aber eine solche Schnellpassage schaffte nicht einmal mein kampferprobter Darm.

Plötzlich war Zandl in der Leitung.

»An welchem Ort sind Sie? Können Sie reden?«

»Von einem Ort kann man hier im wahrsten Sinne des Wortes reden«, antwortete ich der blasierten Stimme. »Allerdings im Diminutiv oder mit dem Präfix Ab-. Außerdem kann ich, wenn Sie wollen, öfters die Spülung ziehen.«

»Halten Sie mir bloß keine Vorlesung«, replizierte Zandl gelangweilt wie ein bourbonischer Prinz aus dem achtzehnten Jahrhundert.

Richtig, dachte ich, was könnte ich dem Kerl schon groß beibringen, der ist sowieso gerissener als ich, und zwar gleich um mehrere Hausecken.

»Von unserem Schlitzer haben Sie schon gehört?«

»Schon, aber ich bin mit Verlaub gerade bei einem kleinen Imbiss. Carpaccio vom steirischen Weiderind mit Trüffelchen. Ich würde mir nur ungern den Appetit verderben lassen.«

»Pardon, aber Gabloner trifft in diesem Mordfall mit traumwandlerischer Sicherheit die falschen Entscheidungen und lässt den Schlitzer in Bulgarien suchen statt in Harland. Sie müssen Ihre Leute alarmieren und das BKA einmarschieren lassen!«

Da lief ein potentieller Serienmörder frei herum, und ich konnte mir nicht sicher sein, ob dieser fabelhafte Dr. Zandl das überhaupt kapierte.

»Ich denke überhaupt nicht daran, Miert. Wenn Gabloner der Fall über den Kopf wachsen sollte, umso besser. Das kann nur gut für uns sein«, schmatzte der famose Dr.-Hans-Dampf-in-allen-Gassen in sein Telefon.

Ich war baff und konnte zunächst ob einer solchen Infamie nichts, aber auch überhaupt nichts antworten. Erst einen Zandl'schen Bissen später hatte ich mich ein wenig gefasst.

»Sie wollen also ruhig zusehen, wie möglicherweise eine Frau nach der anderen in ihre Einzelteile zerlegt wird? Das wollen Sie? Das wollen Sie wirklich?«

»Seien Sie kein Angstbeißer, Miert! Beruhigen Sie sich, verdammt noch einmal!«

»Aber ich will mich nicht beruhigen!«, keuchte ich ins Telefon.

»Außerdem sind Sie kein Prophet! Wenn Sie wüssten, wer der Schlitzer ist, könnten Sie im bulgarischen Nationalzirkus als Wahrsager auftreten.«

Oha, dachte ich, da wird aber schnell rapportiert.

»Wenn schon, dann im russischen Nationalzirkus. – Mit Ihrem Ascher haben Sie mich auch angeschmiert. Ballwein, nicht?«, sagte ich leise und konzentriert.

Zandl lachte amüsiert in sein Telefon. Dann nahm er noch einen Bissen.

»Jetzt haben Sie sich nicht so, Miert, war ja nur zu Ihrem eigenen Schutz.«

»Und die Handwerker-Miliz, die in Harland ungehindert herumstolzieren und herumkommandieren kann wie der Hahn am Mist? Ist das kein Grund, um einen ranghohen Offizier des Stadtpolizeikommandos wie Gabloner in die Wüste zu schicken?«

»Kein Kommentar.«

»Was heißt das?«, hakte ich nach.

»Inoffiziell, höchst inoffiziell heißt das, dass diese Regierung vielleicht schon bald einen neuen Koalitionspartner brauchen wird und deshalb selbst so schwer gestörte Leute wie den Abgeordneten Topf zunächst einmal gewähren lässt. Lesen Sie keine Zeitungen, Miert?«

»Nicht, wenn es sich vermeiden lässt. Und der Innenpolitik-Teil lässt sich fast immer vermeiden. Da lese ich ja lieber noch Fachliteratur über Zerfallsprozesse menschlicher Leichname und Madenkunde«, sagte ich.

»Es wird Ihnen auch beim zweiten Anlauf nicht gelingen, mir meine kleine, aber feine Mahlzeit zu verderben«, amüsierte sich Zandl wiederum.

»Wie stehen Sie eigentlich zur Tschetschenen-Jagd von Topf und Konsorten?«

»Das steht hier nicht zur Debatte! Konzentrieren Sie sich lieber auf Ihre Aufgabe. Viel Fleisch haben Sie mir ja bisher nicht zu bieten gehabt, mein Carpaccio ist da wesentlich saftiger«, kehrte der fabelhafte Zandl den Auftraggeber heraus.

Eigentlich, dachte ich, ist der Kerl nicht mehr als ein Haufen parfümierter Dreck.

»Sie können sich ja jederzeit einen anderen Spitzel suchen ...«

Dann zog ich die Spülung und betätigte den Ausknopf am Handy. Ein gewiefter Taktiker bin ich noch nie gewesen und meine Art der Kundenbetreuung grenzte für gewöhnlich hart an pubertäre Flegelhaftigkeit.

Eines war mir aber jetzt klar: Im schlimmsten Fall hatte ich Gabloner alleine im Genick. Von Zandl jedenfalls und seiner Partie war nur wenig bis gar keine Rückendeckung zu erwarten. Mein Rücken und der Siegfrieds waren praktisch nicht mehr zu unterscheiden, ungeschützt und bloß. Bloß hatte ich wahrscheinlich mehr Fett über den Rippen und hoffentlich eine härtere Haut.

Wieder klingelte das Handy, Zandl ließ sich nicht abschütteln.

»Übrigens, wenn Sie nicht spuren, Miert, erfährt Gabloner, dass Sie auf ihn angesetzt sind! Und dann gnade Ihnen Gott!«

»Damit würden Sie wahrscheinlich auch Ihren Mann, Ballwein, opfern!«

»Eh schon wissen, Miert: Man liebt den Verrat, aber nicht den Verräter.«

»Sie sind nicht mehr als ein Haufen parfümierter Dreck«, machte ich mir Luft.

»Und Sie sind im Moment zweifellos der Letzte, der Allerletzte, der es sich leisten kann, große Sprüche zu klopfen! Also bringen Sie mir einen Kracher! Aber ein bisschen dalli!«

Diesmal war es Zandl, der das Gespräch rüde beendete, indem er die Verbindung kappte.

Die letzten Worte eines Dachdeckers, »Heute ist aber ein windiger Tag ...«, kamen mir in den Sinn, und dass das Dach, auf dem ich stand, ziemlich hoch war.

***

Vis-a-vis dem Lokal stolperte ich über eine kleine Mechaniker-Werkstatt. »Mo oren-Wagner – die We kstätte Ihres Ver rauens«, war auf einer der Gasse zugewandten Feuermauer zu lesen, deren Verputz wahrscheinlich schon seit dem ersten Ölschock abblätterte. Meister Wagner stand vor einem massiven, ungestrichenen Eisentor in dieser Mauer, also offenbar vor seinem Geschäft, und rauchte eine Feierabend-Virginia.

»Ich suche ein schmutziges Auto, Meister, ein wirklich schmutziges, eine fahrbare Müllhalde aus dem Jahre Schnee«, sagte ich und zeigte meinen Ausweis. Allerdings ohne ihm die Chance zu geben, darauf herumzutapsen. Die Fettflecken würde ich schon selber hinkriegen im Laufe der Zeit.

»Beleidigen Sie mir nur ja meine Kunden nicht – die fahren alle so Kisten.«

»Wo gibt es hier in der Nähe eine Telefonzelle?«

»Die sind doch alle schon längst abmontiert worden.«

»Haben Sie ein Telefonbuch bei der Hand?«

»Sehe ich aus wie die Auskunft, Meister?«

Vuk Dragutinovic wurde schließlich von der Handy-Auskunft für mich gefunden, er wohnte – und das war nicht wirklich überraschend – im Karl-Marx-Hof.

***

Die Ein-Zimmer-Wohnung war blitzblank geschrubbt, der Plafond geschmirgelt. Es roch nach Möbelpolitur, Chlor und Zitrone. Im schlauchartigen Vorzimmer hingen ein vergoldeter Wandteller mit dem Porträt von Marschall Tito und so etwas wie ein gerahmtes Fremdenverkehrsplakat mit einer Stadtansicht von Tirana aus besseren Zeiten.

»Wir sowieso nie Besuch von Österreichern …«, entschuldigte Frau Dragutinovic mit einer Handbewegung diese Dinge. Sie war blond wie Weizenstroh, hektisch wie ein hyperaktives Kindergartenkind und nicht viel größer als ein solches. Sie füllte einen schwarz-blauen Kinder-Trainingsanzug mehr in der Breite als in der Höhe aus. Trotz ihrer kindlichen Größe hätte ich sie auf Ende vierzig geschätzt, aber Anfang vierzig gesagt.

Das einzige Zimmer war mit stark nachgedunkelten Tiroler Supermarkt-Bauernmöbeln – der letzte Schrei für das kakanische Kleinbürgertum der frühen Siebzigerjahre – überkomplett eingerichtet, das Doppelbett mit einer Tagesdecke überzogen, auf der es nur so wimmelte von Gämsen, Murmeltieren und Edelweiß.

»Nachdem er sich in Schottergrube das Kreuz gebrochen, keine Arbeit mehr für Vuk«, entschuldigte Frau Dragutinovic auch dies. Einwanderer kamen hierzulande ihr Leben lang nicht aus dem Entschuldigen heraus, schon für ihre bloße Anwesenheit und Existenz, dafür sorgten die Eingeborenen allemal.

Wir nahmen in einer Tischecke Platz, in der man sich wie der Alm-Öhi fühlen konnte.

»Trinken Sie vielleicht Slibowitz? Echten aus Heimat!«

»Wenn es nicht zu viel Mühe macht.«

***

»Vuk ist Idiot. Sie werden ihn mir noch verhaften«, sagte Frau Dragutinovic verhalten.

Wir waren beim zweiten Slibowitz angekommen und am Balkan trank man den offenbar aus Wassergläsern.

»Unsere Ehe war wie Kühlschrank. Eigentlich ich sollte haben mehr Temperament. Schließlich bin ich Kosovarin. Aber weiß ich seit Jahren, dass er mir fremdgeht, und habe mich gewöhnt daran.«

Eigentlich sagte sie »gewehntt« und »Tmprament«, aber die Einheimischen hier redeten auch nicht viel deutlicher.

Manchmal genügte es, einen Zeugen einfach reden zu lassen. Und den scharfrunden Geist der gebrannten Zwetschken in sich aufsteigen zu lassen.

»Für Mann nicht gut, wenn er nichts zu tun. Jahre nichts zu tun. Außer über hiniges Kreuz jammern«, redete meine Gastgeberin weiter, »Vuk kaputt. Wie Jugoslawien.«

Hoch Tito, dachte ich und nahm noch einen Schluck.

»Abend um acht raus ist er noch, sagt Zigaretten holen, aber natürlich hab ich gewusst, dass er zu Nimetz geht von nächste Stiege. Wenn Mann fünfzig wird, Sprichwort sagt in meine Heimat, er wird zum Bösen Wolf. Während daheim Großmutter auf ihn wartet, geht er mit Rotkäppchen aus«, erzählte sie, »dabei Nimetz war nicht viel jünger. Als ich.«

Der Slibo, dachte ich, ist aber verdammt gut – woher der bloß ist?

»Als Vuk zurückkommen, er war zehn Jahre älter! Hat von unseren Apparat Polizei angerufen. Paar Stunden später ist er in Krankenhaus. Mich hat er nicht mitgehen lassen.«

»Hat er sich umgezogen?«

»Sehen Sie, deswegen werden sie ihn mir noch verhaften! Auch wenn ich hundertmal Ihnen und Ihre Kollega sage, dass er sich hat nicht umgezogen!«

Wenn ich mir Gabloners Vorliebe für ausländische Täter vor Augen hielt, so hatte sie vielleicht nicht ganz unrecht.

»Gehen Sie wieder zurück?«, fragte ich, aber vielleicht stellte diese Frage auch nur der unglaublich runde, balkanesische Schnaps.

»Wohin zurück? Wohin? – Meine Familie verstreut ist über fünf, sechs Länder, zwei Kontinente. Ich werde hier sterben.«

***

»Was tut sich so, Ballwein?«, fragte ich Ascher am Telefon. Ich stand in irgendeinem Hof des Karl-Marx-Hofes und brachte mein Handy wieder einmal zum Glühen. Die Luft roch nach kaltem Maschinenöl, nach Kanal und Einsamkeit.

»Wie sind Sie draufgekommen?«, antwortete Ballwein.

»War nicht schwierig. Was verschweigen Sie mir noch?«

»Den PIN-Code meiner Bankomatkarte.«

Eins zu null, dachte ich, für ihn.

»Warum machen Sie bei der ganzen Sache überhaupt mit?«, fragte ich weiter.

»Wissen Sie, die Forellenzucht in Ratzersdorf steht zum Verkauf. Dunkelgrünes, schweres Wasser und ein paar Hektar Auwald. Seit ich fünfzehn bin, wollte ich die Teiche haben. Jetzt bin ich dreiundfünfzig, das ist meine letzte Chance. Ich habe einfach keine Lust mehr, den Hampelmann für cholerische Leuteschinder, für megalomanische Vollkoffer wie Gabloner zu spielen. Meine Spezialiät werden Räucherfilets von der Regenbogenforelle mit Letscho sein. Ich hoffe, Sie kommen mal vorbei in Ratzersdorf.«

»Steigen Sie aus, Ballwein, bevor es zu spät ist.«

»Es ist bereits zu spät.«

Irgendwie hat er recht, dachte ich, das ganze Leben ist eine postnatale Fehlentwicklung, jedenfalls das der meisten Leute, vielleicht auch meines.

»Na gut, dann machen wir eben weiter – was tut sich im Bergwerk?«

»Business as usual. Wir haben den Dragutinovic aus dem Krankenhaus geholt und Gabloner prügelt ihn im Verhörzimmer durch, aber bis jetzt ist nichts dabei herausgekommen. Außerdem hat die Sicherheitswache vier Straßensperren an den Ausfallsrouten errichtet und hält jeden Skoda oder Lada ohne EU-Pickerl auf.«

»Was ist mit der BBH?«

»Hat sich mittlerweile wieder in ihre Schlupflöcher verzogen. Sie wollten uns noch einen Verbindungsoffizier aufs Auge drücken, aber den hat Sladek in Gabloners Auftrag mehr oder weniger die Stufen zum Portal des Stadtpolizeikommandos hinuntergeworfen.«

Die erste positive Nachricht seit langem, dachte ich.

»Was ist wirklich dran an der Geschichte mit den Tschetschenen?«

»Wenn Sie mich fragen: ein Knochen ohne eine einzige Faser Fleisch, den die Lokalpresse aber schon gierig benagt. Im Innenministerium wissen sie ja selber noch nicht, ob sie uns überhaupt Tschetschenen schicken.«

»Glauben Sie immer noch, dass Gabloner mit seiner Theorie vom durchreisenden Täter recht hat?«

»Sie wissen ja, wie ich zu ihm stehe, aber in dieser Sache hat er recht und Sie liegen falsch. Er ist zwar ein Vollkoffer, aber ein Vollkoffer mit Instinkt. Jedenfalls in solchen Sachen.«

»Sie haben trotzdem was gut bei mir, Ballwein.«

»Stünde schon verdammt schlecht um mich, wenn ich auf Ihre Hilfe angewiesen wäre, Miert.«

Zwei zu null für ihn, dachte ich.

»Passen Sie auf sich auf, Ballwein.«

»Sie auch, Miert, Sie auch.«

In dem Moment wurde mir schlagartig klar, dass die Pistole, die mir Zandl gegeben hatte, garantiert aus der Asservatenkammer des Sicherheitsbüros stammte, ein offiziell noch nicht registriertes Beweisstück aus irgendeinem ungeklärten Fall. Wahrscheinlich aus Bundesheerbeständen gestohlen und dann bei einer Schießerei in Wien-Donaustadt oder so benützt und auf der Flucht liegengelassen. Bei der Tatortaufnahme beiseite geschafft von einem von Zandls Mannen, zweifellos ein nettes Spielzeug für illegale Operationen wie die mit Ballwein und mir. Damit konnten sie mich jederzeit aus dem Verkehr ziehen. Eine wie zufällige Perlustrierung durch jeden dahergelaufenen Mistelbacher genügte.

»Danke, Ballwein, jetzt haben Sie mich aber echt auf etwas gebracht.«

»Passen Sie bloß auf sich auf und unternehmen Sie nichts, ohne mich vorher zu informieren.«

»Woher denn, Ballwein, wo denken Sie hin?!«

»Auch ich habe Ihren Personalakt gelesen.«

»Ich bin schon viel ruhiger geworden seit meiner Sturm- und Drangzeit beim Sicherheitsbüro.«

»Na dann, Miert.«

»Na dann, Ballwein.«

Zweifellos ein netter Spitzel, dachte ich, nachdem Ballwein das Gespräch beendet hatte, aber vielleicht ein bisschen scheinheilig.

***

Den Obduktionsbericht der armen Nimetz würde ich nie in meinem Leben zu Gesicht bekommen. Selbst Ballwein würde ihn vor mir hüten wie eine Erdkröte ihre hässlichen Eier. Also rief ich noch vom Karl-Marx-Hof aus ganz einfach frisch, fröhlich, frei die Pathologie des Harlander Krankenhauses an, stellte mich als Gruppeninspektor Ascher vor, wurde gut zehnmal hin und her verbunden und landete schließlich bei einem gewissen Oberarzt Liebstöckl, der die Obduktion schon durchgeführt hatte.

Ich fragte direkt nach dem Fall Nimetz und nach einigen Details, die mir wichtig erschienen.

»Haben Sie Spermaspuren gefunden?«

»Spuren? Dass ich nicht lache!«, kicherte Dr. Liebstöckl, wie wenn ich einen besonders guten Witz gemacht hätte, »eine ganze Ladung! Und zwar im After. Der war übrigens so ziemlich das Einzige an der ganzen Leiche, das nicht zerschnitten war.«

»Hatte der Täter Ihrer Meinung nach irgendwelche anatomischen Kenntnisse?«

»Haben Sie meinen Bericht nicht gelesen? Wozu schreibe ich diese ganzen Papierln überhaupt?«

»Ad eins: ehrlich gesagt, nein«, antwortete ich, »der ist beim Chef unter Verschluss.«

»Ah so«, sagte der Pathologe ernst und ich tippte schon auf ein abruptes Endes des Gesprächs, »aber trösten Sie sich: Sie sind nicht der einzige subalterne Kriminalbeamte, der mich nach diesem Obduktionsbericht fragt. Sagt Ihnen der Name Ballwein etwas?«

»Ein Kollege«, antwortete ich. Irgendwie stimmte das ja auch.

Der Schlitzer, erfuhr ich, hatte nicht seziert, nicht präpariert, sondern zerfleischt. Er hatte sich in den Körper geschnitten wie eine Sau in den Rübenacker und dabei kein Skalpell oder Ähnliches benützt, sondern wahrscheinlich irgendein relativ schartiges Küchenwerkzeug, ein Brotmesser etwa. Die duschende Frau musste sich heftig gewehrt haben, sie hatte dic typischen Abwehrschnitte an den Unterarmen. Und sie hatte offenbar sogar ins Messer gegriffen. Aber all die verzweifelte Tapferkeit hatte ihr nichts genützt.

***

Auf der Heimfahrt, den Zeitpunkt meines Dienstschlusses hatte ich selbst festgelegt, fiel ich rotnackig in eine Stachelstunde. Ich sah den gelben, rachitischen Rauch aus den Schloten der riesigen Kunstseidefabrik aufsteigen, ich sah einen Schwarm Krähen, der ein paar kleinere Vögel jagte, ich sah einen vierschrötigen Verkehrspolizisten, der eine nicht sehr frequentierte Kreuzung regelte und den Tod in der Pistolentasche trug, ich sah die weißgrauen Hänge der südlichen Voralpen und ich sah ein Portal aus schwarzem Magma – es war aber nicht die Pforte zur Hölle, nur der sehr teuer gestylte Eingangsbereich einer Bank. Und dann fiel ich mitten auf der Überholspur der Mariazeller Straße in eine Art Wachtraum: Eine Schwesternschülerin schlich herein, blickte Frau Lephart zweifelnd an und suchte schließlich mit einer voluminösen Spritze nach einer Vene in der Armbeuge der Moribunden. Sie fand keine. »Mazeltov«, wünschte ich und verließ schleunigst das Sterbezimmer.

Als ich den Granada vor meiner Bruchbude zwischen zwei Mülltonnen einparkte, die irgendwer völlig überflüssigerweise auf die Straße gestellt hatte, war ich wieder einigermaßen klar. All die Gespinste waren mit einem Mal verschwunden. Ich kurbelte das Seitenfenster auf der Fahrerseite herunter und blieb in der frischen, kalten Luft noch eine Weile sitzen. Im Wagen war es bald so kühl wie bei einem Familientreffen der Windsors. Nichts, dachte ich, fügte sich zusammen, Misserfolg auf der ganzen Linie, mein Advent war ein einziger Reinfall. Bestenfalls wurde ich von allen möglichen Leuten, Zandl, Ballwein, Topf und Gabloner, ausgetrickst und in die Pfanne gehauen. Wie von Elisabeth Enduri vor eineinhalb Jahren; damals, dachte ich, hätte ich eigentlich schon meinen Beruf aufgeben müssen. Unvermutet hatte sie auf einmal vor meiner Wohnungstür gestanden, eine glanzlose, wie durchsichtige Erscheinung in einem hellen Sommerkleidchen, mittelgroß mit Sommersprossen auf Armen und Beinen und einer Frisur, die wie ein Vogelnest ausgesehen hatte. Ihr Alter war schwer zu schätzen gewesen, und so hatte ich es erst gar nicht versucht.

»Ich habe Ihr Bild in der Zeitung gesehen«, hatte die Erscheinung mit einer fast kindlichen, aber irgendwie kaputten Stimme gesagt.

»Na schön, wenn ich schon so eine Berühmtheit bin, dann kommen Sie mal rein in die gute Stube!«, hatte ich jovial gekräht.

Als ich an ihr vorbeigegangen war, um die Wohnungstür zu schließen, war sie heftig zusammengezuckt und rasch zwei Schritte zurückgetreten, bis sie mit dem Rücken an die Mauer neben der Tür gestoßen war.

»Keine Angst, die meisten Promis sind nicht einmal halb so schlimm, wie sie aussehen. Ich bin da keine Ausnahme.«

Ich hatte meine Ironie relativ erfolglos gegen eine große, weiße, blutleere Panik versprüht. Aber sie war mir immerhin in das Wartezimmer gefolgt, wenn auch in einem gewissen Sicherheitsabstand.

»Sie können sich ruhig setzen. Suchen Sie sich einen der Besucherstühle aus, deren gibt es ja genug«, hatte ich gesagt und mich hinter den Schreibtisch gewuchtet.

»Ich möchte lieber stehen bleiben. Dann kann ich nämlich gleich gehen, wenn Sie mich wegschicken wollen ...«

Habe ich den Umgang mit Klienten, hatte ich gedacht, in den letzten Monaten etwa verlernt, oder was ist?

»Warum sollte ich?« Sogar die gelegentlich vorsprechenden Paare ältlicher Zeugen Jehovas hatte ich mir in den letzten Monaten aus lauter Fadesse angehört, allerdings nur in homöopathischen Dosen. »Außerdem zwingen Sie mich damit, ebenfalls stehen zu bleiben, in Gegenwart einer Dame.«

»Ich bin keine Dame«, hatte sie sehr leise gesagt.

»Jetzt machen Sie aber keine Geschichten, natürlich sind Sie eine Dame, das sieht doch ein Blinder.«

Die Dame, die partout keine sein wollte, hatte zu weinen begonnen. Zuerst dezent, aber trotzdem rührend wie in den besseren Hollywood-Melodramen, dann allerdings heftiger und bald schon wie ein Suppenhuhn mit Schluckauf. In Detekteien wurde selten geweint. Schon gar nicht von den Inhabern und Angestellten, denn die hatten ja einen gewissen Ruf zu verlieren, Mike Hammer und so. Aber auch die Klienten hielten sich meist zurück, denn ihre Anliegen waren ja in der Regel aggressiver Natur im weitesten Sinne; und wer hasste und haderte, der schrie und brüllte vielleicht, aber flennte nicht. Außerdem ist man, hatte ich gedacht, sowieso nie wirklich darauf vorbereitet, dass plötzlich der Jammer der ganzen Welt in Gestalt eines einzigen Menschen vor einem steht.

»Seit ich ihn kenne, hat er ein Achtellos bei der Österreichischen Klassenlotterie«, hatte sie geschluchzt, »seit fünfzehn Jahren immer ein Achtellos. Und nie etwas gewonnen. Keinen Kreuzer. Ich habe mich insgeheim immer schon auf die Ziehungen gefreut. Er war enttäuscht wie ein kleines Kind und hat sich tagelang zurückgezogen, in sich selbst und in das Bier. Da hatte ich meine Ruhe. Überhaupt war er das bis zuletzt, ein verzogenes, gewalttätiges Kind von achtunddreißig Jahren. Ein weiteres Hauptvergnügen von ihm war es, mich zu Mittag mit dem Fuß an ein Tischbein zu ketten. Das Essen, das ich gekocht hatte, servierte er mir in einem Napf, und ich musste am Boden fressen wie ein Haustier. Wenn ich mich weigerte, schlug er mich, mit der bloßen Faust und allem, was ihm gerade in die Finger geriet. Vor allem in den Magen, ins Becken, auf die Brust, weil da niemand außer ihm sehen konnte, was die Prügel angerichtet hatten. Jahre bin ich schon nicht mehr zum Arzt gegangen, weil ich mich geschämt habe. Man schämt sich furchtbar. Manchmal hat er auch in meinen Fressnapf uriniert, aber da habe ich mich lieber schlagen lassen.«

Ihr Weinen hatte einen expressiven Höhepunkt erreicht und dann allmählich nachgelassen wie ein älterer Kettenraucher, dem beim Treppensteigen langsam, aber sicher die Luft ausgeht.

»Warum haben Sie ihn nicht verlassen?«, hatte ich vorsichtig gefragt.

»Ich habe versucht, mir mit einem Brieföffner ins Herz zu stechen, aber es ist nicht gegangen. Ich habe ein wenig Rohrreiniger geschluckt, aber ich musste nur mehrmals heftig erbrechen. Ich bin zweimal vor Autos gelaufen, die aber rechtzeitig gebremst haben«, sie hatte nicht mehr geschluchzt, aber sehr langsam gesprochen, unakzentuiert, mechanisch, »warum habe ich ihn stattdessen nicht verlassen? Warum? – Ich weiß es nicht. Ich weiß es wirklich nicht. Man hofft halt immer, dass es besser wird. Und außerdem habe ich nichts gelernt, jedenfalls nichts Vernünftiges. Er hatte immerhin seine Berufsunfähigkeitspension, aber ich bin gelernte Hutmacherin, und wer trägt heutzutage noch Hüte? Und verheiratet sind wir in Wirklichkeit auch nicht, im Falle einer Trennung hätte ich nichts zu erwarten gehabt, keinerlei Unterhalt, kein Erbe, nur die Missgunst irgendeines Großneffen, den er noch in Bregenz oder Schwaben hat. Aber das alles ist seit gestern Abend bedeutungslos geworden!«

Ich hatte versucht, meine Nase in Form eines Fragezeichens zu kräuseln.

»Heute Mittag ist der Brief von der Klassenlotterie gekommen, per Einschreiben«, sie hatte einfach dagestanden, verheult und mit glänzender Nase, aber auch ein bisschen wie die gefangene, aber ungebrochene Jeanne d'Arc vor dem unschlüssigen Bischof, und ich kann bis heute nicht verhehlen, dass das einen gewissen Eindruck auf mich machte, »er hat ihn gleich in der Küche gelesen und dann röchelte er ein bisschen, fiel einfach um wie ein Sack Kartoffeln und war tot – der Affenarsch hat zweihunderttausend Euro gewonnen mit seinem dämlichen Achtellos!«

Okay, hatte ich gedacht, sie ist doch keine Dame, keine wirkliche jedenfalls.

»Ich habe Ihr Foto in der Zeitung gesehen, Sie sehen ihm unglaublich ähnlich, einfach unglaublich!«

Mit einem Mal hatte ich verstanden, was Jeanne d'Arc von mir wollte. Kruzitürken, noch einmal!

»Ich habe bei der Lotteriegesellschaft angerufen. Sie haben gesagt, dass sie ein, zwei Tage brauchen werden, um das Los abzuholen – es gibt ja acht Gewinner aus ganz Österreich. Sie machen auch eine Art Vermögensberatung. Auf Herberts Pensionskonto soll aber nichts aufscheinen. Ich habe ihnen gleich gesagt, dass wir das Geld in bar wollen.«

»Wir?«, hatte ich eingeworfen.

»Na, Herbert und ich, also Sie und ich.«

»Was haben Sie mit dem Leichnam gemacht?«, hatte ich gefragt. Wenn die Leiche hinter mir im Wohnzimmerschrank säße, hatte ich gedacht, während ich mit den Lotterie-Fuzzis verhandle, dann können wir die Sache gleich vergessen – so einen Hitchcock-Slapstick würde ich nicht durchstehen.

»In unserem Kellerabteil, am Boden der größten Mülltonne, die es bei uns im Haus gibt. Die Tonne ist jetzt voll, ich habe ihn mit allem bedeckt, was ich an alten Sachen in der Wohnung finden konnte. In dem Dreck wühlt doch niemand mehr herum. Ich wollte ihn auf jeden Fall nicht mehr in der Wohnung haben!«

In all ihrer scheuen Fragilität, mit all ihrem Heulen und Schluchzen ist die doch viel, viel cooler als ich, hatte ich gedacht, unter den Umständen geradezu ein eiserner Besen mit Nerven aus Drahtseil.

»Natürlich werde ich ihn würdig bestatten lassen, wenn das alles vorbei ist, mit Bodendeckern auf seinem Grab und allem«, hatte sie ungerührt fortgesetzt.

»Jetzt sagen Sie bloß noch, Sie wohnen nicht in einem abgeschiedenen Einfamilienhaus hinter den sieben Bergen, sondern in einer Wohnhausanlage mit zweihundert Parteien?! Sie haben vielleicht Nerven!«

»Es ist doch nur eine Leiche, eine leere Hülle! Denken Sie an einen Arzt, auch der muss mit Leichen umgehen!«

»Sie sind aber kein Arzt«, hatte ich zu bedenken gegeben, »und die anderen Mieter könnten Sie leicht dabei beobachtet haben, wie Sie Ihren Schatz in der Mülltonne durch das halbe Haus kutschiert haben.«

»Wir wohnen im Parterre, gleich neben dem Kellerabgang. Es ist ein kleiner, heruntergekommener Gemeindebau und es gibt neben einer leerstehenden Wohnung außer uns nur noch zwei weitere Parteien, einen bettlägerigen, alleinstehenden Eisenbahnerpensionisten und einen jungen Kurden, der sicher auf seiner Baustelle war, als ich die Mülltonne vom Müllplatz vor dem Haus geholt habe.«

»Was ist mit dem Briefträger?«

»Um halb drei am Nachmittag?«

»Was für ein Kehraus!«

Als sie dann einen Stuhl zu sich herangezogen und sich doch noch niedergesetzt hatte, zwei Meter vor dem Schreibtisch und damit drei Meter vor mir, hatte ich schon geahnt, dass sie mich herumkriegen würde zu diesem Bubenstück.

»Zwanzig Prozent von dem Gewinn für Sie! Das sind vierzigtausend Euro! Für Sie!«

»Warum bieten Sie mir bloß so viel Geld an, viel zu viel Geld?«, hatte ich mehr mich selbst gefragt denn meine verzweifelte Klientin. Und warum nehme ich Idiot es nicht, hatte ich gedacht.

»Ich erhöhe auf fünfundzwanzig Prozent!«

Ich hatte mich außerdem gefragt, ob diese Frau noch zu retten war.

»Das Ganze ist Wahnsinn und eine total linke Sache, das wissen Sie!«, hatte ich gesagt.

»Aber es ist die einzige Möglichkeit, aus meinem Leben rauszukommen! Bitte!«

»Und was ist mit mir?«

»Sie sind mit dreißig Prozent dabei!«

»Das ist noch immer zu viel! Wenn ich da mitmache, dann verrechne ich nur meinen normalen Tagessatz, Sie müssten maximal mit Kosten von vier-, fünfhundert Euro rechnen. Und die Leiche ist tatsächlich im Keller, sagen Sie, in einer Mülltonne?«

»In der großen Restmülltonne.«

»Ich habe es mir überlegt«, hatte ich gesagt, »geben Sie mir Ihren Namen, die Adresse und eineinhalb Stunden, bis ich das Nötigste für die paar Tage zusammengepackt habe.«

»Ich heiße Elisabeth«, hatte sie mit ihrer seltsamen, schüchternen Kleinmädchenstimme gesagt.

»Haben Sie auch einen Plan B? Ich meine, wenn alles vorüber ist.«

»Ich gehe weg von hier. Ans Meer. Nach Grado. Dort werde ich alles vergessen können.«

***

Als ich losgefahren war, hatte sich die Dunkelheit wie ein beiger Übergangsmantel aus einem dünnen, durchlässigen Gewebe über dem Weichbild der Stadt ausgebreitet, dann wie ein etwas festeres Mäntelchen aus braunem Stoff, zuletzt wie das schwere Tuch, der schwarze Bühnenmantel eines Burgtheater-Tragöden. Oder um es etwas weniger poetisch, ja so schlicht wie ein Schraubenzieher aus dem Baumarkt zu sagen: Ich war in einen unromantischen Sonnenuntergang hineingefahren. Langsam wie ein alter Hummer war ich durch den Nordbezirk auf die Innenstadt zugerollt und hatte auf den Impuls gewartet, einfach umzudrehen und zu sagen, es war nichts. Bei meinem Glück war es nur natürlich gewesen, dass dieser Impuls ausgeblieben war. Elisabeth Enduri war schon vorausgefahren mit ihres Gatten Totenauto, einem untermotorisierten Ford Fiesta, harnsäuregelb, vorvorletztes Modell.

Mein Ziel, die Schmiedgasse, war kurz wie der Darm eines Fleischfressers gewesen und auch nicht wesentlich attraktiver. Nicht die Spur einer halbwegs ordentlichen Gassenbeleuchtung, vielfach geflickter Asphalt, kein Gehsteig, Schotterreste noch und noch vom vorletzten und letzten Winter, überquellende Abfalleimer vor und neben den Haustoren, kein bisschen Grün am Gassenrand, kein Baum, kein Strauch, kein Stück Wiese und sechs oder sieben zwei-, dreistöckige Zinshäuser aus der Gründerzeit, von denen wohl kaum eines nach dem Ende des Zweiten Weltkrieges ein bisschen Farbe auf die Fassade abbekommen hatte. Nummer vier hatte vor allem durch eine leicht vermorschte Eingangstür bestochen, die sich ebenso mühsam öffnen wie schließen hatte lassen. Ein kurzer Flur hatte zur braunen Wohnungstür von Frau Enduri geführt. Ich hatte geklopft, denn so etwas Modernes wie ein Klingelknopf war nicht zu erspähen gewesen. Während des Wartens auf eine Reaktion der Wohnungsinhaberin hatte ich mich nicht zur Kellertür gleich daneben zu schauen getraut, wo der menschliche Abfall seine vorläufige Ruhestätte gefunden hatte. Ich war zwar nicht sehr sensibel, aber mein Magen.

Elisabeth Enduri hatte in Jeans geöffnet und einer schwarzen, bis zum letzten Knopf zugeknöpften Lederjacke.

Ich hatte gegrüßt, war eingetreten und mit einem Mal mitten in einer weißen, blitzsauberen Küche gestanden.

»Praktisch. Keine langen Wege«, hatte ich von mir gegeben und meine Reisetasche erst einmal auf den Küchenboden abgestellt.

»So kann man es auch sehen …«

Der nächste Raum war schon das Wohnzimmer gewesen. Relativ neue Spanplattenmöbel, eine Wohnzimmer-Verbauung in nussbraun mit dem obligaten Fernsehfach, in dem der Hausaltar thronte, und einem fast leeren Bücherbord. Eine Fernsehcouch, zwei Fauteuils, bezogen in einer Art minzgrün, und ein Glastischchen hatten die konventionelle Einrichtung abgerundet. Auf einer Anrichte hatte zwischen einem Dutzend nicht weiter bemerkenswerter Nippes aus Messing, Email und Keramik auch ein Foto von Herbert Enduri in einem Plastikrahmen gestanden, der verzweifelt den verschwenderischen Dekor des Rokoko nachzuahmen versuchte. Ich war vorbereitet gewesen, es hatte mir keinen Schlag versetzt, aber verwunderlich war es doch gewesen, dass er nicht wie mein älterer Bruder aussah, sondern wie mein zwei Minuten älterer, eineiiger Zwilling. Er war ich, ich war er. Nur diese scheußliche dünne Lederkrawatte hätte ich niemals getragen und sein Scheitel war auch etwas streng gezogen gewesen.

Ansonsten hatte es nur mehr ein Kabinett gegeben und dahinter ein Bad mit WC.

Als die notgedrungen sehr kurze Führung durch die Wohnung beendet gewesen war und ich im Kabinett meine paar Sachen in einen Kasten geräumt hatte, hatte ich mich im Wohnzimmer auf die Couch gesetzt. Ich war bereits daran gewöhnt gewesen, dass sie lieber stehen blieb.

»Sie schlafen im Kabinett. Ich habe beide Betten frisch bezogen.«

»Und Sie? Ich will Sie nicht aus Ihrer gewohnten Liegestatt vertreiben.«

»Ich richte mir die Couch im Wohnzimmer. Die bin ich gewöhnt. Ich habe dort, wenn Herbert wieder einmal durchgedreht hat, oft geschlafen, öfter jedenfalls als in unserem so genannten Ehebett.«

»Morgen früh, Frau Enduri, muss ich um acht oder neun aus dem Haus, ich muss in mein Büro.«

»Und für Ihre Arbeit brauchen Sie einen Revolver?«

Sie hatte offenbar einiges vom Inhalt meiner Reisetasche mitbekommen, als ich diese im Kabinett ausgepackt hatte. Fixe Augen.

»Das ist eine Pistole, Frau Enduri.«

»Und woran arbeiten Sie? Mit einer Pistole?«

»Das geht Sie nichts an«, ich bin ja schließlich nicht ihr Mann, hatte ich gedacht, »aber ich gebe Ihnen meine Handynummer. Wenn der Typ von der Klassenlotterie auftaucht, kann ich in spätestens zehn Minuten hier sein.«

Daraufhin hatten wir uns nach dem Motto »Wer hält es länger aus?« einige Minuten lang angeschwiegen. Ich hatte eingehend das Wohnzimmergemälde betrachtet, eine schnell hingespachtelte Alpenlandschaft mit Fleckvieh, einem Kuhbuben und dem obligaten röhrenden Hirsch.

»Wollen Sie noch etwas essen?«

»Kommt darauf an, was Sie haben«, hatte ich höflich erwidert, »aber eigentlich esse ich alles außer Tomaten.«

»Wie der Herbert!«

Das, hatte ich gedacht, wäre jetzt eigentlich nicht nötig gewesen. Außerdem hatte es im Bad nur eine Dusche gegeben, und ich gehörte seit jeher zur Wannenbad-Fraktion.

* * *

Mitten in der Nacht war ich hysterisch lachend und scheußlich keuchend wie ein ins Meer geworfener Hamster erwacht und gleich darauf in Panik geraten, weil ich in der Dunkelheit weder einen Lichtschalter noch die Tür zum WC hatte finden können. Wie ich in diesem Moment das fremde Bett, das fremde Zimmer, die fremde Wohnung, die fremde Frau und die ganze verdammte Geschichte gehasst hatte! Aber auch diese Nacht hatte schließlich ein Ende gehabt, ohne weiteren Schrecken, ohne weitere Hysterie, nur mit einem schlechten Geschmack im Mund und ein bisschen Muskelzittern. Sie musste sich einen Wecker gestellt haben. Als ich noch halb oder drei viertel schlafend aus dem Badezimmer gewankt war, hatte sie in der Küche schon Milchkaffee gemacht und Semmeln, Butter, Honig und Marmelade bereitgestellt. Sie hatte wie am Vortag eine Jeans getragen und die zugeknöpfte Lederjacke, vielleicht hatte sie in beidem ja geschlafen. In der Früh redete ich nicht gerne. Schon gar nicht mit einem fremden Menschen in einer fremden Wohnung. Ich glaube, das ist ihr nicht unangenehm gewesen.

Am späten Nachmittag, als ich aus dem Büro zurückgekommen war, hatte es Fischstäbchen gegeben und fertige Gemüsemayonnaise aus einem Plastikbecher und Erbsenreis, also die doppelte Portion Erbsen, aber ich hatte schon mal schlechter gegessen. Und Frau Enduri war offenbar ein bisschen froh darüber gewesen, dass ich gekommen war. Na ja, hatte ich gedacht, ich bin ja auch wirklich ein Goldstück, zweihunderttausend Euro wert.

»Von Herbert sind noch ein paar Flaschen Bier übrig. Wollen Sie vielleicht eine?«

»Wie kühl ist es eigentlich in Ihrem Keller?«

»Da machen Sie sich keine Sorgen, das Bier wird schon zischen, es ist im Kühlschrank gelagert.«

»Ich wünschte, Herbert wäre auch dort gelagert, ich habe nicht an das Bier gedacht bei meiner Frage.«

»Oh, Gott …«

»Es wird schön langsam Zeit, dass die Herren von der Klassenlotterie endlich anrücken.«

Der Glücksengel dürfte mich gehört gehabt haben. Denn pünktlich, nachdem ich den letzten Bissen Panier und Erbsen hinuntergeschluckt hatte, hatte er an die Tür der Enduri-Wohnung geklopft. Ein kleiner, fröhlicher Mann mit Messerhaarschnitt und ausgesucht höflichen Umgangsformen, in einem dunklen Zweireiher, kombiniert mit grauer Hose und sicherlich handgenähten Edelböcken. Bei seinem Anblick hatte ich sofort begonnen, nervös zu schwitzen, aber schließlich hatte ich mir gesagt: Wenn man schon die Trommel schlägt, dann mit kühler Hand! Wie gesagt, ein berufsmäßig fröhlicher Mensch und, wie sich bald erwiesen hatte, ein unglaublich gebildeter, kultivierter, gescheiter – Volltrottel. Denn er wurde von uns zwei armen Würstchen gelegt, dass es nur so krachte.

»Vielen Dank, aber wir werden sowieso alles in mündelsicheren Anleihen anlegen«, hatte ich gesagt, um die langwierige Vermögensberatung abzubrechen.

Wenn ich weiter so lüge, hatte ich gedacht, werde ich dereinst einen guten Anwalt vor dem Jüngsten Gericht brauchen.

»Dazu kann ich Sie nur beglückwünschen!«, hatte der Beamte der Klassenlotterie geantwortet.

Nicht einmal Herbert Enduris Unterschrift hatte ich wirklich fälschen müssen. Sie hatten ja keine Vergleichsprobe in Händen gehabt. Ich hatte einfach irgendwie so ähnlich unleserlich unterschrieben, wie er es vor acht Jahren in seinem Reisepass getan hatte, den ich dem Lotteriemenschen vorgezeigt hatte. Das hatte genügt. Das Geld wurde, wie Frau Enduri telefonisch verlangt hatte, bar übergeben, und zwar ganz klassisch in einem kleinen, schwarzen Aktenkoffer, Hunderter, Zweihunderter und Fünfhunderter, und ich werde, hatte ich gedacht, nie wieder in meinem ganzen Leben so viele davon auf einem Haufen sehen.

»Ich hoffe, Sie behalten Ihr Achtellos weiter bei uns im Abonnement«, hatte sich der Beamte verabschiedet. Er hatte richtig glücklich ausgesehen, auf jeden Fall weit glücklicher als ich.

»Bis in alle Ewigkeit«, hatte ich geantwortet und ihn auch schon aus der Wohnungstür geschoben.

Elisabeth Enduri war eine seltsame Gewinnerin gewesen. Während der ganzen Verhandlung mit dem Glücksengel hatte sie kein Wort gesagt und war zusammengekauert wie eine Katze auf einem Fauteuil gekauert.

»Also, ich nehme mir jetzt meine fünfhundert Euro und verschwinde wieder aus Ihrem Leben, Frau Enduri.«

Ich hatte einen Schein eingesteckt, das Geldköfferchen geschlossen und war im Kabinett verschwunden, um zu packen.

Als ich nach ein paar Minuten mit der Reisetasche zurückgekommen war, hatte sie ihre Lage um keinen Millimeter verändert gehabt.

»Irgendjemand hat die Mülltonne aus dem Keller geschoben und vor das Haus gestellt«, hatte sie gesagt.

»Was?«

»Heute Vormittag habe ich die Müllabfuhr gehört. Ich habe nachgesehen. Die Tonnen sind jetzt alle leer.«

»Heiliger Strohsack!«

Was ist das Leben nur für eine schlechte Komödie, hatte ich gedacht.

»Ich glaube, der Kurde von nebenan war's. Wahrscheinlich schon in der Früh, bevor er zur Arbeit gefahren ist. Der ist immer so eifrig. Auch so freundlich.«

»Ich nenne das bestenfalls übereifrig – der ist noch nicht sehr gut in Österreich integriert, wenn er hier so mir nichts dir nichts freiwillige Arbeiten verrichtet, die ihm keiner, aber auch wirklich keiner angeschafft hat! Direkt unösterreichisch ist das!«

»Ich fahre heute noch nach Grado.«

Wenn es einen Platz gab in Harland, hatte ich gedacht, auf dem ein Toter, der da mal hineingeraten war, niemals wieder zu finden war, dann war das zweifellos die städtische Mülldeponie am westlichen Stadtrand. Das Einzige, was diesen mittlerweile dreißig Meter hohen, weithin sichtbaren, gigantischen Abfallhaufen, auf den jeden Tag Tonnen und Abertonnen Haushaltsmüll und Industriegusssand aus dem ganzen niederösterreichischen Zentralraum aufeinandergekippt wurden, jemals wieder verließ, war Methangas. Aus winzigen Gasbläschen würde Herbert Enduri dereinst wieder auferstehen, und mir war mit einem Mal ein bisschen schlecht geworden, aber daran war nicht die Mayonnaise schuld gewesen.

Ich habe für diese Frau einiges riskiert, hatte ich gedacht, aber jetzt habe ich ihr im Guten einfach nichts mehr zu sagen; meine Loyalität endet hier, in diesem Moment, in diesem Wohnzimmer, Schluss mit Robin Hood, Rächer der Witwen und Waisen.

»Wissen Sie, was irgendwie aberwitzig wäre? Wenn Sie Ihren Herbert umgebracht hätten! Dann wäre das eben der perfekte Mord gewesen!«

»Wollten Sie nicht eben aus meinem Leben verschwinden?«

»Ehrlich gesagt, nichts lieber als das.«

Ich hatte meine Reisetasche an den Henkeln gepackt und rasch und grußlos die Wohnung verlassen.

Elisabeth Enduri habe ich nie wiedergesehen, aber ansonsten hatte sich nicht viel geändert, halb Harland setzte seinen Ehrgeiz daran, mich zu verladen.

***

Eigentlich lebte ich ganz gerne allein. Ich konnte in der Unterhose frühstücken oder auch ohne. Ich hatte permanent die volle Kontrolle über die Fernbedienung. Wenn ich gerade Lust darauf hatte, konnte ich auch um Mitternacht so viel Paprikachips knabbern, wie ich wollte, und die Krümel liegen lassen. Niemand schleppte mich auf Bälle und zu Musicalvorstellungen. Der Verschmutzungsgrad meiner Wohnung konnte mir getrost wurscht sein. Ich musste mir keine ausufernden Geschichten über Bürokolleginnen, Fatburning und NLP-Seminare anhören. Niemand zerrte mir im Schlaf die Bettdecke von den Nieren und beklagte sich, dass ich schnarchte wie ein kehlkopfoperiertes Ross. Niemand las mir Artikel aus der Zeitung vor, die mich so was von nicht interessierten. Niemand zwang mich, einen selbstgemachten Schokoladekuchen zu probieren, der im Backrohr Verbrennungen siebten Grades erlitten hatte. Auch Badewanne und WC standen jederzeit frei zu meiner Verfügung. Alles in allem also nur Vorteile. Den einzigen, allerdings gravierenden Nachteil sah ich darin, dass es ziemlich lähmend war, am Abend nach der Arbeit in eine leere Wohnung zu kommen. Ich hasste es. Ich würde es immer hassen. Vielleicht bog ich deshalb noch vor dem Hauptbahnhof ab Richtung Seniorenheim. Alte Schulden liegen und faulen nicht.

***

Vor dem Haupteingang des Seniorenwohnheims standen die abendlichen Reste der BBH. Zwei Typen in Jeans und braunen Lederjacken und mit den obligaten schwarzen Baseballkappen stapften lustlos auf dem Gehsteig herum, um nicht anzufrieren. Einer von ihnen trug einen Baseballschläger, der andere wohl die Verantwortung. Sie wirkten müde und stumpf. Ich ging zwischen den beiden wortlos durch auf die Portierloge zu, sprach sie aber dann doch an. Meine große Klappe habe ich noch nie halten können.

»Na, Burschen, heute keine Ausweiskontrolle mehr? Keine Leibesvisitation?«

An manchen Tagen, dachte ich, liegt eine Schlägerei direkt in der Luft. Ich hatte auf jeden Fall Lust dazu, wenn mir auch der Amiprügel ein bisschen Sorgen machte. Ich konnte vor den beiden Kalibans ja nicht gut die Glock ziehen, die Waffe war heiß. Nicht ganz so heiß, dachte ich, wie das Versteck von Osama bin Laden, aber immerhin.

»Wir sind BBH-Objektschutz. Wegen der Tschetschenen. Und Sie sehen mir nicht gerade wie einer von denen aus«, antwortete der Verantwortungsträger gelangweilt.

Und dann ging alles sehr schnell, eine große, dunkelblaue BMW-Karosse schoss aus dem Dämmer auf den Haupteingang zu, schliff sich quasi vor unseren Zehen ein, der Fahrer schien ärgerlich in sein Handy zu sprechen, ja zu fluchen, er sprang aus dem Wagen, ein aufgeblähter, hypertonischer Zampano im dunklen Maßanzug, eilte zum Heck, öffnete den Kofferraumdeckel, und da kam auch schon eine philippinische Schwester in einer hellblauen, verschlissenen Uniform angelaufen, sie entschuldigte sich keuchend: »Sorry, Dr. Assinger, ich …« Der Herrenfahrer belud sie wortlos mit vier großen Schachteln aus dem Kofferraum und war schon zwischen uns hindurchgeeilt ins Heim. Dann war das scharfe Klicken der Schlösser zu hören, natürlich konnte man eine solche Limousine über Funk versperren, und das Klappern der Holzschuhe der Schwester, die sich trotz der sperrigen Last bemühte, ihrem Chef hinterherzuhecheln.

***

»Ich weiß, dass die Besuchszeit längst vorbei ist, aber ich muss dringend zu Frau Lephart.«

Der Portier in der winzigen Loge war der gleiche wie vor zwei Tagen. Kubitschek, House Staff. Sein Hals schien noch dünner geworden zu sein.

Er sah mich hinter seiner großen Hornbrille erschrocken an und sagte kein Wort.

»Maria Lephart, Sie wissen schon«, insistierte ich.

»Es tut mir wirklich leid, aber Frau Lephart hat heute eine Überdosis Rohypnol genommen. Das Begräbnis wird bereits übermorgen stattfinden. Sind Sie ein Verwandter?«

»Das hätte sie niemals getan!«, erwiderte ich mühsam. Der Fußboden kam plötzlich auf mich zu. Die Kopfwunde, die mir der Krampus oder wer auch immer in Wimpassing zugefügt hatte, begann wieder zu stechen. Ich musste mich stark konzentrieren, um aufrecht stehen zu bleiben. Ich dachte an die resolute Kommunistin, wie sie auch noch im hohen Alter versucht hatte, den Lauf der Welt zu ändern. Ich war Jahrzehnte jünger und hatte es nicht geschafft, in ihrem Fall auch nur halb so viel Energie aufzubringen. Es war mir nicht einmal ansatzweise gelungen, ihr zur Seite zu stehen.

Nach ein paar Minuten hatte ich mich halbwegs gefangen und wandte mich wieder an den Portier: »In Wirklichkeit wollen Sie ja gar nicht mehr in diesem elenden Kammerl sitzen, Nacht für Nacht, Tag für Tag. Sie haben es satt, Kubitschek. Satt, das alles zu decken. Vor allem die Todesfälle. Sie haben es satt, dass hier alte, harmlose Menschen zu Tode kommen vor der Zeit, so satt haben Sie das!«

Der ältliche Mann antwortete nicht und blieb still, nicht die geringste Bewegung konnte ich an ihm erkennen. Ich wusste nicht einmal, ob er mich überhaupt verstanden hatte.

»Ich kann Ihnen nicht garantieren, dass Sie wieder einen Job finden werden, aber etwas Besseres als diese Tode, diese Tötungen werden Sie überall finden! Und Sie werden wieder schlafen können.«

Der Portier sah mich nur unverwandt an.

»Sie werden jetzt mit mir kommen. Wir werden ein Protokoll aufnehmen. Danach werden Sie wieder schlafen können!«

»Das heißt, ich bin ein Fall für den Staatsanwalt?«

Eine furchtsam vorgebrachte Frage.

»Nicht Sie. Einige Ihrer Kollegen. Und der Staatsanwalt wird Sie lieben.«

»Glauben Sie das wirklich?«

»Diese Welt ist Dreck. Aber nicht alle Menschen sind Dreck. Sie sind kein Dreck.«

»Ich würde Ihnen gerne glauben, aber ich stecke in meiner Hölle fest wie Sie in der Ihren«, sagte der Portier leise.

»Ist das Ihr letztes Wort?«, fragte ich.

»Ich kann niemandem helfen, nicht einmal mir selbst.«

***

Der Parkplatz vor dem Seniorenwohnheim lag verlassen vor mir. Ich probierte alle vier Türen von Assingers Boliden. Sie waren versperrt. Der Wagen lag außerhalb des Blickwinkels des Portiers. Die beiden BBH-Mannen waren verschwunden gewesen, als ich das Gebäude verlassen hatte. Selbst die verbissenste Schraubenschlüssel-Schwadron hatte mal Dienstschluss.

Ich ging um den BMW herum und probierte den Kofferraumdeckel. Er war einen Spalt offen, offenbar hatte ihn die Krankenschwester in der Hektik nicht fest genug zugedrückt. Ich zog die Glock aus der Jackentasche und legte sie in den Kofferraum. Mit einem Papiertaschentuch wischte ich Griff und Lauf ab. Schon wollte ich den Deckel zuschlagen, da fiel mir gerade noch rechtzeitig ein, dass ich ja auch das Magazin angefasst hatte. Ich holte die Pistole wieder heraus, entfernte das Magazin, wischte es ab und legte es neben die Glock, über die ich noch einmal mit dem Taschentuch drüberwischte. Dann schlug ich den Kofferraumdeckel fest zu. Ein gutes Gefühl, dachte ich. Jetzt brauchte ich nur noch eine Telefonzelle finden und über den Polizeinotruf anonym den Zund zu geben.

***

Ich war heilfroh, Ballwein noch am Telefon zu erreichen. Er war nicht nur meine letzte Verbindung in den staatlichen Sicherheitsapparat, nicht nur mein privates Auskunftsbüro, sondern vielleicht auch so etwas wie mein Hausphilosoph. Der Granada fuhr fast von allein Richtung Hauptbahnhof und die schwächelnde Batterie würde hoffentlich nicht gerade heute ihren Geist aufgeben. Es hatte heftig zu schneien begonnen, in großen, schweren Flocken. Nass blieben die Flocken auf den Dächern und Fassaden, auf den Straßen und Gehsteigen kleben.

»Sie schon wieder, Miert? Aber schon gut, heute könnten wir die ganze Nacht durchplaudern, ich bin nämlich zum Journaldienst eingeteilt.«

»Ist vom Krankenhaus irgendeine Anzeige hereingekommen wegen einer Schlägerei in der Daniel-Gran-Straße?«

Mein üblicher In-medias-res-Einstieg, dachte ich, meine Umgangsformen sind von denen eines Hunnen nur schwer zu unterscheiden.

»In Zeiten wie diesen interessiere ich mich für alles in der Abteilung, aber nicht dass ich wüsste.«

»Wissen Sie, wo Gabloner wohnt?«

»Natürlich, aber was immer Sie dort vorhaben, vergessen Sie es! Es ist draußen in Straning, am Ende einer Einfamilienhaussiedlung. Zwei Hunde, jede Menge Elektronik. Außerdem: Wenn Sie durch die Siedlung zu Gabloners Hütte zufahren, fallen Sie auf wie ein verheirateter Papst.«

»Mhm.«

»Na ja, andererseits, wenn Sie ihn einfach vor seiner Haustüre erschießen, wird mir Zandl meine Prämie wohl auch auszahlen«, dachte Ballwein laut.

»Ich schätze Ihren Sinn für Humor. Wirklich.«

»Meine Ex hat das ganz anders gesehen.«

»Nach der Geschichte sollten wir mal auf ein Bier gehen.«

»Wenn wir's überleben, ja.«

»Noch einen Anschlag hätte ich auf Sie vor.«

»Der wäre?«

»Sie müssen mir morgen einen gewissen Dr. Liebstöckl anrufen, den Pathologen vom Krankenhaus.«

»Ah, Sie sind hinter dem Obduktionsbericht her.«

Waren, dachte ich, mittlerweile kenne ich den Inhalt bereits einigermaßen.

»Es hat nichts mit unserer Sache zu tun. Es geht um eine gewisse Maria Lephart aus dem hiesigen Altersheim in der Trautsonstraße, die er morgen auf den Obduktionstisch bekommen wird. Sie soll sich mit Rohypnol vergiftet haben, aber ich glaube das nicht!«

»Private Geschichte?«

»Gewissermaßen. Die Zustände in diesem Seniorenwohnheim stinken buchstäblich zum Himmel. Die alte Dame hat da ein wenig Miss Marple gespielt – und jetzt ist sie tot.«

»Und Sie glauben, dass man ihr das Rohypnol gewaltsam beigebracht hat?«

»Ich glaube fest daran, Ballwein!«

Das war gelogen. In Wirklichkeit konnte ich leider Gottes nicht ausschließen, dass Maria Lephart ihren Tod selbst herbeigeführt hatte und dass ich daran schuld war. Ich hatte ihr mehr oder weniger die letzte Hoffnung genommen, ihren Bruder doch noch ordentlich begraben lassen zu können.

»Was werden Sie tun, Miert?«

»Mich sinnlos betrinken, schätze ich. Irgendwie war das heute nicht mein Tag.«

»Es hat heute übrigens im Zusammenhang mit dem Leiter dieses Seniorenwohnheims einen seltsamen anonymen Anruf gegeben. Das Einsatzkommando ist schon vor Ort. Kann es sein, dass ich diesen Anruf irgendwie mit Ihnen in Verbindung bringen könnte?«

»Wenn Sie das tun, können Sie die Einladung auf das Bier vergessen.«

»Könnte ich auch unser gemeinsames Projekt vergessen? Drohen Sie mir, Miert?«

»Ballwein? Die Verbindung … Ballwein? So ein Mist!«

Ich drückte die Austaste und schaltete das Handy aus.

Vifer Bursche, dachte ich, bezahlt wahrscheinlich alle seine Steuern, ist bereits glücklich geschieden und therapiert und trinkt nicht. Also das komplette Gegenteil von mir.

***

Die meisten Europäer hatten zu ihrem Kühlschrank ein zutiefst emotionales Verhältnis. Schließlich wurden sie von ihm ernährt. Ich war da keine Ausnahme. Bei einem Kühlschrank, dachte ich, kommt es wie bei einem Menschen auf das Innenleben an. Ob die Tagesproduktion einer Wirtshausbrauerei, ob der alte Käse eines alten Ehepaares – der Kühlschrank spiegelt die Welt wider. Sage mir, wie dein Kühlschrank aussieht, räsonierte ich, und ich sage dir, wer du bist.

Ich war allein. Völlig allein. Mein Kühlschrank sah jedenfalls danach aus, kein Zweifel. Ein prähistorisches Glas Essiggurken, in deren gesüßter Marinade Schimmelflocken schwebten, ein Viertelliter Orangensaft im Tetrapak, der dem Geruch nach schon zu gären begonnen hatte, eine matschige Marille, Käsestücke, die nicht nur Edelschimmel auf ihrer Rinde trugen, Kräuter der Provence, die sich bald nur noch als Gartenhumus eignen würden, und zu allem Überfluss war auch noch das Tiefkühlfach dick zugefroren wie die Beringsee im Jänner. Mit anderen Worten: Ich kam wohl nicht mehr darum herum, diesen Kühlschrank auf Vordermann zu bringen.

Mit einem Mal konnte ich mir bildhaft vorstellen, dass der Schlitzer einen Becher voll gerührtem Blut in seinem Kühlschrank stehen hatte, und manchmal nippte er davon wie von einem Softdrink. Nur war es Menschenblut und kein Himbeersaft. Wenn man als Detektiv begann, solche Halluzinationen hervorzubringen, sattelte man wohl am besten um und wurde Politiker. Plötzlich fiel mir ein, dass Heider offenbar zu etwas fähig war, was auch der Schlitzer konnte: mit dem Messer auf eine Frau losgehen.

***

»Sind Sie von allen guten Geistern verlassen, Miert? Sie haben die Glock diesem Dr. Assinger untergejubelt?«

»Welche Glocke?«

Ich hatte Maria Lephart gestern Nacht mit einer Bouteille Blauem Zweigelt aus Röschitz und einer großen Flasche Chateau Launay aus dem Bordelais betrauert. Spätestens um

Mitternacht war ich betäubt gewesen wie der alte Foreman nach dem zweiten Niederschlag gegen Ali.

Als das Handy auf meinem Nachtkästchen zu läuten begonnen hatte, hatte ich zuerst gedacht, der Lautsprecher sei in meinem Innenohr installiert oder in meinem Kleinhirn. Mir war nicht einmal klar, dass Zandl in der Leitung war.

»Sie lassen sich nicht führen, Miert, Sie sind eine verdammte Landplage!«

»Sie mich auch.«

»Eben.«

»Und dafür wecken Sie mich wieder einmal in aller Herrgottsfrüh?«

»Es ist fast Mittag. Im Übrigen: Sie sind raus, Miert!«, sagte Zandl ruhig.

»Sonst noch etwas?«

»Wenn Sie jemals auch nur das Geringste über diese missglückte Operation verlauten lassen, sind Sie ein toter Mann!«

»Ist das eine Drohung? Erstechen Sie mich mit Ihrer Carpaccio-Gabel?«, fragte ich überflüssigerweise nach, aber da hatte sich der fabelhafte Dr. Zandl bereits aus der Leitung verabschiedet.

***

Im Empfangszimmer hob ich die *Harlander Nachrichten* vom Boden vor dem Briefschlitz auf. Das Massaker im Karl-Marx-Hof war natürlich der Aufmacher. Oberleutnant Gabloner kam in der Titelgeschichte ausführlich mit seiner Theorie vom ausländischen, möglicherweise durchreisenden Täter zu Wort. Die Bevölkerung wurde aufgefordert, Ausschau zu halten. Nicht direkt nach Tschetschenen, Rumänen, Moldawiern, Litauern, Sinti, Roma und so weiter, aber alle konnten das Wort »Tschusch« zwischen den Zeilen lesen. Die Harlander, so Gabloner, waren ja alle viel zu gut erzogen und gesittet, als dass sie einer den anderen in kleine Stücke schneiden würden. Auch ich kam leider in dem Artikel vor, mein Statement mit der Fleischlaberltheorie war der absolute Gegensatz zu Gabloners Ausführungen, und der kleine Kerl mit der Schnürlsamthose aus dem Karl-Marx-Hof entpuppte sich als Lokal- und Kriminalreporter mit eigener, von seinem Foto verunzierter Kolumne im Blatt.

Im Übrigen waren in dem Artikel wesentlich mehr Informationen enthalten, als mir von Ballwein zugänglich gemacht worden waren. Es gab sogar ein Foto von Dragutinovic, der – wie es hieß – ein »Bekannter« der Nimetz gewesen war. Die undeutliche Aufnahme zeigte allerdings nur ein Krankenhausbett und einen großen Kopf, der sich schreckhaft zur Seite in den Polster gedreht hatte.

***

»Zandl meint, Sie sind raus. Aber ich meine das nicht. Jedenfalls inoffiziell. Irgendwie mag ich Ihren Stil, und ich weiß nicht, wie ich mit Gabloner alleine fertig werden soll.«

Ballwein stand plötzlich in meinem Empfangszimmer. Er schien um ein Jahr gealtert zu sein. Sein Gesicht war grau und teigig.

»Nach diesen vermaledeiten Nachtdiensten kann ich nie schlafen«, sagte er, wie wenn er meine Gedanken gelesen hätte.

»Ein Bier vielleicht?«

»Haben Sie nicht etwas Schärferes?«

»Bleiben Sie, wo Sie sind. Ich hole was.«

Ballwein blieb nicht, wo er war, sondern stiefelte mir durch das Wohnzimmer bis in die kleine Einbauküche nach.

Aus dem Fach unter dem Spülkasten holte ich eine Flasche Cachaça.

»Ich habe leider keine Limetten, kein Eis und keinen braunen Zucker. Sonst könnten wir uns einen fabelhaften Caipirinha rühren.«

»Geben Sie mir das Zeug pur. Am besten intravenös. Der Schlitzer hat wieder zugeschlagen. Ich habe schon den ganzen Vormittag lang versucht, Zandl zu erreichen. Der Herr Doktor ist in tausend Besprechungen, Sitzungen, Meetings oder lässt sich die Zehen maniküren, die Locken ondulieren oder was seine Sekretärinnen sonst noch so zusammenlügen.«

»Erzählen Sie.«

»Viktoria Glawischnik, eine Supermarkt-Kassiererin, in ihrer eigenen Garconniere tranchiert wie eine Weihnachtsgans. Sie hat in einem kleinen Mietshaus mit nur drei Parteien neben dem Karl-Marx-Hof gewohnt, keine dreihundert Meter von Anna Nimetz entfernt.«

Wenig überraschend, dachte ich.

»Die Glawischnik ist schwanger gewesen, im fünften oder sechsten Monat oder so, und der Täter hat auch den Fötus in Stücke geschnitten. Geben Sie mir noch einen Schluck!«

Ballwein verschwieg dankenswerterweise die meisten grausigen Details, doch ich konnte mir – besonders üble Form von déformation professionnelle – die Schlachtung leider einigermaßen vorstellen.

»Und Gabloner?«

»Der hat als allgemeine Losung auch an die Presse die gleiche Warnung vor durchreisenden Rumänen, Bulgaren und so weiter wie in der Vorwoche ausgegeben.«

Kafka, dachte ich, hatte entschieden recht, vor allem in Bezug auf österreichische Zustände.

»Schenken Sie uns noch einmal ein, Miert.«

»Ich glaube, das wird das Beste sein.«

»Der ganze Trupp inklusive Gabloner ist jetzt dort.«

»Es hat wohl wenig Sinn, wenn Sie mich auch an diesen Tatort bringen. Er wird sich vom letzten nicht wesentlich unterscheiden, nehme ich an.«

»Was hat noch Sinn, Miert?«

»Nehmen Sie noch einen Cachaça. Das ist das einzig Sinnvolle, was mir im Moment einfällt.«

»Zu allem Unglück sind heute früh auch noch die Tschetschenen eingetroffen.«

»Wo, um Himmels willen?«

»Draußen an der Autobahn, am Knittelfeld. Das Innenministerium hat sie im abgelegensten Gasthaus Harlands einquartiert, um sie von der Stadt fernzuhalten.«

Da draußen, kam es mir in den Sinn, kann einem keiner helfen.

»Der Stadtpolizeikommandant noch immer in Urlaub?«

»Und wie ...«

* * *

Auf der Zufahrtsstraße zum einzigen Wirtshaus am Knittelfeld war die BBH aufmarschiert. Ich kam an einigen abgestellten Gelände- und Pritschenwagen im Military-Look gerade noch vorbei, dann musste ich den Wagen aber mitten auf der Fahrbahn abstellen und aussteigen. Vor mir stand ein ganzer Fuhrpark links und rechts der Straße ungeordnet in den schneebedeckten Äckern. Von der Autobahn im Westen war das regelmäßige Surren von Motoren zu hören. Ich reihte mich ein in eine Prozession befremdlicher Fußgänger, die es eilig hatten und mit BBH-Kappen, Stöcken, Stangen, Hämmern, Schnüren und Ärgerem ausgerüstet waren. Niemand beachtete mich. Bier- und Schnapsflaschen machten die Runde. So fidel, dachte ich, geht es nicht auf jedem Pogrom zu, so etwas ist auch nur bei uns möglich.

Mir bot sich der Anblick einer ad hoc einberufenen Versammlung eines nicht unbedeutenden Teils der Anhängerschaft der BBH: Vielleicht zwei Hundertschaften vor allem mittelalter und älterer Männer belagerten das Gasthaus und hielten Ausschau nach irgendetwas. Die Menge rumorte wie ein Magen nach dem Festessen am Heiligen Abend. Einige riefen unentwegt »Lois«, andere schwenkten Bierflaschen oder Stöcke. Die Sonne war schwefelgelb, die kalte Luft stand still wie ein Monolith, es roch nach aufgewärmtem Topfen, nach Hass und Urin.

Vor dem Gasthaus stand verloren ein einziger Streifenwagen. Die Besatzung war nirgends zu sehen.

»Was ist da los?«

Ich packte den ersten Schlachtenbummler am Hals und hielt ihm meinen lächerlichen Handelskammerausweis vor die Nase.

»Terroristen! Die haben ein deutsches Wirtshaus besetzt!«

»Erzählen Sie keine Schauermärchen. Wo ist der Wirt?«

»Der Lois?«

»Wo ist er?«

»Da vorne. Auf dem Wagen!«

Es war ein schwarzer Jeep Wrangler mit offener Ladefläche und auf der stand ein drahtiger Mann in Jeans und Trachtenlederjacke und redete mit dem Rücken zum Wirtshaus auf die Menge ein. Ich konnte nur wenig von dem verstehen, was er sagte, eigentlich nur ein paar volkstümliche Flüche und einzelne Wörter wie »Terror« und »Tschetschenen«, die er hervorspuckte wie Eiter. Die Leute rings um ihn johlten vor Aufregung mit roten Gesichtern und heißen Schädeln und schwangen Stöcke und Flaschen, Flinten und Prügel. Wenn der fesche Redner nicht mehr weiterwusste, fuhr er sich mit den Fingern durch die braungraue Kurzhaarfrisur oder leckte sich über die Lippen. Als ich mich endlich zu seiner Behelfstribüne durchgedrängt hatte, wusste er schon seit längerem nicht mehr weiter.

Plötzlich entdeckte ich Klempert neben mir, gewandet in die für ihn typische Mailänder Eleganz, aber über den sicherlich exklusiven, cremefarbenen Zweireiher hatte er eine alte Bomberjacke gezogen. Er hatte einen Fotografen dabei, der routiniert Bild um Bild schoss.

»Mann, Miert, was für ein Rambazamba!«, jauchzte er.

»Ich hoffe für Sie, dass es Tote gibt! Damit es sich wenigstens gelohnt hat, extra die Kampfjacke übergeworfen zu haben!«

»Seien Sie nicht so zynisch! Ich vertrete hier nur die Öffentlichkeit, die schließlich ein Recht darauf hat, informiert zu werden!«

»Wie hoch werden Sie Topf jubeln, Klempert?«

»Bis in drei Zentimeter hohe Balkenlettern, der Mann hat es sich schließlich verdient! Der tut wenigstens etwas für die Nachrichtenbranche!«

»Was rede ich überhaupt noch mit Ihnen!«, sagte ich und wandte mich ab.

***

Ich zeigte dem Wirt meinen lächerlichen Ausweis und forderte ihn auf, von der Ladefläche herunterzukommen, was er auch sofort tat. Er legte einen ganz guten Sprung mit einer federnden Landung hin. Offenbar ein Hobbysportler, ein Fußballer oder ein Kneippianer. Ein paar Leute beklatschten seine Vorstellung sogar. Er schien das durchaus zu genießen.

»Was ist denn los?«, fragte er.

»Das wollte ich eigentlich Sie fragen!«

»Was los ist? Herrgott, sehen Sie das nicht? – Die Tschetschenen haben sich in der Küche verschanzt! In meiner Küche!«

»Ich sehe bloß einen ziemlichen Wirbel … Und wieso gerade in Ihrer Wirtshausküche?«

»Ich habe auch ein paar Fremdenzimmer …«

Ich verstand ihn – wer machte schon ausgerechnet am Knittelfeld Urlaub?

»Also sind das quasi Ihre Flüchtlinge, Ihre Gäste?«

»Hören Sie! Ich bin nicht irgendwer! Und wenn Sie hier einen Fehler machen …«

»Die Fehler sind scheinbar alle schon passiert!«, erlaubte ich mir anzumerken. »Wie viele sind es?«

»Drei Fremdenzimmer hab ich.«

»Wie viele Tschetschenen?«

»Sechzehn, glaube ich.«

»Sechzehn? In drei Zimmern? Sie haben sechzehn Tschetschenen in drei Zimmer gestopft?«

Weil sich nichts mehr tat, begann die Menge zu murren. Zuerst ganz leise nur, unmerkbar, dann fester, stärker, mutiger, unmutiger. Die Leute begannen langsam gegen das Gasthaus vorzudrängen.

»Nehmen Sie halt die Personalien der Leute auf, wenn die sich ungebührlich benehmen – Haha!«, lachte mich der fesche Wirt aus. Ich gab ihm mit der flachen Hand einen kleinen Schubser vor die Brust: »Sie haben jetzt Funkstille.«

»Na, Sie werden das Kraut fett machen«, meinte er grinsend, »warum gehen Sie nicht rein und entwaffnen diese Terroristen? Muss bei uns immer erst etwas passieren, bevor etwas passiert?«

»Welche Terroristen denn?«, fragte ich zurück, »Ihre Gäste?«

»Das muss ich mir von Ihnen nicht bieten lassen!«

»Wem haben wir denn diesen ganzen Palawatsch zu verdanken? Etwa nicht Ihrer verdammten Großzügigkeit als Vermieter?«

»Das muss ich mir von Ihnen schon gar nicht bieten lassen!«

Lois, das sah ich in seinen Augenwinkeln, hätte jetzt gerne auf eines meiner Jochbeine losgeschlagen, aber er traute sich nicht recht. Wenn er mich attackiert hätte, dessen bin ich mir heute gewiss, hätte mich die Menge ohne viel Federlesen auf der Stelle gelyncht. Der Mob war auf seiner Seite, nicht auf meiner. Leute wie ich waren in diesem Land schon immer in der Minderheit, dachte ich.

»Es ist etwas faul im Staate Österreich! Ihr wisst das! Ich weiß das! Aber die Großkopferten nicht!«, ging hinter mir plötzlich die schnarrende Stimme des Abgeordneten Topf los. Auch er hatte den Jeep Wrangler als ideale Tribüne erkannt und die Ladefläche erklommen. Er trug eine schwarze Bomberjacke, Jeans und derbe Stiefel. Ein erwachsener Mann, dachte ich, und zieht sich wie Heidi Klum extra für jeden Event um. Außerdem hatte er ein knallrotes, elektrisches Megaphon dabei, das er ausgiebig benützte. Eines muss man unseren braunen Ayatollahs lassen, dachte ich, ausgerüstet sind sie wie die NASA.

»Offen wie die Scheunentore sind wir! Jeden Ruaß weht es herein! Und die Regierung tut nichts dagegen!«

Mitten im ersten Pogrom meines Lebens, dachte ich, dank Nationalrat Topf.

»Unsere Frauen und Töchter sind nicht mehr sicher! Unsere Autoradios und CD-Player sind nicht mehr sicher! Unsere Straßen, Gassen und Plätze sind nicht mehr sicher!«

Ein Mensch, der nur im Stakkato von Rufzeichen reden konnte – so viel war sicher, dachte ich –, war wohl nicht besonders interessiert, diesen Mob zu beruhigen. Mit diesem selbstmörderischen Gedanken kletterte auch ich auf die Ladefläche des Jeep Wrangler. Allerdings nicht ganz so elegant, wie der Wirt heruntergesprungen war.

»Was wollen Sie denn hier, Miert?«

Topf hatte das Megaphon gesenkt, sodass nur wenige Mann direkt neben dem Wagen mithören konnten.

»Sie von der Ladefläche prügeln, wenn Sie die nicht sofort verlassen«, sagte ich so ruhig wie möglich.

»Wenn ich will, reißen Sie die hier in Stücke.«

»Einen echten Österreicher wie mich? Klingt nicht gerade populär, vor allem wenn man an die vielen Journalisten denkt, die gerade auf dem Weg hierher sind. Es gibt ja nicht nur solche jämmerlichen Schreiberlinge wie Ihren Klempert.«

»Wer hat Sie geschickt?«

»Niemand. Ihre Verschwörungstheorien können Sie sich sparen.«

»Wer hat Sie geschickt? Wenn Sie mir das verraten, verlasse ich den Wagen!«

»Walt Disney«, antwortete ich, trat rasch einen Schritt auf ihn zu und riss ihm das Megaphon aus der Hand.

»Herr Nationalrat Topf muss uns jetzt leider verlassen. Ein dringender Termin. Sehr bedauerlich.«

Ein Treffen ewig jung gebliebener BDM-Mädel, dachte ich, oder die Sitzung des parlamentarischen Hauptausschusses, der seiner Bewegung wieder ein paar Millionen Euro zuschanzen wird. Da durfte der Mann nicht fehlen.

»Wir kriegen Sie! Verlassen Sie sich darauf!«, zischte Topf und machte keinerlei Anstalten, von der Ladefläche zu klettern.

***

Ich hatte das Megaphon hochgehalten wie eine Trophäe, wie einen abgeschlagenen Kopf, und die Leute aufgefordert, unverzüglich nach Hause zu gehen. Außerdem hatte ich von Hundertschaften an Polizeiverstärkung fabuliert, die jede Minute eintreffen würden. Dabei hatte ich mein Handy, was mich in diesem Moment fast zur Verzweiflung brachte, wieder im Wagen vergessen, an diesem kalten, unheilvollen Tag.

Die BBH-Mannen hörten sich meine Appelle an, blieben ungerührt wie Weihnachtskarpfen und kaum einer verließ den Platz vor dem Gasthaus. Sie wurden allerdings ruhiger, wenigstens ein bisschen, und drängten nicht mehr so wild nach vorne, auch das Schwingen der Eisenstangen und Holzprügel hörte fast auf, aber ansonsten waren sie nicht gewillt, sich das Spektakel entgehen zu lassen.

Wahrscheinlich hatten sich die Tschetschenen, dachte ich, nur in der Küche verschanzt, um ihren Hunger zu stillen. Ebenso wahrscheinlich waren es nur ein paar Frauen und Kinder, weil noch nie tschetschenische Männer im wehrfähigen Alter nach Österreich geflüchtet waren, aber die hier taten so, als wäre Harland von einer Terroristenarmee erobert worden. Der durchschnittliche Österreicher war, um es vornehm zu umschreiben, ein Tschuschenfresser. Dass es bei uns, dachte ich, seit dem Krieg trotzdem keinen nennenswerten Pogrom mehr gegeben hatte, war einzig und allein der Gnade und dem Ratschluss Gottes zuzuschreiben. Oder der Chaostheorie.

Ich hatte wohl nur mehr eine Möglichkeit, ich musste da reingehen. Wenn nicht ich, dann würde die Horde mit ihren Prügeln und Stangen das für mich erledigen.

***

Vorsichtig tastete ich mich vom Windfang in den Vorraum vor. Die Garderobe war leergeräumt, nur ein speckiger Steirerhut hing noch dort. Offenbar war die Besetzung nicht ganz so überraschend gekommen. Die Gaststube, nicht viel größer als ein Wohnzimmer, war durch heruntergelassene Jalousien ein wenig abgedunkelt – wahrscheinlich nur, damit man den schmierigen Schiffboden, die dunkelbraunen, abgestoßenen Holzvertäfelungen, die rissigen Tapeten, die fleckigen Tische, die zusammengewürfelten Sessel und die dreckige Schank nicht so genau in Augenschein nehmen konnte. Was für ein Tschecherl! Es roch nach schalem Bier, kaltem Rauch und hundertmal erhitztem Fett und den fetten Reden derer, die sich auf ihre Kultur so viel einbildeten. Tu felix Austria: Wenn man den Zeitungen glauben konnte, war das Bruttoinlandsprodukt im Vorjahr zwar nur um ein halbes Prozent gestiegen, die Kfz-Zulassungen dagegen um acht. Die Prioritäten waren da wohl klar: lieber einen neuen Golf als einen alten Afghanen. Locker vergönnten wir unseren Schoßkätzchen Edelfutter, das noch unsere Urgroßeltern nur als Festtagsragout zu Gesicht bekommen hätten. Wir ersteigerten alte, vergammelte Marken-Sportschuhe für die Lebensverdienstsumme eines Bangladeschi. Unsere ganze Kultur, so wie sich ihr breiteste Schichten mit größter Aufmerksamkeit widmeten, bestand im Wesentlichen nur mehr aus den banalen Wortspenden von Schnulzensängern, Fernsehmoderatoren und Ministern sowie deren Beziehungskisten und Partyeskapaden – und vor allem aus dem seichten Talk darüber. Wie tiefsinnig dagegen geradezu die Zeiten, als Keith Richards noch Hotelzimmer zertrümmerte. Die Politik hatte die Moderne weit hinter sich gelassen, ja geradezu abgehängt, indem sich ihre Rituale von jedem Wirklichkeitsaspekt erfolgreich emanzipiert hatten. Marcel Duchamps Readymades sahen ganz schön alt aus gegen eine Rede des derzeitigen Bundeskanzlers, in der zwar rhetorisch geprunkt, aber nichts Wesentliches mehr gesagt wurde, jedenfalls nicht wirklich. Und gelegentlich wunderten wir uns trotzdem noch, warum wir keine Beliebtheitspreise mehr gewannen südlich von Malta und östlich von Brest-Litowsk.

In dem rauchigen Dämmer hatte ich nicht bemerkt, dass noch jemand im Raum war. Ich hatte nicht einmal hinter die Schank gesehen, geschweige denn unter die Tische. Die junge Tschetschenin stand plötzlich mit einem Küchenmesser in der Hand vor mir und redete in einer Sprache auf mich ein, die ich nicht verstand. Ich hätte nicht einmal sagen können, ob es Russisch war. Vielleicht war sie die Anführerin, jedenfalls trug sie ein dunkles Männersakko mit lächerlich breitem Revers und ebensolchen Knöpfen. Die Spitze des Messers zeigte auf ihre linke Brust.

Ich raffte mein bisschen Pidgin-Englisch zusammen und probierte es damit. Keine Reaktion, die auf irgendeine Art des Verstehens hätte schließen lassen. An dieser Aufgabe konnte ich nur scheitern, dachte ich, das wussten Topf und Konsorten nur allzu gut. Deshalb hatten sie wahrscheinlich das Gasthaus noch nicht gestürmt.

»Im Namen der Republik!«, hörte ich plötzlich hinter mir eine laute, wohlgenährte Stimme. »Ich entlasse Sie hiermit mit sofortiger Wirkung aus der Bundesbetreuung!«

Ich drehte mich um. Es war Dr. Gusenbauer, ein Polizeijurist, den ich vom Sehen kannte. Er hielt tatsächlich einen Bescheid in Händen und entblödete sich nicht, der Tschetschenin auch noch die ausführliche Rechtsmittelbelehrung vorzulesen. Dann verspürte ich so etwas wie einen Hammerschlag auf den Kopf, dass ich glaubte, die Augäpfel würden mir aus den Höhlen springen.

***

Ich erwachte mit dem Gedanken, dass ich nach Dienstschluss noch einkaufen und in die Wäscherei müsste. Dann dachte ich an Marilyn Monroe, wie sie in *Niagara* nach dem Selbstmordversuch im Krankenhausbett aufgewacht war und dabei todschickes Make-up und frisch gebügelte Nachtkleidung getragen hatte, eben erst onduliert und frisiert gewesen war. Ich dagegen war nackt und meine Haut sah blau und seifig aus – von dem Sterilium, mit dem man mich alle drei Stunden abgewaschen hatte, wie ich später erfuhr. In meiner Bauchdecke steckte ein durchsichtiger Schlauch, um den Harn abzuleiten. Je zwei Schläuche bohrten sich in meine beiden Armbeugen – gerade, dass sie mir keinen Herzkatheter gelegt hatten. Überall hatte ich Saugnäpfe und Elektroden für EKG und EEG und an der rechten großen Zehe irgendetwas, um meinen Puls zu kontrollieren. In meinen Kehlkopf war ein Loch geschnitten worden, ich atmete durch eine Kanüle. Ein paar Stunden später lernte ich, den Finger auf das Metallröhrchen in meiner Kehle zu legen – dann konnte ich sogar sprechen. Ansonsten krächzte ich nur schwächlich wie ein taiwanesischer Luftballon, der vor zwei Sekunden zerplatzt war. Es war auch niemand an meinem Bett, um mein Erwachen hoffnungsvoll zu erwarten wie in all den Filmen. Sie ließen mich endlos lange liegen, so schien es mir jedenfalls, bis ein Stationshilfsdienst hereinschaute, um die Bettpfanne zu wechseln. Er sagte etwas zu mir, was irgendwie kroatisch oder bosnisch klang, ich war da kein Spezialist. Aber er holte eine Krankenschwester mit Sommersprossen und einer lustigen, leicht nach rechts gebogenen Nase, die mir erklärte, dass ich vier Tage im Koma gelegen hätte.

***

Ich brauchte einen halben und einen ganzen Tag, um die letzte Ausgabe der *Harlander Nachrichten* zu lesen und vor allem zu verstehen. Die tschetschenischen Frauen und ihre Kinder hatten sie natürlich geschnappt. Keine Kunst, wenn man die ganze Alarmabteilung und auch noch einen Polizei-Schützenpanzer in das Knittelfeld ausrücken ließ. Zwei der Frauen, las ich, waren ärger verletzt und im Krankenhaus behandelt, sprich notdürftig zusammengeflickt worden. Dann hatte man die ganze Gruppe, weil sie ja aus der Bundesbetreuung entlassen und auch das Harlander Schubgefängnis schon dreifach überbelegt war, einfach mit einem Polizei-Mannschaftsbus nach Wien gekarrt und am Westbahnhof aussteigen lassen. Nach Tschetschenien konnte man sie nicht abschieben, weil die Russen sie dort nicht mehr haben wollten. Sonst wollte sie natürlich auch keiner haben. An mittellosen und verzweifelten Menschen herrschte nicht gerade großer Bedarf in dieser Welt.

Dann lernte ich Haferbrei, Apfelmus und Früchtetee einigermaßen zu schätzen, schlief noch immer neunzehn, zwanzig Stunden pro Tag und versuchte die nächste Ausgabe der *Harlander Nachrichten* zu lesen und zu verstehen.

Die Verkehrspolizei hatte auf der Mariazeller Straße routinemäßig einen älteren, weißen Mazda-Kastenwagen aufgehalten, der Schlangenlinien fuhr. Das Gefährt entpuppte sich quasi als fahrbare Müllhalde und die Polizisten hätten den Lenker, einen fünfundzwanzigjährigen, ungepflegten Burschen, fast weiterfahren lassen, weil der auch so stank und man sich ja im Dienst nicht unbedingt alles zumuten wollte. Glücklicherweise hatte der Typ aber weder Führer- noch Zulassungsschein dabei. Während der eine Polizist das Kennzeichen in seinen Laptop eintippte und per Funkleitung die Daten über EKIS abfragte, ließ sich der andere den Kofferraum öffnen, wahrscheinlich aus purer Langeweile. Im Kofferraum fanden sie dann eine Thermoskanne voll gestockten Blutes, ein paar alte, schartige Messer, einen Fleischerhaken, Maden und Milben vor. Insgesamt gab es im Wagen, sowohl im Kofferraum wie auch im Fond, und auf der Kleidung des Verdächtigen so viele Blutspuren, dass man eine Million Vergleichsproben davon hätte ziehen können. Der Schlitzer war ein schmächtiges, verdrecktes Bürschchen aus dem Karl-Marx-Hof und so schizophren wie ein Umspringbild. In den Verhören erzählte er die übliche Leier. Von einem Vater, der nur anlässlich der Zeugung als solcher agiert und sich dann in den organisierten Gemüsefachhandel Baden-Württembergs davongemacht hatte. Von einer alkoholkranken Mutter, die ihn auf Holzscheiten knien ließ. Vom Bettnässen die ganze Volksschulzeit hindurch. Von vergeblichen Versuchen, wenigstens die Hauptschule abzuschließen. Von einem Engel Gottes namens Ariel. Von diversen Vorsprachen beim Sozialamt, bei denen er angeblich immer wieder gedemütigt worden sei. Von seinen ziehenden Kopfschmerzen die letzten Jahre. Von Laserstrahlen aus dem Orbit. Von einem schwarzen Engel namens Zabaoth. Von seiner Impotenz bei den paar Mädchen, die sich mit ihm eingelassen hatten für wenige Stunden. Von Aushilfsjobs für einige Tage oder gar Wochen in einem Kühlhaus, einer Druckerei, einer Fleischhauerei. Das Blut seiner Opfer habe er getrunken, weil es ihm dadurch finanziell und gesundheitlich besser gehen würde, er habe darüber im Fernsehen eine Sendung gesehen. Im Übrigen fühlte sich der Schlitzer als Star, wünschte auch als solcher behandelt zu werden und bezeichnete sich selbst als den »Vampir von Harland«. Die Boulevard-Zeitungen und das Fernsehen würden zweifellos ihre Freude mit ihm haben. In der gleichen Ausgabe der *Harlander Nachrichten* wurden übrigens der Herr Polizeidirektor, der meines Wissens die letzten Wochen auf Madeira geurlaubt hatte, und sein oberster Kriminalbeamter, Oberleutnant Gabloner, für den Fahndungserfolg hysterisch-überschwänglich gelobt.

An diesem Tag erlitt ich einen Rückfall, die Kopfwunde begann wieder zu bluten, an die darauffolgenden Tage kann ich mich bis heute nicht mehr erinnern.

***

Ich kannte den Staatsanwalt von Bildern aus der Zeitung, auf denen er wie eine beamtete Version von Burt Reynolds aussah. In meinem Krankenzimmer wirkte er kleiner und nicht gar so prächtig.

»Sie wurden zweifellos schwer verletzt bei der Geschichte«, fing er ohne Umschweife an, nachdem er sich kurz vorgestellt hatte.

Statt einer Antwort wackelte ich mit den Zehen. Ich war so weit wieder hergestellt, dass ich das leidlich gut konnte.

»Ich sage das als leitender Staatsanwalt: sehr schwer verletzt. Unglücklicherweise von einem Polizisten. Aber wir können leider keine Anklage erheben, selbst beim besten Willen nicht. Es wird kein Verfahren geben.«

Ich zweifelte, ob sie diesen Willen hatten, antwortete aber nichts.

»Der Wurf mit der Tränengasgranate gegen Ihren Kopf war – wie soll ich sagen? – ein bedauerliches Missgeschick, ein Unglück. Dafür ersuche ich um Ihr Verständnis!«

»Vergessen Sie's, ich werde schon keinen Wirbel schlagen – aber ich nenne Ihnen jetzt einen Namen. Und wenn Sie nichts darauf sagen, werde ich wissen, wer das verdammte Ding geworfen hat. Okay?«

»Na ja, wenn es denn sein muss, dann fangen Sie mal an …«

»Gabloner.«

Es blieb still, kein Laut, kein Muckser.

»Ich werde also die ganze Sache vergessen, aber dafür habe ich was gut bei Ihnen.«

»In welcher Sache?«

»Danke«, sagte ich. »Und jetzt möchte ich etwas schlafen. Mein Kopf fühlt sich an wie ein Topf voll Bouillabaisse.«

Sonst kann ich mich an keinen Besuch erinnern. Österreichische Helden, dachte ich kurz vor dem Eintauchen in einen oberflächlichen, nervösen Schlaf, gehen ständig unter, wenn es sein musste, ein Leben lang.

Die Schwester mit den Sommersprossen sagte mir später, ich hätte nach dem Besuch des Staatsanwaltes achtundzwanzig Stunden am Stück geschlafen. Ich war ihr dankbar, sie erhielt mich am Leben, aber heute weiß ich nicht einmal mehr ihren Namen. Vielleicht hätte ich ja damals um ihre Hand anhalten sollen, dann würde es heute mit dem Vorhandensein eines Frühstücks öfter klappen, aber im Krankenhaus fühlte ich mich die meiste Zeit wie Erbrochenes und das drückte ein wenig auf meine Erotik.

Ich wurde an einem Dienstag in einen relativ milden Winterabend entlassen, weil die Patientenverwaltung anscheinend meine Abrechnung verschustert und den ganzen

Nachmittag dafür gebraucht hatte, um sie wieder zu finden. Sie knöpften mir noch siebenundzwanzig Euro und fünfzig Cent für die Reinigung meines Hemdes und meiner Hose ab; alles sei blutig gewesen, sagten sie. Zuvor hatte mir die leitende Stationsschwester aus einer versperrten Schublade meinen Ausweis, meine Geldbörse und meine Armbanduhr ausgehändigt. Ich unterschrieb vier verschiedene Quittungen. Danach saß ich im Krankenhauscafé herum und trank Löskaffee aus Pappbechern, bis es gegen neun Uhr zusperrte.

***

Der erste Glühwein schmeckte wie Petroleum, der zweite nur mehr wie Spiritus, der fünfte und der sechste waren dann schon ganz annehmbar. Um elf Uhr vormittags musste ich mich bereits gelegentlich an der Verkaufsbudel des Schnapsstandes festhalten, um nicht in den feuchten, vorweihnachtlichen Neuschnee zu fallen. Ich war fest entschlossen, den für Mittag vorgesehenen Auftritt des Abgeordneten Topf am Harlander Weihnachtsmarkt nur mehr im Delirium zu erleben.

Schnee war gefallen, sanft und dick wie in einem Walt-Disney-Zeichentrickfilm, auf die riesige Tanne mitten am Harlander Christkindlmarkt, auf die weihnachtlich geschmückten Verkaufsstände aus Holz, auf die ganzen illuminierten Hütten und Besucher, auf das gute Dutzend an Glühweinbuden, und ein paar Hunde und Kinder schnappten nach den satten Flocken. Gott war zu diesem ganzen Rummel nicht einmal heute, am 24. Dezember, eingeladen, nur das tanzende Christkind in südkoreanischer Puppenform, ein bisschen Plastik und Goldlack und Drähte und zwei 5-Volt-Batterien. Gott hatte keinen Platz in dem rührseligen Unterhaltungsprogramm für Leute, denen die Geburt des Erlösers nichts mehr bedeutete. Er hatte das Fest vielleicht einmal gestiftet, aber die Menschen hatten es vergessen, die Harlander ganz bestimmt. Die siebenunddreißig Meter hohe, überreich geschmückte Silbertanne mitten am Platz war nur mehr ein leeres Symbol für irgendetwas zwischen Santa Claus aus Hollywood und einem weihnachtlich dekorierten Sexshop. Weihnachten war ein Fest wie jedes andere, nur die Umsätze waren weit höher.

Wie in einer schlechten, bräunlichen Stummfilmkopie, vielleicht einer Massenszene aus Fritz Langs *Metropolis,* sah ich plötzlich eine ältere Alkoholikerin, zehn, fünfzehn Meter vor mir, in einem blauen, von Erbrochenem bekleckerten Kunstfellmantel, außer sich vor Betrunkenheit, eine alte, schmerbäuchige, getigerte Katze mit kahlen Stellen im Fell vor der Brust umklammernd, während das malträtierte Vieh versuchte, sich beißend und kratzend aus dem harten Griff zu winden. Diese kleine Harlander Advent-Szene wurde von den Umstehenden mit gelöster Heiterkeit betrachtet und kommentiert, während ich mit gestörtem Gleichgewichtssinn versuchte, durch die dichtgepackte Menge näher heranzukommen. Plötzlich entfuhr dem gequälten Vieh ein spitzer, gelblicher Strahl und die Frau ließ das Tier angeekelt fallen.

»Minka! Du Aas!«, schrie sie keuchend.

Die panische Katze lief mühsam und übergewichtig und halbblind zwischen dutzenden Beinen Zickzack, wurde getreten, trat auf Glasscherben, wurde wieder gekickt und miaute kläglich. Wegen der dicht gedrängten Besucherschar und meiner ziemlich schachmatt gesetzten Leber verlor ich sie bald aus den Augen, zwang mich dann aber zu einer annähernd systematischen Suche von Stand zu

Stand, wobei ich nicht nur die Schauseiten der Buden in Augenschein nahm. Diese Suche blieb aber ebenso erfolglos wie mein Versuch, mit Hilfe von zwei Tassen Cappuccino am Stand einer Konditorei wieder halbwegs nüchtern zu werden.

Am nördlichen Ende des Platzes war hinter Strohwänden und Kunststoffplanen die Infrastruktur des Christkindlmarktes versteckt, sozusagen der Körper oder besser gesagt der Bauch des kitschigen und ritualisierten Überbaus: dutzende Abfalltonnen, die Relais für die Beleuchtung und Lautsprecher, Lagerkojen für die Lieferanten, die Gerätschaften der Straßenkehrer, Kisten mit dreckigem Geschirr, Behältnisse für noch mehr Müll. Ich fing den Blick einer vielleicht siebzig Jahre alten, asiatischen Frau auf, die mir irgendwie bekannt vorkam. Sie rieb mit bloßen Händen im dampfenden Wasser eines Bottichs fettige Teller ab und stapelte sie auf einem kleinen Tischchen neben sich. Sie war so mager wie die Aussicht auf Erfolg für Boatpeople und andere Unglückliche in diesem kalten, harten Land, ihr graues, fadendünnes Haar triefte vor Spülwasserdampf, ihre Hände waren braun und rot und geschwollen, sie atmete hastig und in gepressten Zügen. Unter dem Tischchen mit dem gereinigten Geschirr saß ein vielleicht fünfjähriger Bub in verwaschenen Hosen und trotz der Jahreszeit nur im Hemd und streichelte die alte, neurotische Katze. Minka starrte fasziniert in die braunen vietnamesischen oder burmesischen Augen des Kindes. Als sie zu schnurren begann, lachte der Junge lautlos. Tiere und Kinder, dachte ich, lachen in derselben Sprache.

Die alte Frau dürfte mich und meinen starren Blick bemerkt haben, mit starkem Akzent sprach sie mich an.

»Er lieb haben Katze. Wir vielleicht behalten«, sagte sie

mit Augen wie Scherben eines weggeworfenen Gefäßes und griff wieder in den Bottich mit den fettigen Tellern. »Aber ich glauben, wir werden Tier nicht können ernähren. Leider.«

»Ich schätze, da brauchen Sie sich keine Sorgen machen«, antwortete ich mit einem Lächeln, »nicht bei dieser Katze.«

Wieninger über Wieninger

Meine Zangengeburt am 9. Juli 1963 habe ich nur mit Müh und Not überlebt. Mit viereinhalb Kilo wurde ich in eine drückend heiße, eher unbedeutende Stadt im Osten Österreichs ge-

boren. Die Krise im noch heißeren Kuba in diesem Jahr hat mich nur wenig interessiert. In der Schule war ich bis vierzehn ein strebsamer Musterschüler. Danach habe ich meine Zeit praktisch nur mehr mit Fußballspielen – als harter, aber unfairer Verteidiger – verbracht, die Matura in einem neusprachlichen Gymnasium ist mir irgendwie so nebenher gelungen. Einige Zeit habe ich dann mangels besserer Ideen lustlos Medizin in Wien studiert und mich gelegentlich für Gottfried Benn gehalten. Der Ernst des Lebens verschaffte mir schließlich absolute Toppositionen als Kaminleger, Verschubarbeiter, Reiseleiter, Lokal- und Sportjournalist. Mit dreißig habe ich noch ein Studium der Deutschen Philologie begonnen, das ich 1998 überraschenderweise mit ausgezeichnetem Erfolg abschließen konnte. Im Jahr darauf ist mein erster Marek-Miert-Kriminalroman mit dem Titel »Der dreizehnte Mann« erschienen.

Privat bin ich ganz schön langweilig, ziehe Gemüse und Himbeeren, hocke in meiner Bibliothek herum oder trinke Samos in einem geschmacklos dekorierten, griechischem Lokal, das von Albanern geführt wird.

Meine Großmutter väterlicherseits kann heute noch überaus detailliert das Kleid beschreiben, das ihr die Mutter für den ersten Ball ihres Lebens nähte. Sie erinnert sich auch an das Kleid der Schwester, die ebenfalls Elevin war beim Feuerwehrball im Dorf, das in den Karten als Eichberg verzeichnet ist, aber in Wirklichkeit Oaberch heißt. Der Stoff wurde für die Butter der einzigen Kuh eingetauscht. Als Erwachsene hat sich meine Großmutter Butter, die sie sich nun leisten konnte, mindestens fingerdick aufs Brot geschmiert. In der dunklen, kalten Gegend, in der sie als eines von sieben Kindern eines Kleinhäuslers aufwuchs, war es für die Mehrheit der Bevölkerung durch Jahrhunderte nachgerade normal (aber deshalb nicht weniger drückend), dass man das Brot trocken essen, drei Jahreszeiten barfuß laufen und sich praktisch pausenlos um kostenlose Zusatzkost in Form von Beeren und Pilzen, Eicheln und Kräutern bemühen musste, wenn man nicht verhungern wollte.

Kein Wunder, dass ich Schriftsteller geworden bin.

Bibliografie

Die Marek-Miert-Krimis:
Der dreizehnte Mann (1999); *Falsches Spiel mit Marek Miert* (2001); *Der Engel der letzten Stunde* (2005); *Kalte Monde* (2006).

metro – Spannungsliteratur im Unionsverlag

»Die *metro*-Bände gehören auf jeden Fall zum Besten, was derzeit an sogenannter Spannungsliteratur zu haben ist.« *Michaela Grom, Südwestrundfunk*

Bernardo Atxaga
Ein Mann allein

Lena Blaudez
Spiegelreflex; Farbfilter

Patrick Boman
Peabody geht fischen; Peabody geht in die Knie

Hannelore Cayre
Der Lumpenadvokat

Driss Chraïbi
Inspektor Ali im Trinity College

Liza Cody
Gimme more

José Luis Correa
Drei Wochen im November; Tod im April

Pablo De Santis
Die Übersetzung; Die Fakultät; Voltaires Kalligraph; Die sechste Laterne

Garry Disher
Drachenmann; Hinter den Inseln; Flugrausch; Schnappschuss

Rubem Fonseca
Bufo & Spallanzani; Grenzenlose Gefühle, unvollendete Gedanken; Mord im August

Jorge Franco
Die Scherenfrau; Paraíso Travel

Jef Geeraerts
Der Generalstaatsanwalt; Coltmorde

Friedrich Glauser
Die Wachtmeister-Studer-Romane: *Schlumpf Erwin Mord; Matto regiert; Der Chinese; Die Fieberkurve; Die Speiche; Der Tee der drei alten Damen*

Joe Gores
Hammett

Jean-Claude Izzo
Die Marseille-Trilogie: *Total Cheops; Chourmo; Solea*

Stan Jones
Weißer Himmel, schwarzes Eis; Gefrorene Sonne; Schamanenpass

H. R. F. Keating
Inspector Ghote zerbricht ein Ei; Inspector Ghote geht nach Bollywood; Inspector Ghote hört auf sein Herz; Inspector Ghote reist 1. Klasse

Yasmina Khadra
Morituri; Doppelweiß; Herbst der Chimären

Thomas King
DreadfulWater kreuzt auf

Bill Moody
Solo Hand; Moulin Rouge, Las Vegas; Auf der Suche nach Chet Baker; Bird lives!

Christopher G. Moore
Haus der Geister; Nana Plaza; Stunde null in Phnom Penh

Bruno Morchio
Kalter Wind in Genua

Peter O'Donnell
Modesty Blaise – Die Klaue des Drachen; Die Goldfalle; Operation Säbelzahn; Der Xanadu-Talisman; Ein Hauch von Tod

Celil Oker
Schnee am Bosporus; Foul am Bosporus; Letzter Akt am Bosporus; Dunkle Geschäfte am Bosporus

Leonardo Padura
Adiós Hemingway; Das Havanna-Quartett: *Ein perfektes Leben; Handel der Gefühle; Labyrinth der Masken; Das Meer der Illusionen*

Pepetela
Jaime Bunda, Geheimagent

Claudia Piñeiro
Ganz die Deine

Roger L. Simon
Die Baumkrieger

Susan Slater
Die Geister von Tewa Pueblo

Clemens Stadlbauer
Quotenkiller

Paco Taibo II
Vier Hände

Masako Togawa
Schwestern der Nacht; Trübe Wasser in Tokio; Der Hauptschlüssel

Tran-Nhut
Das schwarze Pulver von Meister Hou

Gabriel Trujillo Muñoz
Tijuana Blues; Erinnerung an die Toten

Nury Vittachi
Der Fengshui-Detektiv; Der Fengshui-Detektiv und der Geistheiler; Der Fengshui-Detektiv und der Computertiger; Shanghai Dinner

Manfred Wieninger
Der Engel der letzten Stunde; Kalte Monde

Vita italiana im Haymon-Verlag

Christoph Wagner
Gefüllte siebenschläfer
Ein Carozzi-Krimi
Hardcover mit
Schutzumschlag, 321 Seiten
ISBN 978-3-85218-542-2

»Die Adria von Grado bis Rovinj bildet die malerische Kulisse für Carozzis zweites Abenteuer, das gefüllt ist mit Witz und Rezepten.« *Brigitte*

»Ein Hauch von Herzmanovskys Tarockanien weht durch die Küstenstadt.« *Die Furche*

»Eine humorvoll geschriebene Kriminalgeschichte, die man bei einem guten Glas Wein genießen sollte, da einem beim Lesen gelegentlich das Wasser im Mund zusammenläuft …« *Jazzzeit*

Kurt Lanthaler
Das Delta
Roman
Hardcover mit
Schutzumschlag, 168 Seiten
ISBN 978-3-85218-547-7

»Für Fans von Entwicklungsromanen, von Stockfisch, Napfkuchen und literarischer Klangqualität.« *Der Standard*

»Kurt Lanthaler gelingt es in seinem schmalen, eleganten Band trefflich, die unbestimmte Sehnsucht seines Ich-Erzählers auf den Leser überspringen zu lassen. Meisterlich, wie in knappen Sätzen eine ganz eigentümliche Stimmung erwächst. So vergnüglich sich schon seine Tschonni-Tschennet-Krimis gelesen haben: Dieser Schreib- und Bilderfluss macht eine ganz neue Qualität aus.« *Buchkultur*